If you can fill the unforgiving minute
With sixty seconds' worth of distance run,
Yours is the Earth and everything that's in it,
And – which is more – you'll be a man, my son!

Kipling

Paul C. Jaeger

Die unversöhnlichen Minuten

Ein Sidney-Krimi aus Dortmund

Bibliografische Information der Deutschen Nationalbibliothek:
Die Deutsche Nationalbibliothek verzeichnet diese Publikation in der Deutschen Nationalbibliografie; detaillierte bibliografische Daten sind im Internet über http://dnb.dnb.de abrufbar.

Text&Cover – Paul C. Jaeger

© 2016 Paul C. Jaeger

Herstellung und Verlag: BoD – Books on Demand, Norderstedt

ISBN: 9783741223716

Dieses Buch ist Robert B. Parker gewidmet

1
„Herrrrrgottnochmal!"

Ich rüttelte an der Tür des Wohnzimmerschranks aus Teekisten und Palettenholz, den ich ursprünglich mal passend in mein letztes Wohnzimmer gebastelt hatte.

Schließlich zog ich einfach. Es knirschte und ich konnte nach der Flasche Whisky greifen.

Ja, ich hatte mal wieder umziehen müssen. Ein Investor wandelte den gemütlichen Altbau in lukrative Eigentumswohnungen um. Alle meckerten, aber niemand wehrte sich und ich dachte, warum sollte ausgerechnet ich den Kerl erschießen, bringt doch auf längere Sicht nichts.

Es schien erst gestern gewesen zu sein, dass ich mir kunstvoll meine Regale und Schränke aus gebrauchtem Holz in die Bude gebastelt hatte.

Gestern – ha!

„Yesterday, all my troubles were so far away", sagte ich laut, aber meine Stimme gefiel mir gar nicht in dem Wohnzimmer, dessen weiße Wände nicht modern, sondern nur kahl wirkten.

Direkt aus der Flasche nahm ich einen Schluck und beäugte den Teekistenschrank, der Demontage und Verpflanzung so schlecht verkraftet hatte, dass nur 22 zusätzliche Schrauben und acht Winkel ihn dazu hatten überreden können, sich annähernd wie ein Schrank zu verhalten und sich einigermaßen aufrecht hinzustellen.

Ich lehnte die Stirn an das kühle Glas des Fensters und sah hinaus. Die Autos mit ihren Scheinwerfern wirkten wie intelligente Wesen aus einem Science Fiction Film. Es wurde langsam dunkel, aber das Licht von der B1 reichte aus, um Lampen hier drin überflüssig zu machen, wenn man nicht gerade lesen oder klöppeln wollte.

Ich nahm noch einen Schluck und fragte mich wieder mal ganz automatisch, was diese Leute alle wollten, was sie bewegte, welche Geisteskrankheit sie alle einzeln in ihren Blechdosen sitzen ließ. Und dann ärgerte ich mich genauso automatisch, dass ich mich so einen Schwachsinn fragte, schließlich war mir bewusst, dass ich in einer einsamen Masse lebte. Ich trank einen Schluck auf David Riesman.

Früher hatte ich gerne die Leute studiert, besonders die Frauen auf dem Bürgersteig natürlich und dies wiederum besonders im Sommer. Man kann dabei viel über Mode und Zeitgeist lernen. Manchmal liefert es auch Ideen zu Musikkompositionen. Hier aber wurde wenig gegangen, hier war Autoland und ich hatte die Wahl, ob ich vorne Blechkarren und vom Wind herumgewirbelten Müll oder hinten die Eichhörnchen bewundern wollte, die dort in den drei Bäumen spielten. Eichhörnchen verstanden wenig von Mode und Zeitgeist. Trugen sogar Fell.

Nein, die neuen Räumlichkeiten gefielen mir nicht. Es waren kleine Zimmer, aber zwei mehr, als ich brauchte – mit Küche, Esszimmer, Wohnzimmer, Schlafzimmerchen, Kinderzimmerchen, Bad und Besenkammer.

Die Lautsprecherboxen passten nicht neben den Schrank und es war viel zu teuer für diese Lage, aber ich überlegte, ob ich die Besenkammer nicht untervermieten könnte. Kinderzimmer, Keller und Dachboden waren schon belegt durch meine Bücherkisten, dabei standen noch etliche weitere zu Hause. Letzteres war ein Begriff, den ich komischerweise immer noch verwendete, obwohl mein Alter mich rausgeschmissen hatte. Was ich ihm immer noch ganz schön übel nahm.

Die Wagen da unten stockten und fuhren wieder an, stockten wieder und es hatte etwas Hypnotisches. Ich überlegte, dass labile Typen nach einiger Zeit wohl nicht mehr wegsehen konnten. Der Verkehr ersetzte das Pendel des Hypnotiseurs. Ich hatte einen starken Willen und schloss höchstens mal Wetten mit mir selber ab, wann und für wie lange die ganze Straße stillstand.

Hm, oder vielleicht fing es so an? Beunruhigt trank ich noch etwas Whisky.

Unten rollte Martins roter DS auf den einzigen freien Parkplatz. Genau genommen konnte es natürlich auch der Citroën von jemand anderem sein, doch schien mir die statistische Wahrscheinlichkeit signifikant höher, dass er es war.

Als er ausstieg, sah er an der Fassade hoch, aber er konnte mich hinter der spiegelnden Scheibe im dämmrigen Zimmer nicht sehen, was an meiner dunklen Hautfarbe lag, geerbt von meinen nigerianischen Eltern, die ich nie kennengelernt hatte. Sie waren bei einem Busunfall gestorben, ich hatte überlebt. Als Baby war ich von den Crüwells adoptiert worden, ja genau, Bankhaus Crüwell, eher gegen den Willen meines neuen Vaters. Aber meine Mutter meinte immer, sie habe sich auf den ersten Blick in den kleinen Schokoladenjungen verguckt. Das glaube ich ihr sogar. Aber ich war immer sicher gewesen, dass sie gleichzeitig ihren Mann hatte ärgern wollen. Und erst vor ein paar Jahren hat sie sich verplappert und ich erfuhr, wie sie sich durchgesetzt hatte: Sie war Miss Rheinland-Pfalz gewesen und spontan als Sekretärin von meinem Vater eingestellt worden. Als er sie dann heiratete, hatte sie neben kleineren Unregelmäßigkeiten ein Betriebsgeheimnis mitbekommen, das mit Schmiergeldern aus der Rüstungsbranche zu tun hatte. Dokumentationen waren bei mehreren Rechtsanwälten hinterlegt und mit der Drohung, damit an die Öffentlichkeit zu gehen, hatte sie ihren Willen bekommen und es damit wohl auch geschafft, immer noch Frau Crüwell zu sein.

Ich holte Gläser aus der Küche, schaltete eine Bodenlampe an – es war eine Halogenlampe für den Schreibtisch, aber sie stand halt auf dem Boden – und öffnete die Tür. Dann ließ ich mich aufs Sofa fallen.

Martin stieß die Wohnungstür hinter sich zu, blickte anscheinend erstmal in die Küche und kam schließlich ins Wohnzimmer. Er blieb in der Tür stehen, ein kleiner Kerl im hellen Sommermantel. Wahrscheinlich sog er das anheimelnde Ambiente in sich auf.
„Ich denke darüber nach, mich bei Schöner Wohnen zu bewerben!"
Demonstrativ ließ er seinen Blick über das durchgesessene Sofa und den vereinsamten Couchtisch, die gardinenlosen Fenster, die Gitarre und das Keyboard-Case wandern und meinte: „Dein Problem ist, du hast zu viel Fantasie!" Und er fügte hinzu: „Ist tatsächlich nicht alles angekommen? Sieht wirklich nicht nach viel aus!"
„Wirkt nur so, sind zwei Räume mehr." Er hatte einen Trupp von drei Mann besorgt, der kostenlos den ganzen Umzug erledigt hatte. Die könnten das, seien Profis, hatte er gemeint, würden ganze Ladeneinrichtungen im Nullkommanichts verschwinden lassen. Als ich begriffen hatte, dass es ihm fernlag, das Ganze zu beaufsichtigen, hatte ich ihn genau das gefragt: „Kommt da auch alles an?"
Und er hatte mich nur angeschaut.
„Schon klar!"

Martin warf den Mantel über die Kiste mit den Zeitschriften, nahm sein Whiskyglas und sah sich demonstrativ um. „Kein Wasser?"
„Küche." Ich nickte mit dem Kopf nach nebenan.

Er öffnete den Kühlschrank, man hörte ihn laut seufzen, dann das Pladdern des Wasserhahns.

„Hätte schwören können", meinte Martin, als er wieder auftauchte, „dass du jetzt hier streichen, dekorieren, malen würdest." Er dachte wohl an die kräftigen Blau- Gelb- und Rottöne meiner verflossenen Altbauwohnung.
„Ich zahl so viel Miete, da bleibt für einen Eimer Farbe kein Spielraum. Außerdem: Dass ich hier länger Zeit logieren werde, wage ich in Zweifel zu ziehen."
Er nahm einen Schluck und verzog das Gesicht. „Du hast schon bessere Marken getrunken."
„Sparmaßnahme."
„Erinner mich daran, nächstens selber was mitzubringen."
Ich nickte.
Er trank trotz der minderen Qualität das Glas aus, schenkte sich nach, sparte sich den Weg in die Küche und nahm wieder einen Schluck.
„Das tut gut!" Und er sah mich mit gerunzelter Stirn an.
„Auch schlechter Whisky kann gut tun!", philosophierte ich.
Er ging nicht drauf ein.
„Hast du gehört, Sophie ist verschwunden!"
„Sophie, die Tochter von Brinkmann?"
„Wer sonst?"
„Wie verschwunden?"
„Na weg, nicht auffindbar, seit drei Tagen nicht mehr gesichtet worden."
„Martin, Mann! Wie alt ist die jetzt, ich würd mir keine grauen Haare wachsen lassen. Miss Sophie taucht schon wieder auf."
„Wie alt, wie alt, mach dich da nicht drüber lustig, du hast das nicht mitgemacht. Was meinst du, was ich mir mittlerweile alles hab anhören müssen!" Und erneut trank er das Glas leer. Meine Augenbrauen wanderten in die Höhe.
„Doch, kann ich mir vorstellen." Martin war mit Rudi Brinkmann schon befreundet gewesen, bevor ich ihn auf Schulfeten kennengelernt hatte. Meine Sympathie für Rudi hielt sich in Grenzen, weil er mir Melissa weggeschnappt hatte. Melissa war so

ein heißer Tipp gewesen, weil sie nicht nur rothaarig-grünäugig war, sondern als wir alle noch Beate Uhse Atlanten wälzten, schon ein Kind zur Welt gebracht hatte: Sophie, oder eben Miss Sophie, wie wir immer sagten. Und die war jetzt ...
„19 ist sie gerade geworden."
„Tempus fugit."
„Et nos in illis."
„Bringst du nicht die Zitate durcheinander?"
„Ansichtssache." Er griff nach der Flasche und ich schnappte sie ihm vor der Nase weg. „Du kannst den Mist doch nicht alleine trinken", tadelte ich ihn und schenkte den Rest gerecht verteilt ein.
„Auf Melissa und dass Miss Sophie schnell wieder auftaucht!"
„Ja", er grinste schief, kippte den Supermarkt-Scotch, der Schottland wahrscheinlich genauso oft gesehen hatte wie ich, nämlich noch nie, und starrte das Glas trübsinnig an. „Weißt du, ich hab sie ja nun großwerden sehen. Ich fand sie immer geradezu unheimlich intelligent ... und hübsch natürlich. Ich weiß noch, wie sie mir mit 12 Jahren Ratschläge erteilte, wie ich ..."
„Jaja, ich kenn die Geschichte doch, ich war dabei!" Und hatte amüsiert zugesehen, wie das ungewöhnliche Kind ihm erklärt hatte, er müsse die blöden Sprüche mit seinem Namen „Kraft" lassen und den Klienten sagen, was er besonders gut könne und warum man ihn nehmen sollte! Und Martin hatte gemeint, er ließe nicht locker, er nehme die Klienten noch ernst.

Der Internetauftritt mit seinem trockenen, seriösen Gesichtsausdruck und dem „Zeigen Sie mir das Problem, ich nehme Sie ernst!", hatte dann auch den gewünschten Erfolg. Abgesehen davon war er ja wirklich gut.
„Hast du noch diesen bayerischen Defroster im Eisfach?"
„Sag mal, meinst du etwa meinen erstklassigen Enzian aus privater Herstellung?"
„De gustibus nihil nisi bene!"
„Wenn du noch´n Zitat vermanschst, kriegst du gar nichts mehr!"
Der Enzian reichte nur noch um einen Fingerhut zu füllen und

war in der Flasche angefroren. Ich ging runter zum Italiener an der Ecke, besorgte zwei Quattro Stagioni, eine Flasche Rotwein und eine Flasche italienischen Brandy.

2

Martin schlief auf der Couch, erwachte völlig verspannt und gerädert, hielt sich den Kopf und konnte wieder mal nicht verstehen, dass mir eine halbe Flasche Brandy und ein paar Tässchen Rotwein nichts ausmachten.
„Du treibst zu wenig Sport!", beschied ich ihm.
„Ach, halt die Klappe!"
Ich ließ ihn allein leiden, warf den kleinen Backofen an, holte Steinofenbrötchen zum Aufbacken heran und legte sie auf dem Backrost zurecht.

Wasser filtern, Kaffee aufsetzen im Einloch-Melittafilter. Ich nahm eine äthiopische Arabica-Mischung, die aufgrund einer besonderen Wasserbehandlung besonders rund schmecken sollte und mir wirklich gut gefiel.

Die Bohnen kamen in meine riesige Mahlkönig-Mühle, die ich bei einer Geschäftsauflösung erwischt hatte. Sie füllte zwar die Hälfte des verfügbaren Platzes auf dem Tisch am Fenster und blockierte es, wenn man es öffnen wollte, aber auf diese Maschine wollte ich nicht mehr verzichten. Einstellung auf mittel, am Ende noch auf Espresso. Das feine Kaffeemehl sorgte mit dem Filter zusammen dafür, dass der Kaffee sehr langsam durchlief und Zeit hatte zu ziehen, was die meisten ja nicht beachten.
Hmm, und der Duft beim Mahlen!
Das Leben kann Sinn machen, muss aber nicht.

„Ich krieg nichts runter!"
„Los, trink den Kaffee, dann wird wieder ein Mensch aus dir, obwohl, wenn ich so drüber nachdenke ..."
Er stöhnte „Aaach, hör auf, Alter!"
„Und nimm einen Bissen von dem Brötchen mit dem Schinken, der ist geräuchert und schmeckt sauber und zurückhaltend, das macht dein Magen mit, ich garantiere es dir."
Er machte nur „Um!"

„Ich gebe dir mein Ehrenwort", sagte ich im Barscheltonfall, „ich wiederhole, mein Ehrenwort als Sternekoch, dass der Schinken ..."
Aber er stöhnte schon wieder. Gut, Barschel am Morgen auf einen empfindlichen Magen war wohl nicht das Richtige. Aber ich bekam ein wenig Flüssigkeit, etwas Koffein und ein paar Kohlenhydrate in ihn hinein und aß selber ganz genüsslich den Rest.

Im Jogginganzug fuhr ich ihn im DS nach Hombruch, holte mein Klapprennrad aus dem Kofferraum und pedalierte ausschließlich durch die Grünanlagen zurück, was die Strecke verdoppelte und mich etwa 30 Minuten kostete.

Ein paar Typen in Jeans und T-Shirts mit debilen Sprüchen hielten mich unwesentlich auf. Zwei trugen sogar schwarze Lederjacken trotz der warmen Witterung.

„Guck ma! N schwarzer Neger aufm weißn Farrad!", meinte einer. Ein anderer trat neben ihn und versperrte damit den Weg, der eigentlich breit genug gewesen wäre. Ich wich auf den Rasen aus, fuhr an ihnen vorbei und sagte freundlich: „Na, Jungs! Alles klar?" Aber jemand hielt das Rad am Gepäckträger fest. Ich zog die Bremsen, um sicherzustellen, dass das Rad wirklich stand, flankte vom Rad herunter und ließ Lenker und Bremsen los, so dass der Typ am Gepäckträger nun das Rad für sich allein hatte. Er guckte mich mit einer Mischung aus Misstrauen und freudiger Erwartung an.
„Schwarzer Neger ist übrigens ein Pleonasmus", klärte ich sie freundlich auf.
„Was issn Orgasmus?", fragte einer in der hinteren Reihe.
„Der will nur nerven", analysierte ein Dicker mit einer schwarzen Lederkappe ganz richtig.
„Dann müssen wir ihn mal erziehen und ihm klarmachen, dass er rechtschaffende Deutsche nicht anquatschen sollte!"
Ich rollte mich innerlich ab. „Rechtschaffen*de* Deutsche!" Was

für birnige Typen.

„Macht ihr erstmal einen Schulabschluss, ihr Kleinkriminellen!" Mit einem Aufschrei stürmten der Dicke und sein Nachbar, Typ Bodybuilder, auf mich zu. Womit sie nicht gerechnet hatten – ich machte zwei schnelle Schritte auf sie zu, wich aus, links an dem Dicken vorbei und hieb ihm den rechten Ellenbogen gegen die Kehle. Es warf ihn um, ich beschleunigte und sprang den Linken der Hintermänner an. Ein Tritt mit beiden Füßen gegen die Brust warf auch ihn um. Ich landete in der Hocke, federte hoch und trat den nächsten unters Kinn. Reine Schau. Völlig unnötig. Der Dritte wich weiter zurück, war wohl etwas schlauer als die anderen. Also zurück zur Front: Der Bodybuilder war noch übrig. Er schlug sich mit der rechten Faust in die linke Hand.

Ich lachte ihn aus: „Das ist nicht Einhandklatschen, aber du kannst wahrscheinlich nicht zählen!"

„Laber kein Scheiß!", zischte er, machte einen schnellen Schritt nach vorne und holte aus. Er schlug zu, eine kurze Körperdrehung und er traf nur meinen linken Bizeps, meine Rechte aber fand seine Nase, die nie wieder so sein würde, wie zuvor.

„Als Fahrradständer machst du dich gut", sagte ich zu dem, der immer noch den Gepäckträger im Griff hatte. „Aber jetzt nehm ich es wieder!"

Ich streckte die Hände aus, als ich merkte, dass er an mir vorbeischaute und instinktiv machte ich zwei Schritte zur Seite. Der Kerl, den ich für schlauer gehalten hatte, war nicht abgehauen, er stolperte mit einem Messer in der Hand an mir vorbei. Ich trat ihm in den Hintern, so dass er sich langlegte, dann trat ich auf seinen rechten Arm und schließlich mit dem anderen Fuß auf seine rechte Hand. „So ein Arsch wie du braucht keine Feinmotorik." Und ich drehte mich auf seiner Hand. Er kreischte auf und wimmerte immer noch, als ich mir mein Rad zurückholte, das der letzte der Helden nun doch hatte fallen lassen, aber hier auf dem Rasen war das nicht so tragisch. Wäre es auf den asphaltierten Weg gefallen, hätte ich ernsthaft böse werden können.

Um 12 hatte ich einen Termin nördlich des Rings, also holte ich meine drei Koffer, die ich an und auf den Gepäckträger klipste, und machte einen Umweg zu Crazy Hot Dog, um mich zu stärken. Statt meines Lieblings-Hot-Dogs mit Käse und Jalapenos nahm ich mal ganz konservativ Nackensteak im Brötchen mit Krautsalat. Kalorienarme Cola hatte ich im Koffer.

Bis zwei werkelte ich an der maroden Installation und dem verschimmelten Spülenschrank in der müffeligen Wohnung einer alten Oma, die gleichzeitig unterhalten sein wollte, nachdem sie erstmal ihre Verwunderung, dass ein „Neger" so was alles auch konnte, überwunden hatte. Eigentlich kein Problem für mich. Hab ich schon erwähnt, dass ich ausgebildeter Lehrer bin? Aber ich konnte oft nicht unterscheiden, ob sie konfuses Zeug quasselte oder ich einfach nur die Zusammenhänge nicht mitbekam, was dem losen Gebiss der Frau und der Tatsache geschuldet sein konnte, dass ich unter der Spüle lag und mit der Rohrzange rumklapperte.

„Wat kost dat denn nu, hoffentlich wird dat nich zu teua!" Und sie begann wieder von ihrer kleinen Rente und den kostspieligen Arzneimitteln zu erzählen. Ich unterbrach und ratterte herunter: „Ventil erneuern, Gummidichtung erneuern, Mischer reinigen, Siphon reinigen, die Dichtungen schenke ich Ihnen, das Ventil schenke ich Ihnen." Ich hatte es aus einer zum Abriss freigegeben Schule ausgebaut. „Die Anfahrt rechne ich nicht, aber für die zwei Stunden berechne ich ..." 50 Euro hatte ich sagen wollen. Aber als ich auf die verschrumpelte, krumme Frau hinunterschaute, kam heraus „25 Euro", die sie grummelnd bezahlte. Als ich aus der Tür ging, furzte sie laut.

3

Kurz vor drei, mir blieb kaum Zeit zum Duschen, holte Martin mich ab, weil er zugestimmt hatte, bei Melissa vorbeizuschauen, und meinte, mich als Verstärkung zu benötigen. „Du hast dich doch immer so gut mit ihr verstanden."
„Mit ihr ja, mit Rudi nicht so recht." Der hatte sich schon im Zahnarztstudium so verändert, dass wir praktisch kaum noch miteinander hatten reden können. Elitäres Arschloch.
„Ich weiß, Rudi ist in München auf einem Kongress, wie lange habt ihr euch nicht mehr gesehen?"
„Sechs Jahre?"

Die sechs Jahre hatten Melissa nicht geschadet und dem Haus genützt. Melissa hatte ein paar Gramm und das Haus Grün an strategisch wichtigen Stellen angesetzt. Säulenwacholder neben der bronzenen Tür, die auch vor ein antikes Zeughaus gepasst hätte. Eine Million Geranien in den integrierten Blumenkästen. Sattgrüne Rhododendren ringsum, drüber Trauerbirken und Blutbuchen als Rahmen für die ringförmige Zufahrt, die man der Stadt als Kreisverkehr hätte verpachten können.

„Wir hätten beim Friedhof halten sollen, ich glaube, ich brauche ein paar Blumen."
Die Tür schwang langsam auf, eine dünne Frau in schwarzen Leggins und weißem T-Shirt blinzelte ins Licht und fragte: „Ja bitte?"
Martin wirkte jetzt schon genervt. „Wir wollen zu Frau Brinkmann!"
„Wen darf ich ..."
Aber da tönte es aus den Tiefen des Hauses: „Schon gut, Lissy, danke!" Die Tür schwang ganz auf und ließ uns beide ein, gleichzeitig, so breit war die. Und Melissa stand hinten im Wintergarten, eine dunkle Silhouette, die dominierend wirkte. Lernen die Reichen so was da, wo Luii Käänz das schon gelernt hat. Oder kommt es einfach mit dem Geld, irgendwie automatisch.

Ich hatte Vorbehalte gehabt, hatte nicht mitgewollt, aber jetzt stürmte Melissa auf mich zu, sprang an mir hoch und ich hatte sie wieder in den Armen ganz wie am Anfang vor 18 Jahren.
„Sidney, dass du gekommen bist, Mann, das ist lieb!"
„Jau, finde ich auch", nuschelte ich in ihre nach Vanille duftenden Haare.
„Und immer noch die große Klappe wie eh und je!"
„Will ich doch hoffen." Ich stellte sie wieder hin und ließ schnell genug los, um nicht in den Verdacht zu geraten zu klammern. Sie aber griff mir in die Haare.
„Das hat sich auch nicht geändert!"
„Willst du immer noch mit mir tauschen?"
„Aber sofort!" Übergangslos wurde sie ernst. „Du hast schon gehört ..."
„Martin hats mir erzählt. Wann ist sie denn weg?"
„Vor drei, nein, vier Tagen muss sie schon abgehauen sein, da hat ihr Freund sie schon nicht mehr gesehen."
„Die beiden waren verabredet gewesen?"
„Ja, sie wollte am Abend bei ihm sein, ist aber nicht aufgetaucht." Sie war uns voraus in den mit Bambusrollos abgeschatteten Wintergarten geschlendert und bot uns mit einer Handbewegung die Rattansessel an.
„Etwas zu trinken? Cognac?"
„Auf keinen Fall", meinte Martin. „Wasser vielleicht."
„Auf jeden Fall! Euren guten Cognac zu vernichten, ist mir eine gar ehrenvolle Aufgabe." Damit brachte ich sie wieder zum Lächeln.
„Ist er immer noch so ein pubertärer Kindskopf?", fragte sie Martin.
„Ist der Papst ein Mann?"
„Weiß mans?", wusste ich zu kontern. „Wo der doch ein Kleidchen trägt!"
Lachend verschwand sie für ein paar Sekunden und dann kam Lissy, um uns zu bedienen.

Melissa setzte sich neben mich und schlug die Beine übereinander. Elegant. Schon vor Jahren hatte ich gedacht, dass sie es weit gebracht hatte. Das verzweifelte Mädel, das oft nicht gewusst hatte, wo es sein Töchterchen lassen sollte, denn ihre Eltern waren der Meinung, sie habe sich das Problem angeschafft und müsse sich auch kümmern, diese Zeiten hatte sie weit hinter sich gelassen.
„Gute Beine", sagte ich. „Immer noch!"
Sie nickte huldvoll: „Sport, regelmäßig."
„Recht so!", sagte ich und wie früher konterte sie: „Links rum!", nach dem John Cleese Brüller, in dem er einen Schulleiter spielt. Wir lachten.
„Hört doch mal auf zu blödeln, meine Kopfschmerzen kommen wieder!"
„Der Freund, kann der sie ... ich meine, ist er über jeden Verdacht erhaben?"
Lissy kam und servierte unsere Drinks.
Melissa schüttelte nur den Kopf.
Ich stellte plötzlich fest, ich war nach all den Jahren wieder in die Lehrerrolle gefallen: Der komische Typ da, der sich um alles kümmern muss, den Kids in der fünften Klasse noch die Schuhe zubinden, die Nase schnäuzen, Schnittwunden verpflastern, mit ihnen dem verstorbenen Hamster hinterhertrauern und wehe, du grinst, weil dir bewusst ist, wie kurzlebig der Hamster als solcher nun mal ist und dass es beim Menschen nicht viel anders aussieht, nur dass da im Allgemeinen über wichtige Implikationen nicht genug nachgedacht wird. Stichwort Gerechtigkeit.
Und die Technik kam auch automatisch zurück: Einfach etwas fragen und wenn es Pausen gab, länger aushalten, als man es eigentlich gefühlsmäßig wollte.
Das Gegenüber kommt nach einiger Zeit garantiert mit neuen Gedanken.
„Also, der Sven ist ein ganz Lieber. Sehr zuverlässig, fast schüchtern, gut in der Schule, musikalisch, kümmert sich um die pflegebedürftigen Großeltern, wenn Maren und Johannes

mal wegfahren wollen." Sie zuckte die Schultern. Ich süppelte Cognac und wartete.
„Es spricht wirklich nichts gegen ihn. Du hättest die Typen mal sehen sollen, mit denen sie mit 14,15,16 hier angerauscht kam!" Sie lachte wieder und ich musste grinsen. Das Lachen, die Beine und wie sie Rock´n Roll tanzte – ich hatte sie wirklich vermisst.
„Ach ja, Rudi kennt den Vater gut, Paul Krautner, der hat nämlich ein Zahntechniklabor. Also, das ist eine rundum solide Familie." Ihre Stimme verlor sich, dann fragte sie: „Was meint ihr, wo kann sie nur stecken? Ich sehe sie schon entführt, in irgendein Bordell gesperrt oder vielleicht sogar ..."
Ich griff nach ihrer Hand und hielt sie fest.
„So was darfst du gar nicht erst denken! Stell dir lieber vor, sie hat einen Trip irgendwohin gemacht und steht gleich oder morgen wieder in der Tür! Denk doch mal an dich selber damals! Du hast doch auch gemacht, was du wolltest, auf Teufel komm raus! Von wem hat sie das also?"
„Ja, ja, gut, aber sie ist ja nicht so ... wir haben doch ein Vertrauensverhältnis ..."
„Du meinst eher wie zwei Schwestern, nicht wie Mutter und Tochter."
Sie verzog den Mund. „So weit würde ich nicht gehen, aber sie weiß, dass sie mir alles erzählen kann."
Martin verdrehte die Augen. Er hatte den Spruch aus völlig kaputten Familien schon zu oft gehört.
„Und die Polizei? Haben die etwas unternommen?"
„Haben gestern die Fahndung eingeleitet, wollten ein Bild haben. Der blöde Bulle kam mir mit Statistiken, ich weiß nicht, 7000 Kids oder so jährlich vermisst, fast alle wiedergefunden. Ich sollte dem Fernsehen nicht trauen, da würde das ganz falsch dargestellt. Ich hab ihn nur gefragt ‚fast'? Da hat er nur die Schultern gezuckt." Ihre Stimme war irgendwie rau geworden, jetzt stiegen Tränen in ihre Augen.
„Jetzt hör mir mal zu! Ich stelle mir Sophie als kleine Powerfrau vor, Mensch Melissa, die lässt sich doch nicht so einfach kidnappen. Hab ich ihr nicht damals ein paar ganz fiese Tricks

gezeigt?"
Sie runzelte die Stirn.
„Ach ja, sollte sie dir nicht erzählen. Sportlich ist sie doch auch?"
Ein Nicken. „Reiten, Klettern, Tanzen, Tennis. Und was sie alles ausprobiert hat! Auch Kampfsport, ja."
Und mir fiel ein: „Fehlt denn was von der Kleidung oder eine Tasche, ein Rucksack?"
Sie ließ meine Hand los und nahm sich selber ein Glas Wasser. „Ich weiß nicht recht. Also, ich meine, wir haben doch vor einiger Zeit Lissy bekommen ..." Als ob Lissy ein Kind wäre, das man ‚bekommt': ‚Herbert, schau! Es ist eine Putzfrau!'"
„Und ich habe mich nicht mehr so gekümmert. Außerdem war Sophie schon sehr selbstständig. Was meinst du, was sie gesagt hätte, wenn ich mich mit ihren Klamotten beschäftigt hätte!"
Mir fiel nichts mehr ein. Melissa anscheinend auch nicht, ihre Augen wurden wieder feucht. Martin räusperte sich, zuckte unmerklich mit den Schultern. Ich stand auf und nahm mir noch einen Cognac aus der Bleikristallkaraffe. Ein schweres Ding mit abgerundeten Kanten und griffigen vertieften Seitenflächen.
„Ich hab sie zu lange nicht mehr gesehen, was will sie denn nun werden?"
„Irgendwas mit Chemie oder Biologie, Biochemie? So ganz genau weiß sie das auch noch nicht."
Ich schnupperte am Glas und überlegte, ob Melissa mir den Inhalt auch in Euro geben würde, wenn ich den Stoff zurückgoss. Möglicherweise würde mich das für eine Woche sanieren.
„Rudi war neulich mal sauer, weil Melissa sich nicht drängeln ließ. Erst mal das Abi, hatte sie gemeint. Und als er keine Ruhe gab, ich weiß nicht, von wegen Planung, Auswahl der Uni, Studienort und so, wurde sie bockig. Sie würde auch gerne Buchhändlerin machen, wenn er sie noch weiter nervte. Buchhändlerin. Rudi ist ausgerastet. Ein Mädchen mit den Fähigkeiten und Noten. Buchhändlerin, am Arsch. Das hat sie natürlich nur so gesagt." Melissa lachte. „Und Rudi nimmt es ernst!"
„Warum ist der eigentlich nicht da?"
„Fortbildung in München. Implantationstechnik. Ein Zertifikat, das er braucht. Da kann er nicht weg, Zitat: ‚Nur weil das Töch-

terchen wahrscheinlich mal einen draufmacht'."
„Er meint das doch nicht so", Martin sah mich an. Jetzt zuckte ich die Schultern. Wahrscheinlich meinte er es genau so.
Martins Handy dingelte. „Entschuldigt!" Er stand auf und wanderte zwischen den Bananenblattstauden, Bambussen und Palmen herum, während er telefonierte. Dann kam er zurück. „Ich muss los, ein neuer Klient. Ein Mobbingfall, akut, da ist noch jemand völlig fertig. Kommst du?", fragte er mich, weil ich so ruhig sitzen blieb.
Ich schüttelte den Kopf. „Sag mal, Melissa, wann hast du das letzte Mal Tennis gespielt?"
„Tennis! Vor einer Woche? Warum?"
„Na komm, wir toben uns mal so richtig aus!"
Sie wollte nicht, aber Martin meinte, er wisse schon, warum er mich mitgeschleppt habe. Das sei eine klasse Idee.

Eine gute Stunde später gab ich verschwitzt auf. So oft kam ich nicht zum Tennis spielen. Sie trainierte jede Woche. Aber ich war zufrieden. Ich mag das, der rote Sand, der blaue Himmel und im Preis mit inbegriffen hübsche Frauen im weißen Dress und ein leckerer Cocktail, was will man mehr.

Und Melissa bot mir auch noch das Mehr an, als ich fragte, ob sie mich nach Hause kutschieren würde, ich könnte aber auch laufen, kein Problem: „Ich fühle mich so allein zu Hause, komm doch noch mit! Oder hast du was Besseres vor?"
„Och, ich könnte beim alten Herrn Olschewski schon mal die Tapeten abreißen, der will tapeziert haben."
Sie würgte den Motor ab.
„Ist das dein Ernst?"
„Nein, natürlich nicht, in Wirklichkeit wollte ich zu St.Petri fahren, beichten und ein paar Kerzen anzünden."
„Immer noch die dämlichen Sprüche. Du hast dich gar nicht verändert."
„Wenn ich nicht ich bleibe, was bleibt mir dann?"

4

Wir landeten nach dem Duschen im Bett. Nach all den Jahren Sehnsucht war plötzlich alles ganz unkompliziert, nett, ein bisschen giggelig und vor allem erregend.

Wir blieben im Bett sitzen, ein Glas kalten Rotwein in der einen Hand, ein Stück Hähnchenpastete in der anderen. Wie perfekt das Leben sein kann.
Und wie: „Unkompliziert", sagte ich laut.
Sie legte den Kopf auf meine Schulter. „Ja, das warst du immer, direkt und geradeaus. Anders als Rudi."
„Nein, ich meine dich und die ganze Situation. Wann kommt Rudi wieder?"
„Morgen Mittag!" Sie quetschte meinen Bizeps. „Sag mal, bist du noch kräftiger geworden. Du warst ja immer stark ..."
„Als kleiner Pimpf nicht. Mit 10 habe ich begonnen Gewichte zu heben, mit 12 habe ich das dann systematisch gemacht und mich für Kampfsport interessiert." Und zwar weil ich ein paar Mal übel verdroschen worden war. Lange habe ich es aber nie in irgendeinem Verein ausgehalten. Ich bin kein Vereinsmeier, ich bin kein Teamspieler. Ich bin ich.
„In den letzten Jahren habe ich noch fünf Kilo Muskeln draufgepackt, bin jetzt bei 96 Kilo, mehr solls nicht werden."
Bei 1,88 Körpergröße sah das gerade noch harmonisch aus. Was ich auf keinen Fall wollte, war Mr. Universum den Titel streitig machen!

Draußen fuhr ein Wagen vor, eine Autotür fiel ins Schloss, man hörte die Haustür und Rudi rief: „Schatz, ich bin wieder da."
„Morgen Mittag?", fragte ich Melissa und schaltete auf Turbo. „Runter mit dir! Nimm dein Glas mit! Lots ihn in die Küche! Das hier mach ich schon!"
Mit gerunzelter Stirn stellte sie ihren Imbiss ab, stand auf und zog ihr Kleid über.
„Moment noch!" Ich nahm unsere Teller und Gläser. Die Pastetenreste zerbröselte ich in die Toilette, den Rotwein kippte ich

hinterher, abziehen.
„So, jetzt kannst du gehen."
Ich gurgelte kurz mit Odol, warf mich in meine Sachen und machte das rechte Bett. Die Teller und mein Glas steckte ich in die Kommode unter ihre Wäsche.
So, raus auf den Balkon, übers Geländer steigen, in die Hocke gehen und kurz an den Geländerstäben baumeln. Der Rasen lag nur einen Meter unter meinen Füßen. Ich ließ los, federte ab und rannte ums Haus.
Klingeln!

Rudi öffnete, Lissy war anscheinend nicht mehr da.
„Sidney! Meine Güte, was verschafft mir die Ehre?"
„Martin hat mir das mit Sophie erzählt."
„Ja, komm rein! Wo steht denn dein Auto?"
„Hab immer noch keins, bin mitgenommen worden und hab den Rest zu Fuß …"
Er warf den Kopf zurück, als wollte er in Lachen ausbrechen, sagte aber: „Alles wie immer?"
„Alles wie immer!"
„Ich habe noch nichts gegessen, machen wir uns ein Steak?"
Ich nickte und begrüßte Melissa, als ob wir uns lange nicht gesehen hätten. Sie presste die Lippen aufeinander, als müsse sie gleich in Gelächter ausbrechen.
„Das muss schwer für dich sein!", sagte ich ernst und nahm sie in den Arm.
Sie machte sich wieder los. „Für mich kein Steak. Wie wärs mit Nudelsalat dazu. Jemand muss mir aber schnibbeln helfen!"
So landete ich in der Küche, während Rudi auf der Terrasse den Weber Grill anschmiss.
„Du bist verrückt!", sagte Melissa, als sie den Topf mit Wasser aufgesetzt hatte.
„Ja, sicher. Und wenn wir bedenken, dass wir alle verrückt sind, ist das Leben erklärt."
Sie sah mich mit gerunzelter Stirn an.
„Mark Twain."

„Hier, hack mal die Gurken und die Perlzwiebeln so klein wie´s geht!"
Sie stellte mir Honig-Gurken und JA-Perlzwiebeln hin, setzte drei Eier auf und schnitt eine Viertel Fleischwurst klein.
„Ach, und dann ein paar Chicorée-Blätter in feine Streifchen!"
Darauf rührte sie ein Dressing an aus Schmand mit Muskat, Salz, schwarzem Pfeffer und Chili, etwas Gurkenwasser und: „Was haust du denn da rein?"
Sie hielt mir das Glas hin, ich schnappte es, schnupperte: „Sauce au poivre vert!? Hm, lecker, man lernt nicht aus."
Ich reichte das Glas zurück.
„Das Tennis-Spielen sollten wir wiederholen. Wie wärs am Wochenende?"
„Ich weiß nicht, ob wir das zur Gewohnheit werden lassen sollten."
Ich sagte nichts, Drängeln bringt nie was.
„Im Kühlschrank sind ein paar Flaschen Bier. Nimm zwei mit raus, dann könnt ihr beim Grillen schon ein Bier trinken. Ich warte auf die Nudeln."
Rudi besaß auf der Terrasse eine komplette Außenküche. In einem Mahagonischrank verbargen sich die Mikrowelle und Fächer für Gläser, Teller, Besteck. Den Grill hätten sie dauernd in Betrieb, erklärte er mir, da würden sie auch Aufläufe und Pizzen drin machen.
„Da kann man ja neidisch werden. Melissa hat mir erzählt, dass du und Sophie euch gestritten habt!"
Warum hatte ich das gefragt? Na gut, ich mochte ihn auch nach all der Zeit nicht leiden. Und ich wollte ihn nerven.
Er winkte ab. „Die hat ihren eigenen Kopf. Ist halt anstrengend. Ich bemüh mich schon, nicht vollständig auszurasten, wenn sie mit dem fünften Freund im Monat oder irgendeinem Blödsinn kommt." Jetzt waren die Steaks in der Mikrowelle aufgetaut und er bestrich sie mit einer öligen Gewürzpaste. „Cajun Gewürz mit Sambal Olek und Öl angeteigt, meine Erfindung."
Ich schenkte das Bier ein. Münchner Dunkel von Paulaner, nicht übel. „Ich habe versucht Melissa zu erklären, dass Sophie sich

nicht unterkriegen lassen würde."
Er prostete mir zu. „Genau! Weißt du noch, wie du sie auf diesen Kampfsporttrip gebracht hast?"
Ich schüttelte den Kopf. „Hab ihr doch nur ein paar Tricks gezeigt."
„Ja, aber dann hat sie einige Stunden Judo gemacht, Karate ausprobiert und schließlich zwei Kurse in Selbstverteidigung absolviert. Nebenbei Tennis und bei den Vereinsmeisterschaften neulich den zweiten Platz geholt. Für die Schule Schwimmen und Schachturnier und dann den Flugschein, und das alles bei einem Abischnitt von 1,1. Und ich soll mir Sorgen machen?"
„Respekt! Sagtest du gerade Flugschein?"
„Ja! Au, Mann, das darf Melissa aber nicht wissen! Die mit ihrer Flugangst. Also, hör mal Alter", und er schlug mir auf den Bizeps, „das bleibt aber unter uns!"
„Sowieso, ich hol mal noch´n Bier!"

Das Bier war gut, Rudi konnte mittlerweile tolle Steaks grillen, der Nudelsalat hatte etwas Besonderes und wir stritten uns nicht über Griechenland, die Flüchtlinge, den Euro und die Kanzlerin.

Wir waren bei diesem verehrungswürdigen Cognac angelangt und ich hob das Glas: „Auf euch! Und Rudi, sag mal, wieso sind wir uns heute nicht über Politik in die Haare geraten?"
„Man kann seine Meinung ja auch mal ändern und, ähm, Sophie, Junge, Junge, mit der hatte ich ein paar Diskussionen! Da ist mir ein Stück Harmonie lieber, als immer recht zu behalten!"
„Der Edle strebt nach Harmonie! Auf Konfuzius!" Ich toastete beiden zu und ließ meinen Plan fallen, ihm Melissa auszuspannen, was auch immer es an Anstrengung gekostet hätte. Stattdessen plante ich, seinen Cognac zu vernichten.

5

Ich hatte mich schon lange drauf gefreut, mal wieder rauszukommen. Ich würde ja behaupten, ich sei kein Stadtmensch, ich bräuchte die Natur, die Ruhe. In der Natur fühlen wir uns so wohl, weil sie kein Urteil über uns hat, sagt Nietzsche und da ist verdammt was dran.

Aber fahre ich in die Dolomiten oder auf eine Schäreninsel oder mitten in die Heide, fehlen mir plötzlich der nächste Gyrosgrill, die große Buchhandlung um die Ecke und ein Spezialitätenmarkt, wo ich Pistazienpesto und Olivenöl mit Orange erstehen kann. Es ist alles eine Frage der Gewohnheit. You only know what you've got till you lose it. Und sei es nur begrenzte Zeit.

Im Moment aber ging mir mein Leben, ging mir Dortmund auf den Sack. Du musst mal raus, du musst möglichst oft was anderes machen, hatte mir eine Freundin, eine Psychologiestudentin, beigebracht, sonst versauerst du, sonst wirst du einseitig! Das Gehirn hat nämlich die dumme Eigenschaft wie ein selektiver Schwamm nur das alltäglich Negative zu speichern und aufzusummieren und diesen Teufelskreis gilt es zu unterbrechen und auszubrechen. Deshalb hatte ich für die nächsten zwei Wochen keine Termine angenommen, was mich mindestens einen guten Kunden gekostet hat.

Werkzeugkisten weggestellt, Packtaschen ans Rad, Kühlschrank aufgeräumt, Sahne, Milch, Käse eingefroren, Aufschnitt weggeworfen, Herd aus, Bügeleisen aus, Licht aus, raus!

Aller Anfang ist eklig. Die ersten Kilometer bastelte ich mich wie immer über Nebenstraßen durch zum Hafen und zur Ellinghauser Straße, wo man auf den Uferweg zum Kanal kommt.

20 Minuten später war ich gemütlich aus Dortmund raus, hatte die A2 hinter mir gelassen und saß nun unterhalb von Waltrop am Ufer auf einer alten Obstwiese und köpfte den Moët

& Chandon Impérial Piccolo. Dazu ein saftiges Butterbrot mit Bressot und Kochschinken, aufgepeppt mit Chilipulver, dünnen Gurkenstreifen, Kräutern, Mayonnaise, sehr wenig Heinz Ketchup Curry scharf, einem Spiegelei und fühlte mich viel besser.

Bis Datteln war ich schon mehrfach geradelt, um direkt am Kanal im „Ankerplatz" eine Grillplatte mit Köstritzer Schwarzbier zu spachteln. Kurz nach Ostern vor zwei Jahren war ich bis ins Alte Land rauf und im letzten Herbst, „Indian Summer", wollte ich über den Datteln Hamm Kanal nach Ahlen, Sendenhorst, Münster und über Haltern zurück, doch eine Grippe ließ mich in Sendenhorst abbrechen.

Die Radwege an den Wasserstraßen und die umgewandelten alten Bahntrassen in der Region waren für mich die einzig guten Pisten, um entspannt und einigermaßen sicher biken zu können. Hier brauchte man nicht in Konkurrenz zu treten mit motorisiertem Verkehr. Und Straßenkreuzungen interessierten nicht, da die Straßen natürlich über Brücken geführt wurden. Die Stellen, an denen man gezwungenermaßen zur Brücke rauf musste, um die Seite zu wechseln, zählten für mich nicht.

Die Vorstellung, dass man dem Kanalnetz oder den Flüssen folgend bis nach Holland oder Schleswig-Holstein oder Berlin oder Dresden kommen konnte, beflügelte ungemein. Freie Fahrt voraus, wenn man von Spaziergängern und freilaufenden Kötern absah.

Nach ein paar Minuten auf dem Rad klickte, wie schon in meiner Kindheit, eine Art Renninstinkt ein, ich wollte es wissen, spürte Reserven ohne Ende, die Beine gingen unbewusst und mechanisch rauf und runter wie bei einem Motor und das Wasser links und die Bäume rechts zogen mit zufriedenstellender Geschwindigkeit vorbei. Ich war frei, ich brauchte nur weiterzufahren. Ich konnte überallhin. Wäre ich irgendwo angestellt, könnte ich das jetzt nicht mal eben machen. Die Freiheit ist ein Luxus, den sich nicht jedermann gestatten kann, meinte Bismarck ganz richtig.

Diesmal wollte ich nach Schneverdingen in die Heide. Zwischenstation machte ich am Mittellandkanal in Reken, wo ein verträumtes Waldbad direkt am Kanal lag. Ich zwängte die Taschen in drei verschiedene Schließfächer und lockerte im lauwarmen Wasser meine Muskeln – herrliches Gefühl! „Ich spüre meinen Luxuskörper, also bin ich."

Später fiel ich auf mein Hi-Tech-Handtuch, das dämliche Microfaser-Ding trocknete nicht ab, saugte kein Wasser auf, aber nahm auch kaum Raum ein. Ich cremte mich oberflächlich ein und ein paar Mädchen mit ziemlich dicken Titten giggelten. Sie hatten wohl nicht kapiert, dass ein dunkelhäutiger Mensch genauso Sonnenbrand bekommen konnte wie ein hellhäutiger! Ich hatte zu viel Creme genommen, es kam IMMER zu viel Creme aus der Flasche, und verkniff mir gerade noch, den amüsierten Mädchen mit den üppigen Vorbauten zu winken und kostenloses Eincremen anzubieten. Die sahen zwar erwachsen aus, aber ich hatte genug Sechst- oder Siebtklässlerinnen gesehen, die mehr Busen hatten als manch traurige Erwachsene. Ich schmierte den Rest die Beine hinunter und nochmal die Arme hinauf, die es kaum nötig hatten, da sie oft genug der Sonne ausgesetzt sind.

200 Meter zurück ein Gasthaus, das erklärtermaßen auf Biker eingerichtet war. Besser ging es nicht.

Nächste Etappe bis Schloss Petershagen, eigentlich wollte ich durchfahren, aber es jagte mich doch niemand, verdammt noch eins. Wozu hatte ich von Block „The Burglar Who Thought He Was Bogart" mitgenommen und von Camus „L´Été", das schönste Buch, das ich kannte. Außerdem den neuen Lee Child, den ich wie immer grässlich geschrieben fand. Ich musste mir den abgewöhnen. Aber jedes Mal kaufte ich ihn wieder. Mit jeder Menge Chili-Chips, Gouda, Kaminwurzn und ein paar

Guinness Dosen vergingen später Nachmittag und Abend und ich fühlte mich so zufrieden wie ein kleines Baby.

In Schneverdingen wiederholte ich das, was uns ein netter Heimleiter vor Jahren gezeigt hatte: Im Heide und Moorgebiet etwas südlich fand ich nachmittags die richtige Stelle wieder und nach Besuch des Heidegartens und des Spaßbades und Einkauf in der Ortsmitte wanderte ich sehr viel später gemächlich mit dem Rad an der Hand aus dem Ort hinaus, ins Moor hinein und versuchte wie damals ohne Taschenlampe nur mit dem Licht des Mondes und der Sterne klarzukommen.

Die Bäume bildeten dunkle Wände, zwischen denen es über steinige Wege und schmale Bohlenstege an schwarzen Wasserflächen vorbei ging. Unter einer großen Eiche, hier war es nun wirklich stockfinster, nach rechts, und dann öffnete sich der Pfad auf breite sandige, ja, fast helle Heidewege. Das Erikakraut bildete dicke Polster von hunderten Quadratmetern Größe und ich machte vier Schritt hinein, legte meinen Schlafsack aus, damit mich nicht jede kleine Spinne und jede Zecke sofort fand und ließ mich nieder: Ahh, ein Komfort, absolut unirdisch. Umarmt von der Natur, gestreichelt von einem warmen Sommerwind, völlig ungestört und mit dem Blick in den funkelnden Nachthimmel hinauf, den Duft von Kräutern und Erde in der Nase. Und das Gefühl wich, dass ich dies müsste, jenes tun sollte und das auch noch erledigen und an den denken, dem eine Mail schicken, da was reparieren, hierhin, dahin fahren, es wich dem Gefühl einer fundamentalen Leichtigkeit. Ich müsste jetzt levitieren können wie ein indischer Yogi.

Als die Sonne aufging, etwa um 5 Uhr, wurde ich wach, blieb noch etwas liegen, lauschte den Vögeln, sah, dass sich etwas bewegte, richtete mich auf und verscheuchte ein paar Rehe, die mir gar nichts hatten tun wollen. Ich frühstückte eine Rosinenschnecke von gestern, die mit einem kühlen Becher Latte Macchiato gut runterging, wanderte auf Umwegen in den Ort zurück und fand einen Kiosk am Bahnhof, der mir um halb sieben zu einem Käsebrötchen und heißem Kaffee verhalf. Schwarz? Der Betreiber lachte sich kaputt,

7.30 öffnete das Hallenbad. Ich ging duschen, schwimmen, trank noch einen undefinierbaren Kaffee am Schwimmbadkiosk, las meinen Camus und irgendwann war Mittag. Die Gyrospizza im Bistro nebenan war eine dämliche Wahl. Ich vertrieb mir die Zeit bis zum Abend, indem ich in der Heide herumgurkte und suchte schließlich wieder meinen Schlafplatz in der Natur auf. Es ging mir geradezu unanständig gut.

Bis ich nächsten Mittag wirklich aufs Rad stieg und strikt nach Süden aus der Stadt rausfuhr, wusste ich nicht, was ich tun würde. Freiheit. Irgendwann fand ich mich am Steinhuder Meer wieder und bald drauf in Paderborn und plötzlich packte es mich, in einem Rutsch fuhr ich nach Dortmund zurück, wo ich feststellte, dass ich die Englischnachhilfe für Kevin Schulte vergessen hatte. Die genervte Mutter hatte zweimal auf den Anrufbeantworter gesprochen. Kevin war so kurz vor den Ferien der einzige, der noch Stunden bekam. Ich rief die Frau an und erklärte ihr, dass ich Besuch aus Niger bekommen hatte und als Folge völlig unbegründet in Quarantäne genommen worden war mit Verdacht auf Lassa-Fieber. Wenn man schon mal dunkelhäutig war in diesem Land ...

6
Zufällig war ich wieder am Flughafen, weil es einfacher war, Heinz dort zu erwischen, als zu ihm nach Bochum rauszuradeln.

Ein Kunde, ich hatte ihm die Glasscheibe in der Esszimmertür erneuert, hatte mich gefragt, ob ich auch den alten Braun Röhrenverstärker reparieren konnte. Konnte ich nicht, aber ich wusste genau den richtigen Spezialisten dafür: Heinz, ein ehemaliger Kollege, ein paar Jahre älter als ich, hatte als Ingenieur in der Industrie gearbeitet und war in den Schuldienst gewechselt, als man händeringend Mathe und Physiklehrer gesucht hatte. Aber nun, nach gut einem Jahrzehnt, verfluchte er jeden weiteren Tag, den er dort arbeiten musste. Dauernd erklärte er mir, dass er überlegte, wieder in seine alte Firma zurückzugehen. „Ich kenn da noch jemanden im Personalbüro. Wenn ich will, kann ich sofort wieder einsteigen!"

Ich hatte also den Verstärker in eine Decke gewickelt und in einen Rucksack gestopft und war froh, als ich endlich am Flugplatz ankam, den Rücken schweißnass. Das Hemd klebte an der Haut.

Im Hangar für die kleineren Privatflugzeuge fand ich Heinz, der an seinem Motorsegler das Öl wechselte. Der Motor, das wusste ich schon aus seinen Erzählungen, war aus einem alten VW-Käfer.

„Grüß dich, Heinz!"
„Gut, der Mann!", dröhnte es zurück. Heinz war einen Kopf größer als ich und sein Brustkasten lieferte den entsprechenden Resonanzraum. „Hier, halt mal!"
Und da stand ich dann, unbequem halb gebückt, um das Öl in einer alten Plastikschüssel aufzufangen.
„Was ist das denn?" Ich schielte mit schräggelegtem Kopf zu einem unförmigen Haufen Schrott hinüber.
„Die verunglückte Maschine – hast du nicht mitgekriegt? Hat

nem Kumpel von mir das Leben gekostet."
„Sorry! Das war der Unfall bei Ascheberg?"
„Hmhm."
„Ursache?"
„Herzinfarkt. War ein alter Hase, mittlerweile 74. Hab ne Menge von ihm gelernt. So, du kannst die Schüssel abstellen, da kommen nur noch ein paar Tropfen."
„Ich dachte, Ältere dürften gar nicht mehr fliegen."
„Wenn du den Gesundheitstest schaffst, darfst du fliegen. Punkt."
„Und du siehst, was dabei herauskommt, sogar Jugendliche dürfen, also, ich würde das nicht erlauben. Wenn ich überlege, was Fahranfänger an Unfällen bauen!"
„Kannst du doch gar nicht vergleichen. 60 Starts brauchst du, 25 Einzelstunden, teilweise Überprüfung durch einen zweiten Fluglehrer, da gibts keine Mauscheleien! Du hast Alleinflüge und begleitete Flüge und du musst eine Prüfung in sieben Fächern bestehen! Wenn du dann die praktische Abschlussprüfung machst, musst richtig zeigen, dass du absolut alles drauf hast: Seitengleitflug, Rollen – du musst vor allem zeigen, dass du weißt, wo die Grenzen des Fliegers sind, also was du in Extremsituationen machst und wann er dir abschmieren würde. Und das, mein Alter, fehlt doch größtenteils beim Fahrunterricht! Wieso machen die kein Schleudertraining, frage ich dich? Wieso wird nicht mit beladenen und unbeladenen Fahrzeugen gearbeitet?"
„Du wirst wohl recht haben."
„Ich habe immer recht."
Ich nickte, wusste ich doch.
„Die Sophie Brinkmann, kennst du die, ist die gut?"
„Sophie, ha, junge Leute! Ich sag dir, die und ihr Freund, klar sind die gut, aber sie sind nicht zuverlässig!"
Ich hob die Augenbrauen.
Heinz hatte die etwas irritierende Eigenart, dass er einen dann nachmachte. „Ja, die wollten bei der Planung des Sommerfestes helfen, sind aber gestern Abend nicht aufgetaucht."

„Wundert mich nicht, Sophie ist seit vier Tagen verschwunden. Ist die Tochter von alten Freunden."
„Verschwunden", echote er.
„Und dieser Sven fliegt also auch?" Der schien mir eher ein Weichei zu sein. Ich traute ihm so etwas Abenteuerliches nicht zu.
„Wieso Sven, der heißt Steffen!"
„Steffen, ok, das ist also wohl ein Kumpel, aber nicht ihr, äh, Geliebter."
Heinz sah mich nur an und grinste.
„Was?"
„So wie die rumgemacht haben, war das hundertprozentig ihr Macker."
Ich wartete auf seine Erklärung.
„Die sind ja nun schon länger dabei, sonst hätten sie nicht mit 18 den Schein kriegen können. Letztes Jahr im Winter haben sie mitten in der Nacht in der Hangarumkleide miteinander gepennt, hatten wohl keine andere Möglichkeit. Der Sicherheitsdienst hat sie gefunden und der Bursche war so intelligent, sich nur die Personalien geben und die Sache auf sich beruhen zu lassen. Aber jeder weiß davon."
„Wie heißt dieser Steffen mit Nachnamen?"
„Buchmeier."
„Das ist ja interessant!"
Jetzt hob er die Augenbrauen und ich machte ihn nach, das konnte er nicht haben.
„Versuch mal den Verstärker zu reparieren. Auf 150 Euro Kosten hab ich die Leute schon vorbereitet. Ich muss los. Du musst mal wieder vorbeikommen. Ach so, ich habe eine neue Adresse und was Leckeres im Giftschrank."
Wenn man ihn nicht gezielt einlädt, kommt er sowieso nicht. Und man muss ihn ködern, am besten mit einer Likörspezialität. Da hat er doch auf einen Lehrerausflug mal einen echten Maraschino und einen Kräuterlikör aus Österreich mitgebracht. Nicht dass die Tröpfchen nicht lecker waren. Nur haben alle, einschließlich meiner Wenigkeit, zu viel davon abbekommen,

ohne dass der Magen eine Grundlage gehabt hätte. Ich plante jedenfalls, ihn demnächst mal mit einem Cherry Brandy aus Frankreich abzufüllen.

7
„It was a slow day,
the sun was beating on the soldiers
by the side of the road ..."
Ich hatte meinen Napoleon VSOP – very superior old pale – für 7,99 Euro im Glas und Paul Simon aufgelegt und es war wirklich ein langsamer Tag. Nichts zu tun, wenn man nicht gerade Wäsche waschen wollte. Aber auch, wenn ich damit anfing, würde mein Kopf beharrlich bei Sophie und Sven, beziehungsweise Steffen bleiben. Da denkt man, man kennt Leute, ein bisschen oder nur etwas oder doch fast gar nicht ... hm.

Ich leerte das Glas, stellte es in die Spüle, nahm das Telefon. Computer an. Telefonbuch geladen, zwei Buchmeiers gefunden. Keiner zu Hause.

Aus dem Teekistenschrank holte ich mir die HW45. Dazu musste ich eine Schraube rausdrehen, bis ich sie greifen konnte, ziehen und der Nockenstab, der den Schrank verriegelte, wanderte zwei Zentimeter heraus. Nun konnte man ein Element des Schranks vorziehen. Dahinter wurde ein Geheimfach sichtbar, das einen Teil meines Spielzeugs beherbergte: Zwei Luftpistolen, eine Armbrust, zwei Bögen, ein Luftgewehr, einen scharfen Revolver aus einer Signalwaffe hergestellt, illegal.

Die Luftpistole, angeblich prellschlagfrei, fand ich ätzend, hässlich geradezu, aber dieser unförmige Klotz entsprach, wiederum angeblich, in Form und Abzugsverhalten originalen scharfen Pistolen. Ich fragte mich immer welchen? Damit konnte ich jedenfalls auf Entfernungen bis 20 Meter – mit Auflegen – einen Streichholzkopf treffen. In der Wohnung schoss ich, wenn es mich überkam, Fliegen den Kopf weg. Ich war schon ziemlich gut, aber das hieß ja nicht, dass man nicht besser werden konnte.

Neulich hatte ich mich über die Mythbusters geärgert, die ich eigentlich schätze. Da aber meinten sie, sich über das Schießen aus der Hüfte und beidhändiges Schießen lächerlich machen zu müssen. Stellen die sich doch ohne Vorübung da hin, ballern blind drauf los und behaupten, so könne man nichts treffen. Das ist so, als wenn jemand, der nicht Klavier spielen kann, versucht, ohne entsprechendes langwieriges Training Keith Jarrett erklingen zu lassen. Komisch, ich treffe ja nicht die richtigen Tasten! Merkwürdig.

Mit 15,16 hatte ich wie besessen versucht, mit Luftpistolen auf bewegte Ziele zu schießen: Ein Grillmotor ließ Postkarten an einem Band zwischen zwei Bäumen hin und her wandern. Die Übung hatte sich ausgezahlt.

Auch jetzt versuchte ich nach ein paar Schüssen wieder verrücktere Aktionen, wie mitten in einer 180 Grad-Drehung einen alten Milchkarton zu treffen. Oder im Vorbeigehen und ohne stehenzubleiben auf die Zeitschriften zu schießen, die ich ins Sofa gestellt hatte. Es klappte so halbwegs.

Mit der Wohnung und meinem Leben war ich im Prinzip einverstanden, aber in diesen Momenten dachte ich an meine Kindheit und Jugend und das riesige Grundstück meiner Eltern, wo ich problemlos hatte üben können, ohne dass, wie es im Gesetzestext heißt, „das Geschoss das Grundstück verlassen kann". Aber nur, wenn mein Vater unterwegs war, besuchte ich noch ab und zu meine Mutter und nutzte bei gutem Wetter die Gelegenheit zwischen Rosen und Rhododendren, Taschentuchbäumen, Felsenbirnen und falschem Jasmin auf dem Rasen hinter dem Gartenhaus zu schießen.

Ich überlegte, ob ich nicht nochmal anrufen sollte, und wählte die Nummer vom Zettel neben dem Telefon: Buchmeier.
Es antwortete eine krächzige Frauenstimme und ich fragte: „Hallo! Hier Adorno! Kann ich wohl mal den Steffen sprechen? Wir kennen uns vom Flugplatz."
„Tut mir leid, Steffen is nich daaa."

„Ach je, das ist aber, hm, wo ist er denn? Oder anders, wann kann ich ihn denn erreichen?"

„Der iss auf einer Europatour, wissense, er hat sich das Euroticket gekauft. Er will in den Ferien ma so richtig was sehn und erleeben."

„Das Leben in vollen Zügen genießen, ich verstehe. Wissen Sie, wo er jetzt aktuell ist?"

„Nee, keine Ahnung, er schreibt auch nich dauernd Postkarten oda SMS. Kann ich auch vastehen, woll, mussa ja auch nich. Aus Äksenprofonz hat er sich vor drei Wochen gemeldet, dat fand er wahnsinnich schön."

„Äh, wo war das nun?" Nach der dritten ungeduldigen Wiederholung dämmerte mir, dass sie Aix en Provence meinte.

„Danke, ich darf doch nochmal nachhören, ob Sie was Neues erfahren?"

„Ja sicha. Wie war nochma Ihr Name?"

„Markuse, Herbert Markuse."

Melissa meldete sich nach dem achten Klingeln.

„Nur mal ne Frage: Wann hast du Sophie und diesen Sven das letzte Mal zusammen gesehen?"

„Du fragst wie ein Polizist. Ich weiß nicht. Das ist eine Weile her. Er ist nicht mehr so regelmäßig zu uns gekomken, seit die beiden nicht mehr für Arbeiten üben müssen. Also einen Monat wird es wohl her sein. Warum?"

„Ach, mal sehen, bevor ich dir Blödsinn erzähle, sag ich lieber nichts. Ich melde mich."

Ich legte auf und trommelte mit den Fingern diverse Rhythmen auf der Tischplatte. Was machte ich da eigentlich? Ich war doch nicht Philipp Marlowe oder Sam Spade?

Nicht nur, dass ich nicht weiß war!

Ich hatte nicht mal einen weißen Trenchcoat.

Aber Wiedersprüche hatten mich schon immer gestört. Zu niedrige Ambivalenztoleranz. Ich griff nach dem Hörer, dann legte ich ihn wieder auf.

8

Die Krautners wohnten unten Richtung Syburg in einem Haus mit nachgemachtem Säuleneingang, Bruchsteinplatten in der Auffahrt und einem Garten, der auf die Felder hinausging. Eine sonnengebräunte Mittvierzigerin öffnete.
„Sidney, mein Name, ich bin ein Freund der Familie Brinkmann. Guten Tag!"
„Hm. Worum geht es denn?"
„Ich habe heute Morgen noch mit Melissa geredet und mir ist da etwas aufgefallen, könnte ich wohl mit Sven reden?"
„Die Polizei hat ihn schon vernommen. Wollen Sie mir nicht sagen, worum es genau geht?"
„Ich dachte, das finde ich im Gespräch raus."
Sie sah mich unschlüssig an, ich lächelte mein trauriges Bären-Lächeln, das meine Zähne blitzen ließ und bei dem sonst die Damen reihenweise dahinsinken und auch hier wirkte es.
„Kommen Sie rein!"
Rauchglastüren trennten die Vorhalle vom Poolbereich rechts, der Bibliothek geradeaus und der Küche links. Ja, die hatten einen Pool. Ich hatte nicht mal eine Badewanne.
Frau Krautner telefonierte mit Sven, der anscheinend auf seiner Bude hockte und in Gedanken korrigierte ich mich sofort. Er hatte sicherlich keine „Bude", sondern wie ich es von früher gewöhnt war, eine Zimmerflucht.

Sven war ein stiller Junge mit Brille und dunklem Lockenkopf. Ich gab ihm die Hand, er murmelte was und ich sagte seiner Mutter, es sei mir lieber, wenn Persönliches und Vertrauliches auch persönlich und vertraulich blieben. Sie guckte pikiert und schob ab.

„Sven, Sie sind nicht wirklich Sophies intimster Freund, geben Sies zu!"
Er war erst mal sprachlos, schüttelte den Kopf, sagte dann: „Sie haben doch gar keine Ahnung!"
„Ich weiß, dass ich nichts weiß, aber Ahnungen hab ich mehr

als dir gut tut! Ich bin mit dem Rad hergekommen, wie wärs mit einem Glas Wasser? Und hier in der Halle ist es ungemütlich."
„Entschuldigung, kommen Sie mit rauf!"
Er ging voran und tatsächlich hatte er eine ganze Einliegerwohnung in der Mansarde, helle offene, lichtdurchflutete Räume, weiß getäfelt, weiße Ledergarnitur und alles aufgeräumt, als wohnte hier niemand. Einzig ein paar Bücherstapel widersprachen diesem Eindruck, ein Regal mit Holzquerflöten, ein Notenständer – und bei näherem Hinsehen ein paar sorgfältig arrangierte Kunstgegenstände: antike Glasphiolen, bunte Swatchuhren, Drahtobjekte mit Rädern, mit denen ich nichts anfangen konnte, und kleine abstrakte Skulpturen, die sich als bizarr geformte Steine entpuppten.

Ich bekam ein Glas eiskalten Sprudelwassers und wir setzten uns an einen weißen Holztisch.
„Ich sags einfach ganz klar: Steffen Buchmeier war und ist Sophies Freund und Geliebter und die beiden sind miteinander verschwunden und ich könnte mir gut vorstellen, dass Sie darüber eine Menge wissen."
Er sah mich einen Moment an. „Phuu, es hat wenig Sinn alles zu leugnen, oder?"
Ich schüttelte nur den Kopf.
„Sie hat das so gewollt, schon komisch, dass mir das jetzt so peinlich ist."
Ich nickte freundlich und sah ihn mitfühlend an – mein freundlicher Satchmo-Gesichtsausdruck.
Martin behauptet allerdings, ich sähe eher aus wie ein saurer Samuel L. Jackson, aber er macht sich natürlich nur über mich lustig.
„Und jetzt ist sie tatsächlich weg?"
„Ja, seit ein paar Tagen."
„Dann ist es ja auch egal." Er schien den Tränen nahe.
Ich trank etwas Wasser, er würde gleich schon anfangen zu reden oder ich würde ihm eine scheuern.
„Kennen Sie Sophie eigentlich?"

„Alter Freund der Familie, hab sie aber seit 6 Jahren nicht mehr gesehen."

„Ja dann ... es ist nicht so, als wären wir nicht befreundet, nur müssen Sie wissen, dass Sophie für jede Gelegenheit einen Freund hat. Sie hat Marco für Punkkonzerte, Lars fürs Schwimmen, Kai, diesen Blödmann, der bei der CDU eingestiegen ist, hatte sie für Gesellschaftswissenschaften, Christoph für Chemie, Johannes für die Schwachsinnsfilme, die sie manchmal gucken wollte ..."

„Und Sie, wo kommen Sie ins Spiel?"

„Deutsch, Mathe, Englisch, Kunst, aber ..."

„Was aber?"

„Wir waren schon ... eng befreundet."

Es dauerte einen Moment, bis ich kapierte. „Sie ist mit Ihnen ins Bett gegangen?"

Er nickte.

Und mit wem noch?

„Ich liebe sie wirklich, aber ... sie wollte nur, dass ich die standesgemäße Fassade spielte, damit ihre Eltern zufrieden waren. Manchmal schlief sie wirklich hier, aber meist hing sie mit Steffen rum."

„Ach, und der ist also nicht ‚standesgemäß'?"

„Vater Alkoholiker, Leberkrebs, Mutter eine überforderte dumme Frau. Steffen ziemlich krass drauf ..."

Ich hatte so ein komisches Gefühl. „Was sollte ich noch wissen?"

Er sah mich an. „Die Sache mit den Drogen."

„Ach, du Scheiße!"

„Steffen, dieses Aas hat sie zum Kiffen und Koksen gebracht. Er nimmt viel mehr als sie, aber immer, wenn der Druck von außen zu groß wird, wenn Schule oder Familie nerven, dann meint sie, sie müsse Stoff haben."

„Wo kriegt sie das Zeug denn her?"

„Westpark."

„Und woher wissen Sie solche Details?"

„Ich musste sie hinfahren vor ein paar Monaten. Sie brauch-

te dringend etwas, um ihre Prüfungsängste zu bekämpfen. Wir hatten gerade wie die Wahnsinnigen gepaukt, uns den ganzen Stoff eines Halbjahres in Deutsch in den Kopf getan, da meinte sie, sie müsse jetzt unbedingt was haben. Wissen Sie, was mich am meisten geärgert hat?"
„Sagen Sies mir!"
„Auch mit dem Dealer hat sie rumgeschäkert."
„Verstehe."
Er wollte was sagen, ließ es aber dann.
Ich stand auf. „Danke, dass Sie so ehrlich waren. Mit Ihnen wäre sie besser dran, denke ich."
Er verzog das Gesicht, mir gingen die unangenehmen Fakten durch den Kopf und ich sagte: „Können Sie mir den Dealer zeigen?"
„Den Dealer?"
„Ja, den würde ich gerne ausquetschen. Es wäre wahnsinnig nett, wenn Sie mich zum Westpark fahren würden."
„Ausquetschen, ja, könnte eine Spezialität von Ihnen sein, nur, Sie sind zu nett."
„Du täuschst dich. Ich habe ein wenig Kreide gefressen."
Er lachte. „Was sind Sie denn wirklich von Beruf?"
Ich zuckte die Schultern und als wir in seinem Golf saßen, wiederholte er die Frage.
„Ich bin der Mann für alle Aufgaben. Reparatur, Umzug, Sanitär, Nachhilfe, Garten. Was auch immer Sie erledigt haben wollen, ich mache es oder organisiere es."
Er schüttelte den Kopf und sagte nichts. Als er auf die Hauptstraße einbog, meinte er: „Aber ich glaube, Sie haben studiert."
„Ja, zum Henker, ich bin ein gefeuerter Sport- und Musik-Lehrer!"
Er schielte mich von der Seite an, sah wieder auf die Fahrbahn.
„In Musik bin ich sowieso nicht so gut. Und bei meiner ersten richtigen Anstellung habe ich nur ein Jahr durchgehalten, dann passierte ein kleines Malheur. Ich muss vorherschicken, dass ich meinen Referendardienst auf dem Land, in Lippetal absolviert habe. Da war die Welt noch in Ordnung. Die Eltern waren

im Schützenverein, die Väter bei der freiwilligen Feuerwehr, sonntags ging man in die Kirche. Die Kids waren ok, es hat Spaß gemacht. Noch besser war die erste befristete Anstellung an einer Grundschule in Haltern, mit all den Kurzen, die einem um die Knie wuseln.

Aber eine unbefristete Anstellung bekam ich später an einer Hauptschule im Dortmunder Norden. Eine Menge Schüler nervten gewaltig, und die Eltern erst! Und dann sollte ich, weil jemand krank wurde, eine Biologieklasse, eine 8 übernehmen. Gut, den Stoff kann nach Lehrbuch auch der Hausmeister unterrichten, also meinetwegen. Da saß aber ein Typ dazwischen, der einen Kopf größer war als die Schüler und damit genauso groß wie ich. Der machte nicht mit, sondern brummte die ganze Zeit nur so vor sich hin wie ein gefährlicher Bär."
Ich versuchte es nachzumachen: „MMMRRRRRR, GRRRRRRRRR. MMMMHH. RRRR." Und dann ein ganz tiefes ekliges Brummen hinten aus der Kehle.
Sven lachte. „Hören Sie auf, ich muss fahren!"
„Jedenfalls hab ich ihn anfangs ignoriert, dann begann mich zu nerven, dass er nichts tat. Es ist einfach so, dass das ein schlechtes Beispiel darstellt. Lässt mans durchgehen, tut die ganze Truppe bald nichts mehr. Also hab ich ihn gefragt, ob er nicht das Brummen einstellen und das Arbeiten anfangen wollte."
Ich sah eine junge Mutter mit Kinderwagen, Drillinge! Eine ziemlich hübsche und ziemlich junge Frau. Wie machte sie das? Wie kam sie klar mit ihrem Leben? Welche Körbchengröße hatte sie?
„Und weiter?"
„Äh, ja, er stand auf und meinte, mir wär wohl nicht klar, was hier abginge. Ich konterte unglaublich eloquent, IHM sei ja wohl nicht klar, was hier abginge, er solle sich setzen und arbeiten wie die anderen auch. Daraufhin schubste er mich. ‚Lass mich in Ruh, du Neger!' Ein Achtklässler macht mich an? Ich meine, ich hatte nun auch registriert, dass der sehr kräftig gebaut war.

Ha, die meisten Erwachsenen sind nicht so gebaut. Aber ICH schon und ich dachte in dem Moment, wenn ich überhaupt gedacht habe, ich kann doch so einen Fuzzi, so ein Riesenbaby nicht mit so was durchkommen lassen, da brauchte ich morgen in dieser Schule gar nicht mehr aufzutauchen. Also schubste ich zurück und sagte ihm, er könne ja versuche mich nochmal zu schubsen, er solle sich aber bitte nicht dabei weh tun. Der Bursche hebt die Hand, ich schlage sie beiseite und haue ihm auf die Nase. Er beginnt zu bluten und ich beginne zu begreifen, dass ich jetzt ein echtes Problem habe. Der Schulleiter faltet mich zusammen, dann erfahre ich von ihm, dass das ein jugendlicher Drogendealer, Ausreißer und Krimineller ist, der die meiste Zeit am Dortmunder Bahnhof dealt, immer wieder von zu Hause oder aus Heimen ausreißt und dann regelmäßig wieder am Bahnhof aufgegriffen wird. Ich frage, ob er nicht meint, dass man mir das mal vorher hätte sagen können, bevor ich in solch eine Klasse gehe und in so eine Falle tappe. Ich sei doch ein ausgebildeter Pädagoge, dass ich Schüler nicht zu schlagen hätte, sei mir doch bekannt, was ich denn noch wolle. Solche Situationen gebe es nun mal in Schule und da dürfe ich nun mal nur verbal reagieren und selbst da müsse ich mich zurückhalten." Ich atmete tief durch.

„Aber deswegen wird man doch nicht endgültig gefeuert, Sie sind wahrscheinlich versetzt worden."

Ich lachte. „Nee, nix mit Versetzung, ich bin nämlich ins Lehrerzimmer, mittlerweile war Pause, da standen die Kollegen, um mich im Nachhinein mit den tollen Storys über die Heldentaten dieses Blödmanns zu versorgen. Nötigung, Erpressung, Mädchen angrabschen, Lehrerinnen anrempeln – der supernette Kollege Reimers, äh, ein ziemlich klein geratener Kerl, gab sogar zu, dass er, seit der Typ an dieser Schule war, Psychopharmaka nehme, denn er könne sonst nicht in die Klasse gehen. Jetzt z.B. müsse er da hinein, Englisch. Er war den Tränen nah. Ich sagte ihm, er solle mal noch fünf Minuten warten und zog den Ledergürtel aus meiner Jeans. Den Gürtel fest um meine Faust gewickelt, marschierte ich in die Klasse zurück, wo dieser

asoziale Scheißer breit an seinem Tisch hockte, er hatte einen Zweiertisch für sich alleine. Und ich sagte freundlich: ‚Sorry, ich hab noch nicht fest genug zugeschlagen.' Ich wartete noch ein, zwei Sekunden, aber es tauchte kein Funke des Verstehens in den dummen Schweinsäuglein auf, also holte ich aus und schlug ihm so fest ins Gesicht, wie ich dachte, dass es meine Rechte aushalten konnte, ohne dass ich beim Gitarre spielen Probleme bekam. Die menschliche Hand ist empfindlich!"
„Ich weiß, ich spiele Flöte! Also, das wars dann wohl. Da kam die fristlose Kündigung."
Ich sagte nichts.
„Oder nicht?"
„Jein, die peinliche Wahrheit ist, dass mein Vater, Bankier, ein Jugendfreund des Vorsitzenden des Schuldezernates beim Regierungspräsidenten ist. Ein Gespräch unter Freunden, deftiges Schmerzensgeld, eine Spende fürs Jugendzentrum und ich war wieder dabei und musste dann auch noch von mir aus kündigen. Den Scheiß wollte ich einfach nicht mehr mitmachen, aber das hatte mein Vater nicht verstanden."

Ende vom Lied: Nachdem mein Vater mich schon bei der Adoption enterbt hatte, was ich für wider die guten Sitten halte, stellte er mich nun vor die Wahl „BWL-Studium & Bank" oder Verlust des Erb-Pflichtteils. Ich zeigte ihm den Vogel und er ließ mir nun auch den Pflichtteil gerichtlich aberkennen, mit Hinweis auf meinen unstetigen, unzuverlässigen, brutalen Charakter und die Tatsache, dass ich schon jemanden getötet hatte.

Da man sich dazu aber gegen den Erblasser irgendwie handfest schuldig machen muss, also den Vater etwa schlagen, und ich genau andersrum seine Frau vor einem Einbrecher gerettet hatte, verstand ich nicht, wie der Richter ihm Recht geben konnte. Mutter meinte, das Urteil sei natürlich gekauft, ich solle dagegen angehen, aber ich wollte nicht, da wäre ich ja in irgendeiner Hinsicht immer noch von ihm abhängig. Und das kommt nicht in die Tüte.

9
Sven zeigte mir die Stelle in der Nähe des Bouleplatzes und tatsächlich, da saß ein junger Mann mit blauweißroter Jacke und Jeans auf einer Bank, daneben ein Mountainbike. Sven erklärte mir, dass die Polizei ihn nicht festnehmen konnte, weil er nichts dabei hatte. Die Dealer hatten aus den Razzien der Vergangenheit gelernt. Man ging hin, bestellte und bezahlte, er fuhr weg. Man setzte sich, ein anderer kam vorbeigeradelt und warf einem die Ware in den Schoß.
Sven war enttäuscht, dass ich nun nicht hinstürmte und den Dealer vermöbelte.
„Ich bin doch nicht wahnsinnig! Dafür brauche ich Rückendeckung, das mache ich nicht alleine."

Zwei Tage später stand ich wieder da, mit René im Schlepptau. René, mittlerweile Ingenieur, kenne ich genau wie Heinz aus der Schule, noch aus dem Referendardienst, allerdings als Schüler. Er war mir als ehrgeizig, nett und computerbegeistert aufgefallen. Mehrmals hatte er mir bei meinen alten Schrottcomputern geholfen und dafür gesorgt, dass ich einen Musikcomputer mit integriertem Synthesizer bekam. Ich selber hatte mit Cubase den PC und das Keyboard nicht zum Spielen bringen können. Damals war er mir mit wilden Storys gekommen von Türsteherjobs vor Diskotheken, Tränengas, Schlagstöcken, schmutzigen Tricks, Stichschutz in der Kleidung und Ninjatraining.

Über den Ninjakram musste ich einerseits immer lächeln, andererseits verfolgte ich, wie aus dem dicken Jungen ein Leistungssportler wurde, der seine Sache verstand und ernstnahm. Und bei allem Vertrauen in meine Kampfkraft: Es war immer gut, sich den Rücken freizuhalten.
René musste mich natürlich fahren. „Was denn, immer noch kein Auto?", frotzelte er mich.
„Bin doch kein Kapitalist so wie du!"
Er lachte sich kaputt, weil er von meinem Vater und der Bank wusste.

„Und worum geht es hier eigentlich?"
Ich versuchte ihm die Hintergründe zu erklären und er runzelte die Stirn. „Gut, aber wieso willst du den Dealer ausquetschen, was soll der denn bitte wissen?"
„Das ist der Unterschied zwischen einem genialen, empfindlichen, Zusammenhänge witternden Geist wie meinem ..."
„Hätt ich mal nicht gefragt!"
Ich nickte. „... und dem phantasielosen Hirn eines Technikers, wie du ihn darstellst."
Er lachte. „Und jetzt mal ne Antwort?"
„Ich hab keine, außer, dass Drogen im Spiel sind und zwar heftig. Und, was würdest du denn tun? Ich hab das Kind aufwachsen sehen, mit ihr rumgerangelt, mich im Monopoly von ihr besiegen lassen, was ich sonst nie tue."
Der Fernsehturm zog vorbei.
„Und niemand scheint etwas zu unternehmen. Ich hab Zeit ohne Ende, also warum nicht mal ein paar Fragen stellen? Sich mal mit nem Dealer abgeben. Morgen früh muss ich eine Toilettenschüssel austauschen. Alles ziemlich unangenehm, aber ich werd schon damit fertig! Jemand muss es ja tun."
„Mann, du hättest in der Schule bleiben sollen, du warst ein toller Lehrer!"
„Nee, dann schon lieber die Toilettenschüsseln!"
In der Nähe von Café Eckmann parkten wir, schlenderten gemütlich in den Park und da saß der Rotweißblaue wie auf Bestellung. René kam ganz langsam nachgezockelt. Er hatte Weitsprühtränengas und einen verbotenen Teleskopschlagstock in seiner hellgrauen Sommerjacke.

Ich setze mich neben den Typen und sagte: „Wie heißt du?"
„Ej Alter, hier is besetzt!"
Ich haute ihm den Ellenbogen gegen die Nase. „Wie heißt du?"
Er stöhnte, krümmte sich, wollte aufstehen, aber ich lachte laut und schlug ihm den Ellenbogen in den Magen mit genügend Überzeugungskraft, dass er sitzen blieb.
„Das gibt Ärger, du Arsch! Du hast ja keine Ahnung ..."

„Nee, hab ich auch nicht, deshalb frag ich dich ja, du Einstein!"
„Du bist dran, Alter!", röchelte er und blutete fleißig aus der Nase seine Nylonjacke voll. Ich gab ihm ein Paket Tempos. Von links sausten zwei Fahrräder auf uns zu, René kam von vorne, marschierte ans uns vorbei, nahm die Hände aus den Jackentaschen, sprühte zielsicher den weiter entfernten Radler an und verpasste dem heransausenden zweiten einen Hieb mit dem Schlagstock. Eine Frau mit Kinderwagen kam gerade auf unsere Höhe und guckte uns entsetzt an und dann die zu Boden gehenden Radler.
„Drogenfahndung!", rief ich ihr zu, „Haben Sie ein Handy? Rufen Sie doch mal die Polizei, wir warten eigentlich auf Verstärkung!"
Da lächelte sie grimmig und kramte hektisch in ihrer Handtasche.
Ich schnappte mir das Kerlchen an einem seiner spuchtigen Ärmchen und führte ihn freundlich aber bestimmt zu Renés Audi TT Coupé.
„Du bist nich vonna Pollizei, was willzu, du Arschloch?"
Ich trat ihm im Weitergehen auf den linken Fuß, ignorierte sein Geschrei und grinste begeistert eine rassige Radfahrerin mit Bandana, wehenden schwarzen Haaren in Leggins und T-Shirt an. Das Shirt wurde vom Fahrtwind an ihren Körper modelliert.
„Et is nit allet driss!" Bap!

Ich schubste ihn auf den Beifahrersitz des TT, ging um das Auto herum und setzte mich ans Steuer. René blieb unauffällig ein paar Autos weiter weg stehen.
„So, jetzt erzählst du mir, wo Sophie Brinkmann und Steffen Krautner abgeblieben sind!"
„Hä!"
„Soll ich dir denken helfen?", ich ballte die Faust. „Was davon hast du nicht verstanden? Und blute mir nicht die Sitze voll, mein Freund ist da komischerweise empfindlich."
„Wer ... was ..."
„Sophie Brinkmann, blaue Augen schwarze Haare, jede Menge Kohle, kifft, hat nen Freund, Steffen, fahren einen silbernen

Golf. Kaufen bei dir, weiß ich durch Zeugenaussagen. Jetzt du!"
„Soffie, ja, okee, und wat is mit ihr?"
„Verschwunden. Wann hast du die das letzte Mal gesehen?"
„Maaan, keine Ahnung, is ne Zeit her und das tut mich auch nich wundern, ej!"
„Wieso dies?"
„Hab´se ma bei meim Händler gesehn, denke ma, die machen jetzt mit dem direkt ihre Deals."
„Aber wieso sollten sie komplett von der Bildfläche verschwinden?"
Er zuckte die Achseln.
„Wo finde ich deinen Händler?"
„Da kannste mich auch gleich totschlagen, du glaubs doch nicht, dass ich ..."
Aber ich hatte schon die Tür geöffnet und René zugerufen, er solle dem Patienten mal eine Sonderbehandlung zukommen lassen. Er kam heran, zog den Schlagstock und fuhr ihn mit einem satten Klack aus.
„Mann, Mann! Ihr seid ja schlecht drauf, hier, schlach doch, ich rühr mich nich, aba ich sach jetz auch kein Stück mehr, ihr Penna!"
Ich winkte René zurück, der enttäuscht den Stock zusammenschob, indem er ihn auf den Boden drückte.
„Sollte dir noch was einfallen, hier ..." Ich gab ihm meine alte Karte. Ein paar hatte ich noch rumliegen. Die Telefonnummer stimmte ja noch. „Und jetzt hau ab!"
Er sah mich misstrauisch an und versuchte mich im Blick zu behalten, als er aus dem Wagen kletterte.
„Leagalize it!", verabschiedete ich ihn. Aber er rannte schon zurück in den Park.

10

Der nächste Morgen war ganz schön beschissen. Ich hatte das schon mal gemacht, aber ich könnte mich auch nicht dran gewöhnen, würde ich täglich Klos austauschen. Die Fäkalien, denen man begegnete, sobald man den Topf losgeschraubt hatte und ihn von der Wand zog, waren eine Sache, eine andere, dass man meist auf engem Raum, gebückt oder kniend arbeiten musste, um verschmutzte, garantiert festgerostete Schrauben oder Muttern zu lösen.

Unter der Dusche verbrauchte ich eine halbe Flasche Mandelduschgel aus Frankreich und als ich frische Sachen angezogen hatte, ging ich nochmal ins Bad, um mir Bay Rum ins Gesicht zu klatschen und eine weitere Portion großzügig auf meinem Luxusköper zu verteilen. Gegen den scharfen Piment- und Rumduft hatte die Erinnerung an unangenehme Gerüche keine Chance.

Selbst das Ducksteiner, das ich mir gönnte, schmeckte nach Bay Rum.

Später holte ich mir drei kleine Pizzen: Bolognese, Quattro Stagioni und 4 Formaggi. Ich hatte noch zwei Flaschen Ducksteiner und eine Dose Guinness, teilte mir das Ganze etwas ein und verbrachte zwei zufriedene Stunden auf der Couch, beschallt durch Al Steward und Alan Parsons. Ein verdientes Nickerchen kam ganz von selbst und dann war der Tag mehr oder weniger vorüber und mit meiner Zufriedenheit wars vorbei. Ich rannte in der Wohnung rum, räumte ein wenig auf, nahm Bücher in die Hand, legte sie wieder weg, starrte das Telefon an, überlegte, ob ich Martin anrufen sollte oder die Brinkmanns, ließ es dann doch lieber bleiben.

Zu dumm, dass ich zurzeit keine Freundin hatte. Ich hatte einige nette weibliche Geschöpfe kennengelernt in den letzten Jahren, aber meine Begeisterung schwand regelmäßig nach einiger Zeit und ich sah die Macken der Damen, als da waren: Putzfimmel, Vegetarismus, Utta-Danella-Sucht, Redezwang, milde Formen von Kleptomanie oder Mythomanie oder auch eine zu lange Nase oder, am Häufigsten, der Drang zu viel und zu eng zu kuscheln. Aber jetzt hätte ich doch gern weibliche Gesellschaft gehabt.

Immerhin war meine Napoleon VSOP Flasche noch halb voll und ich hoffte, Bonaparte würde mir helfen, kreativ zu denken. Die Folge war nur eine unruhige Nacht und am Morgen wusste ich immer noch nicht, was ich tun sollte. Ich sah mich einfach nicht in der Rolle des Schlechte-Nachrichten-Boten. Ich sah mich nicht bei Melissa sitzen und erklären, dass ihr Kind drogenabhängig war und ihr Verschwinden also wahrscheinlich kein einfacher ausgeuferter Wochenendtripp, sondern irgendwas ganz anderes.

Wenn ich zur Polizei ging, war deren nächste Aktion, bei Brinkmanns nachzuforschen, was die darüber wussten. Und was würden die wirklich Konstruktives tun? Auf mein Wort hin, dass der Dealer sie bei seinem Händler gesehen hatte? Nix!

Ich duschte, zog mich an, mit dem Plan, mit dem Rad Einkaufen zu fahren, weil Einkaufen für mich auch eine zutiefst meditative und beruhigende Beschäftigung ist. Nach einem Blick ins Portmonee fuhr ich dann doch lieber zum Trainingsraum der Borussen, wo ich seit meiner Tage in der Jugendmannschaft die Kraftmaschinen nutzte.

Die Zeit war günstig gewählt. Nichts los hier. Gut 20 Minuten trainierte ich mit kleinen Gewichten bei hohem Rhythmus. Dann ritt mich wie so oft der Teufel, warum auch nicht, es guckte ja keiner zu, dachte ich, aber als ich die 150 Kilo stemmen wollte, hatte ich Schwierigkeiten.
Jemand lachte und hustete. „Dat ging aber schon ma bessa", krächzte Paul Seghers, der Hausmeister.

„Ja, kannst du dich nicht an bessre Zeiten erinnern?"
„Nee! Is keen Tach wie heute!"
„Paul, du alter Philosoph, du solltest eine Gehaltserhöhung kriegen!"
„Dat sach ich seit 1974!"
Ich richtete mich auf „Kannst du dir vorstellen, dass ich jetzt Kloschüsseln austausche?"
Er schüttelte den Kopf. „Iss aba ehrliche Arbeit."
„Klar."
„Wenn hier ma wat anfällt, ich denk an dich."
„Danke Paul! Du bist ein Engel."
„Bald vielleicht." Er lächelte traurig und schlurfte raus.
Ich gab das Training auf, ich konnte ja später noch laufen oder Rad fahren. Aber wie so oft verlief der Tag dann wieder ganz anders. Auf dem Anrufbeantworter hatte Heinz eine Nachricht hinterlassen, der Verstärker sei repariert.

Um 11 Uhr brachte er ihn mir vorbei. „War nur ne Sicherung und das Ding musste gereinigt werden, gib mir 20 Euro, dann sind wir quitt!"
Nicht übel, bei meinem Kunden konnte ich bis zu 150 Euro verlangen, bei eBay gabs die Dinger ab 300 gebraucht und spielfähig.
Heinz grinste und klopfte auf seine Tasche: „Ich hab ein neues Spielzeug!"
„Ach nee! Hast du dir noch n Helikopter gekauft?"
„Eine Mini-Uzi!"
Bis ich geschaltet hatte, hielt er mir auch schon die kleine Maschinenpistole unter die Nase.
„Das ist doch nur ne Luftpistole", sagte ich, weil ich mir nicht vorstellen konnte, wie er an ein scharfes Gerät hätte rankommen können.
„Alter! Luftpistole!" Beleidigt schüttelte er den Kopf, ließ das Magazin rausfallen und zeigte mir die scharfen Patronen.
„Ach, du Scheiße! In welchen Krieg willst du ziehen. Ich meine, gut, es muss ja auch mal jemand was gegen Boko Haram oder

Isis tun."
„Bei uns wurde in letzter Zeit in der Nachbarschaft mehrmals eingebrochen. An meiner Kellertür haben sie sich auch schon zu schaffen gemacht. So allein in dem Haus fühle ich mich nicht mehr sicher."
Ich wusste, was er meinte. Seine Eltern, die ich noch gekannt hatte, waren nun tot und der Klotz von Haus mit seinen vielen großen Fenstern, schön am Waldrand gelegen, würde mich als Einbrecher auch interessieren!
„Kann die Dauerfeuer?"
„Na klar! Hab ich von nem Fliegerkumpel aus England."
„Das ist doch illegal! Wenn du nachts aufwachst, dir das Ding greifst und einen Einbrecher auf der Treppe in zwei Hälften sägst, hast du ein echtes Problem! Außerdem schreckst du doch die Einbrecher schon mit deiner Körpergröße ab, du Leuchtturm!"
„Ja, es ist doch eher zu meiner Beruhigung gedacht, komm mit, wir probieren sie bei mir aus! Und du könntest mir eigentlich noch ne Portion Gyros ausgeben!"

11

Als ich am Abend drauf mein Rad in den Keller stellte, wunderte ich mich über den merkwürdigen Geruch im Treppenhaus. War hier jemand Gras rauchend durchgestiefelt? Aber der Eindruck wurde schwächer und war, als ich vor meiner Wohnungstür stand, nur noch ein olfaktorischer Schatten auf meiner Erinnerung.

Ich steckte den Schlüssel wieder ein und ging langsam die Treppe runter, durch den Keller hinten hinaus und auf den Rasen, wo ich mich unter einen Baum stellte. Oben in meiner Wohnung war alles still, Licht aus. Alles so, wie es sein sollte.

Ich suchte mir einen anderen Baum. Das Blattwerk durfte die Sicht nicht verdecken.

Ich wartete.

Jemand ging mit einer Abfalltüte quer über den Hof, ohne mich zu sehen.

Nach 15 Minuten leuchtete ein Lichtschimmer im Fenster auf. Zunächst dachte ich, eine Spiegelung zu sehen, dann wurde mir klar, dass jemand eine Zigarette angezündet hatte. Plötzlich konnte ich den Glutpunkt sehen, wenn inhaliert wurde. Der Raucher war noch näher ans Fenster getreten. Sein Gesicht eine blasse Mondscheibe hinter dem Glas. Junge, du musst dich wenigstens tarnen, wenn du schon nicht meine pigmentmäßigen Vorzüge mitbringst.

Als er sich nach ein paar Zügen abwandte, suchte ich den Hausmeister der drei zusammenhängenden Häuser, Herrn Krasni. Er residierte im mittleren Gebäude und lieh mir eine Auszugsleiter, nachdem ich mit einem Zehner gewinkt hatte.
„Aber wozu brauchen Sie die denn?", wollte er wissen, als wir das unhandliche Ding aus dem Keller trugen.

„Jemand ist in meiner Wohnung, der da nicht hingehört. Dass ich durch die Tür reinkomme, erwarten die!"
Er blieb stehen. „Ist das nicht was für die Polizei?"
„Wenn die kommen, erfahre ich nicht, worum es eigentlich geht."
„Ich weiß nicht, ich bin ja zuständig hier", meinte er störrisch, „und ich finde, es ist Sache der Polizei."
„Sie haben sicher recht." Ich nahm noch einen Zehner raus, so langsam wurde es teuer. „Ich weiß Ihren Einsatz auch zu schätzen, aber vielleicht können Sie mal ein Auge zudrücken."
Er brummte was, steckte das Geld ein und half, die Leiter auf 4,50 Meter auszuschieben, was mindestens so viel Lärm machte wie eine Schrottpresse, die gerade einen PKW komprimiert. Und hier im Hinterhof war die B1 nur als rosa Rauschen zu hören.

Ich wartete etwas, versuchte vergeblich Krasni loszuwerden und trug die Leiter mit seiner völlig unnötigen Hilfe zu meinem Fenster hinüber. Lautlos stieg ich hinauf. Immerhin blieb er unten.

Das Abstellkammerfenster war immer auf Kipp, weil ich diesen Wischlappen-Staubsauger-Bierreste-Geruch, der sich dort schnell bildete, einfach hasste. Ich musste also nur nach dem Hebel angeln, ihn querstellen und das Fenster schwang nach innen. Mich am Rahmen festhaltend, kletterte ich hinein, darauf bedacht, den kleinen Tisch nicht umzuwerfen, der vorm Fenster stand.

In den Regalen hatte ich noch eine Rahmentasche fürs Fahrrad, für den Fall, dass ich die größeren Taschen nicht mitnehmen wollte. Da steckten ein Döschen Tränengas und ein Kombi-Radwerkzeug in der Vortasche. Was hatte ich hier noch? Einen Tennisschläger. Und einen Schrubber. Ich drehte den Stiel aus der Bürste.

Was ich hier dummerweise nicht hatte: Handtücher oder große

Putzlappen. Das Einzige war der Aufnehmer, den ich aber nicht im Gesicht haben wollte, also versuchte ich mir Zewas von der Rolle um den Kopf zu wickeln, was nicht so gut klappte. Das Feststecken endete immer damit, dass ich die Papierbahn zerriss.

Ich ließ es sein, nahm noch ein paar Kabelbinder aus der Werkzeugkiste und kümmerte mich um die Tür. Die ging nur lautlos, bis sie etwa halb geöffnet war, dann quietschte sie. Ich horchte durch den Spalt, was sich da tat, und war nach zwei Minuten sicher, dass mein Besuch im Wohnzimmer im Dunkeln saß. Oder stand?

Drei Stimmen hatte ich gehört. Keine Garantie, dass es nicht vier waren.

Ich drückte die Tür auf und machte fünf leise Schritte zur Wohnzimmertür, presste mich an die Wand und sprühte Tränengas ins Dunkle. Schreie, etwas fiel um, Schalldämpfer-Schüsse husteten, ich zog mich zurück, öffnete die Wohnungstür und stellte mich dahinter. Durch den Spion sah ich sie heranstolpern. Der Erste rannte hinaus, ich schloss die Tür halb und ließ den Zweiten gegen die Türkante laufen, seine Pistole klapperte zu Boden, dem Dritten rammte ich den Besenstiel in den Magen und warf ihn um. Es krachte, als er zu Boden ging. Der Erste wollte wieder rein, also bitte: Ich räumte den Zweiten, der sich gekrümmt die Stirn hielt, mit einem Kinnhaken aus dem Weg und öffnete die Tür wieder für Nr. 3. Der stolperte über den Besenstiel und kam auf Nr. 1 zu liegen. Tür schließen, Licht anschalten.
„Ihr tut doch nichts Unanständiges!", sagte ich zu den beiden, bekam aber außer Gestöhne und Geschniefe keine Antwort. Nr.2 war ausgeknockt.

Tapfer widerstand ich dem Drang mich zu kratzen oder gar die Augen zu reiben, das wäre kontraproduktiv. Die Haut musste man mit Öl abreiben und dann mit Seife abwaschen, die Augen mit Wasser ausspülen. Ich riss mich zusammen und machte mit den Kabelbindern die Burschen bewegungsunfähig und dann erst mal lüften. Unten sah ich Krasni immer noch im Halbdunkel stehen.

Ich lehnte mich aus dem Fenster und holte tief Luft. „Alles klar", rief ich hinunter. „Hab die Situation im Griff, können Sie die Leiter alleine wieder wegräumen."
„Mach ich. Äh ..."
„Ich erzähle Ihnen morgen, worum es hier geht!" Ich wäre ihn sonst nicht losgeworden.

Ich schnappte mir Nr.2, weil er immer noch ohnmächtig war, zog ihn ins Bad und drehte das Wasser an, bis das Waschbecken gefüllt war. Dann weckte ich ihn mit kaltem Wasser auf.

„Deine Kumpel haben es nicht geschafft", sagte ich, als er die Augen aufschlug.
„Hast du mich verstanden?"
Er schüttelte den Kopf. Das konnte ja heiter werden.
„Deine Kumpel sind hinüber. Also erfahre ich von dir, was ich wissen muss."
Ich hob ihn mühelos auf den Stuhl vor dem Waschbecken.
„Wer bist du, warum bist du hier! Existenzielle Fragen, denen wir uns alle stellen müssen!"
Er sah das Waschbecken an, dann mich und kippte ohnmächtig vom Stuhl.

12

Ich überlegte eine Weile, was ich tun sollte, fuhr 200 Kilometer Rad, trainierte in der Turnhalle meines alten Gymnasiums spät abends Flickflack, Gainer und Butterflytritte, trank mit dem Hausmeister, der die Stadtverwaltung wegen der Kürzungen verfluchte, zwei Bier, trank zu Hause noch mehr Bier und lieh mir vier Tage später in Bottrop einen cremefarbenen Bus. Auf die Türen klebte ich auf Plastikfolie gedruckte Schilder „Medizinischer Dienst" und montierte verfälschte Nummernschilder. Das Logo des Autoverleihers auf der durchgebogenen Heckklappe unauffällig zu überkleben, kostete die meiste Zeit.

Am frühen Nachmittag holte ich Heinz ab, der gefährlich wirkte in seinem schwarzen Ledermantel, welcher nicht zum Wetter passte. Aber er hatte die Uzi in einer der geräumigen Taschen stecken. Ich verstaute meinen aufgebohrten Schreckschussrevolver hinten unter dem Hemd. Ich hätte die Waffe auch offen tragen können, sie verschwand in meiner Hand. Heinz mit dem Ledermantel aber sah verdächtig nach Krieg aus – und das war auch so gewollt.

Ich hatte ihn nicht lange bitten müssen, als ich ihm erklärte, dass ich den beiden Vermissten aus seinem Flugverein auf der Spur war und dass ich gut jemanden gebrauchen konnte, der mir half, etwas energischer aufzutreten, denn ich vermutete, dass diese Drogendealer sich nicht so schnell ins Hemd machten.
„Drogendealer!", hatte Heinz gefragt. „Im Hafen, als Blumengroßhandel getarnt?"
Ich nickte.
„Muss ich sehen!"

Er war überhaupt ein wandelnder Widerspruch: Nett und hilfsbereit bis zum Abwinken, aber in Konfliktsituationen, die danach aussahen, als könnten sie physisch enden, sofort bereit in die Bresche zu springen. Als der Schulleiter ins Lehrerzimmer gerannt kam und schrie, dass da professionelle Fahrraddiebe mit einem Pritschenwagen Räder abräumten, war er sofort aufgesprungen und auf seinen langen Beinen rausgerannt, dass der Bodenbelag qualmte. Ich hinterher und weil ich dachte, ich sei schlauer, war ich in die andere Richtung gelaufen, in der Annahme, der Pritschenwagen stünde unten an der Straße. Dabei waren die Diebe dreist zum Eingang des Fahrradkellers gefahren, um sich die Räder zu greifen, die nicht mehr in den Keller passten. Als ich dazustieß, waren der Wagen und 16 Räder futsch.

Ein anderes Mal hieß es, da seien Drogendealer auf dem Gelände. Gleiche Reaktion von ihm. Ich Idiot hatte Probleme mit der Achillessehne links und statt ruhig sitzenzubleiben, versuchte ich hinterherzulaufen und machte das Problem noch schlimmer. Ein stechender Schmerz, ich knickte weg und fiel hinter der Turnhalle um. Statt sich um mich zu kümmern, rannten der Sportkollege und ein Referendar weiter. Natürlich war auch kein Schüler in Sicht. Zurückhinken hätte geklappt, wollte ich aber nicht. Ich blieb einfach da sitzen, um zu warten, dass sie zurückkamen, um zu helfen. Aber wer kam, waren zwei Streifenbeamte. „Ach, da haben wir den ersten!", meinte der Dümmere. Der Schlauere fragte: „Was machen Sie denn da?"
Ich konnte nicht anders: „Nach was siehts denn aus?"
„Dann stehen Sie mal auf und zeigen Sie uns Ihre Papiere!"
„Geht nicht, ich habe Probleme mit der Achillessehne und die Papiere sind im Lehrerzimmer."
„Machen Sie keine Faxen. Stehen Sie auf!"
Ich überlegte, wem ich mit einer Drehbewegung zuerst die Beine wegsäbeln und wem ich wie die Hoden quetschen würde, um ihnen dann die Dienstwaffen abzunehmen, bevor sie mit ihren Spielzeugen Unheil anrichten konnten, da kamen die erfolglosen Jäger zurück und klärten die Situation.

Heinz jedenfalls macht auf mich immer den Eindruck eines nicht ganz erwachsen gewordenen Rowdys. Ich hatte ihm das mal gesagt und er hatte erstaunt geantwortet: „Und das sagst ausgerechnet du, du prügelst dich doch dauernd und ich weiß

gar nicht mehr, wann ..."
„Ja", unterbrach ich ihn. „Du macht es zum Spaß, bei mir ist es ernst!"

Jetzt fühlte ich mich verpflichtet, ihm doch noch zu erklären, dass wir es nicht mit dem Verein hardangernder Junggesellen zu tun hatten. Das waren schon Gangster, die keine Spielchen trieben. Und ich erzählte ihm haarklein von dem netten Besuch von vorgestern, wie ich sie ausgetrickst hatte und versuchte das dumme Gesicht von Nr.2 nachzumachen, als ich ihn hinterher in den Flur geführt und gesagt hatte: „Und nimm deine Spießgesellen mit!"
Und er darauf: „Die sind ja gar nicht tot! Du hast gelogen!"
Über diese schlaue Bemerkung rollten wir uns minutenlang ab und statt dass es Heinz abgeschreckt hätte, hatte es ihn eher heiß gemacht auf ein kleines Abenteuer. Seine Augen leuchteten und er wollte los. Sofort!

13
Die Sonne stand tief und ließ das Wasser im Hafen glitzern und was man von der Nordstadt sehen konnte, wurde wie eine Monumentalplastik unter einem gewaltigen Scheinwerfer herausmodelliert.

Der Blumengroßhandel dagegen stellte sich als graue, abgewrackte Halle heraus. Es war gegen Geschäftsschluss und nur ein einziger Lastwagen stand an der Rampe und einige PKW verteilten sich auf dem Hof, als würden die Mitarbeiter so parken, wie es gerade hinkam. Aus einem Container links an der Ziegelmauer hingen wie ein zerrupftes Alibi ein paar verblühte Tulpen. Einige Blütenblätter waren heruntergefallen. Das grelle Rot auf dem grauen Asphalt wirkte künstlich.

Ein öder Flur mit alten hässlichen Kacheln in undefinierbaren Grüntönen zog sich in das Gebäude. Hinter der Eingangstür fand sich immerhin ein großer Blumenstrauß in einer Bodenvase.
„Anmut und Schönheit entzücken das Auge, doch mehr als beide die Blumen des Feldes", zitierte ich.
Heinz sah mich schräg an. „Und sonst gehts dir gut?"
„Jau."
„Dann mach!"
Ich stieß die erste Tür auf und erschreckte die Sekretärin, die dort hinter ihrem Schreibtisch saß.
Als sie sich gefasst hatte, konnte sie uns sagen, Archard sei ganz hinten zu finden. Den Korridor hinunter und dann rechts.
„Und nicht telefonieren, es soll eine Überraschung sein!", ermahnte ich mit meinem Hochvolt-Grinsen. Normalerweise zaubert es ein glückliches Lächeln auf Frauengesichter und manche beginnen mir ihre Telefonnummer aufzuschreiben, aber bei dieser hier zitterten nur die Hände.

Wir liefen den Korridor hinunter und am Ende lagen rechts um die Ecke zwei Büros mit offenen Türen, geradeaus gings weiter in eine Lagerhalle. Von dort klang es nach Arbeit, Dinge wurden auf Beton geschoben, Metall klirrte, etwas ratterte, eine Maschine jaulte auf.

Das erste der Büros war leer, wir drängelten uns in das nächste, in dem am Schreibtisch ein grauhaariger Mittfünfziger saß, der ein sehr elegantes, weißes Hemd trug, es war aus daumenbreiten Stoffstreifen unterschiedlicher Arten gewebt. Vielleicht verriet er mir, wo er es gekauft hatte, wenn ich nett genug fragte. Das jedenfalls war wohl Archard, der Drogenboss.
Ein Schwarzhaariger in blauem Anzug sah ihm über die Schulter, ein grobschlächtiger Kerl im Football-T-Shirt lehnte links an der Wand.
„Tach auch!", wünschte ich. „Wir suchen nach diesen jungen Leuten", ich warf ihm das Foto auf den Schreibtisch, „ihre netten Mitarbeiter meinten, Sie könnten uns da weiterhelfen."
Der Grauhaarige sah uns verdutzt an. Der Typ im T-Shirt fragte: „Soll ich sie rauswerfen, Chef?"
Interessiert fragte ich ihn: „Du und welche Armee?"
„Bernardo, es ist schon gut! Die Herren haben ein Problem. Wenn wir können, helfen wir natürlich." Er nahm das Foto, sah es mit gespielter Aufmerksamkeit an und schob es mir wieder zu.
„Es tut mir leid, da sind Sie wohl falsch informiert worden. Ich kenne die zwei nicht."
„Ach kommen Sie", knurrte ich mit meiner besten Bogey-Imitation. „Ich habe allein Ihre Clowns mattgesetzt. Bisschen Respekt, ja! Mir reichts langsam! Ich seh das so: Die Kids hatten bei euch Drogen eingekauft. Mit der Zeit ist es mehr geworden und ihr habt auch schon mal Kredit gegeben, denn die Studenten hier und die Kids an den Schulen sind in der Regel kreditwürdig. Stellen einen Wirtschaftsfaktor dar." Professor Dr. Sidney Crüwell, Ökonom.
„Übrigens würde ich an Ihrer Stelle die Hände auf dem Tisch lassen. Danke. Als kein Geld mehr kam, habt ihr sie mitsamt ihrem VW-Käfer verschwinden lassen, um ein Exempel zu

statuieren, denn ihr seid neu hier und man muss euch glauben, dass ihr es ernst meint."
Ein verächtliches Grinsen war die Antwort, die anderen beiden schienen auch gleich in Gelächter ausbrechen zu wollen. So lächerlich war das ja nicht gewesen, was ich da zum Besten gegeben hatte!
Mir platzte der Kragen: „Na gut, ich verständige jetzt die Mordkommission. Dann grinst mal weiter so dämlich! Auch die Drogenfahndung wird sich freuen, so eine Operation auf dem Silbertablett serviert zu bekommen. Denen könnt ihr ja schön detailliert erklären, was ihr hier so macht. Das sind gute Zuhörer, vor allem sind sie nicht so ungeduldig wie ich."
Der Grauhaarige machte beschwichtigende Gesten. „Ich versichere Ihnen, das ist ein Missverständnis! Dem Jungen und dem Mädchen geht es gut. Sie sind nicht tot. Im Gegenteil, sie ..."
Heinz reagierte schneller als ich, er hatte vielleicht das Ausbleiben der Arbeitsgeräusche aus der Halle bemerkt. Ich war zu sehr in meinen Vortrag vertieft gewesen.
Er drehte sich zu dem Untersetzten im grünen Kittel um, der zur Tür reinkam, drückte mit der Linken die fette kleine Maschinenpistole, die auf uns zielte, nach unten und kloppte ihm seine schinkengroße Rechte ins Gesicht. Der Grünkittel sackte in sich zusammen und ging in die Knie, wollte die MP aber zunächst nicht loslassen, stattdessen drückte er ab und eine Salve ging nach unten los, die Kugeln rikoschettierten in die Decke. Der Schwarzhaarige hinter dem Schreibtisch warf sich zu Boden.
Ich wollte diesen Bernardo nicht im Rücken haben und verpasste ihm mit einer kurzen Drehung meinen Ellenbogen ins Gesicht, dann zog ich meinen Revolver. Heinz griff sich die MP und sprang wieder von der Türöffnung zurück, als es zweimal knallte. Ein Schuss traf den Grünkittel in die Schulter. Er jaulte laut auf und ließ sich auf die Seite fallen.
„Scheiiißeee!", meinte Heinz und schüttelte den Kopf.
„Nun, meine Herren, Sie haben keine Chance, wie wäre es, wenn Sie die Waffen weglegten?", der Grauhaarige griff in eine Schublade und holte seinerseits eine Pistole heraus.

„Das ist zwar konjunktivisch richtig, aber ich seh das nicht so."
Plötzlich passierte alles gleichzeitig. Ich sah mich nach Bernardo um, er war an der Wand hinunter zu Boden gerutscht, und siehe da, er hatte einen kleinen Revolver in der Hand, den er aus einem Knöchelholster gezogen hatte. Er legte auf mich an, ich warf mich seitwärts an die Wand, was aber nicht reichte, drückte ab und erwischte ihn am Arm. Ich war nicht schnell genug oder die Wand war im Weg gewesen, wie auch immer – er schoss praktisch gleichzeitig und ich fing mir einen Streifschuss an der Schulter ein. Jetzt grabbelte er mit links nach der Waffe, die der gelähmte rechte Arm nicht mehr bedienen konnte. Mit dem Griff des Revolvers schickte ich ihn schlafen.

Archard hob seine Waffe, ich nahm mir eine halbe Sekunde Zeit zum Zielen und schoss ihm die Pistole aus der Hand. Die Kugel erwischte ihn allerdings in der Lebergegend. Archard stöhnte, hielt sich die Seite und fiel nach vorne auf den Tisch.

Eine Salve aus einer automatischen Waffe kam durch die Tür und ließ die Decke oben neben dem Fenster stauben.
„Nimm", Heinz reichte mir die MP, eine H&K MP5 ohne Schulterstütze, griff in seinen Mantel und zog die Mini-Uzi heraus. Er lud durch, presste sich neben den Türrahmen, sah nach den Einschlaglöchern in der Decke, hielt die Mini-Uzi in einem merkwürdigen Winkel in den Flur und drückte ab. Und das Ganze sofort nochmal. Ein Schrei, im Gang kippte jemand um und durch die Tür fegte ein weiterer Feuerstoß, traf die Heizung am Fenster und Archard am Schreibtisch zuckte, er war von einem Irrläufer erwischt worden. Unter dem Schreibtisch hatte sich eine Lache Blut ausgebreitet und sie wuchs.

Es wurde still. Das Krachen der Schüsse klingelte noch in meinen Ohren. Ich steckte den Revolver weg, schnappte mir Bernardo mit einer Hand, richtete ihn auf und stieß ihn durch die Tür. Es passierte nichts.

Der Schwarzhaarige hatte nichts abbekommen, er erhob sich langsam vom Fußboden und zeigte seine offenen Hände.
„Das isse nicht nötig gewesen", meinte er mit einem leichten Akzent.
„Vielleicht doch", sagte ich. „Und, hast du jetzt Lust, uns ein wenig zu erzählen?"
Er griff nach einem ledergebundenen Notizbuch auf dem Schreibtisch und blätterte darin, während ich registrierte, dass ich blutete.
„Hier, isse Adresse in Nizza, das is unsere Lieferant." Er deutete auf den Grauhaarigen. „Das isse Schwager von Chef, Chef heißt Marco Santini."
„Und das junge Pärchen?"
„Sind gefahre nach Nizza, mehr kann ich nicht sagen."
„Und was wollen die da? Besonders reinen Stoff kaufen? Eure Zwischenhandelsmarge umgehen? Oder Drogen in großem Maßstab nach Deutschland schmuggeln?"
Er zuckte die Schultern.
„Fuck", knurrte ich, „das macht doch keinen Sinn! Warum soll ich das glauben? Vielleicht muss ich noch etwas überzeugender werden!"
„Noch überzeugender?", er grinste traurig und sah sich nach den Verlierern der Schießerei um. „Isse nich möglich. Ich binne nur Geschäftsführer von Blumenhandel. Hat mir mal gehört. Aber jetzt", er zuckte die Schultern, „Drogen nicht gut! Ich gehe zu mein Bruder nach Schweden, Fischzucht, wisse Sie."
Ich nickte und wollte viel Glück wünschen, da quatschte Bernardo dazwischen, von wegen Schweden, sie würden gleich erst mal in Nizza anrufen und er rede einfach zu viel. Der Grauhaarige lächelte nur traurig.
„Na, dann wollen wir nicht mehr stören. Wir finden den Weg."

„Die Sekretärin ist weg", stellte ich auf dem Weg zum Ausgang fest.
„War wahrscheinlich die Intelligenteste von den Idioten!"
Es knallte zweimal hinter uns. Wir sahen uns an.

„Er räumt auf!"
„Scheiiße, Alter!"
Wir sahen zu, dass wir da wegkamen. Bevor ich ins Auto stieg, riss ich mir den linken Hemdsärmel ab und presste ihn auf die Wunde am Oberarm. Das Blut tropfte mittlerweile von meiner linken Hand. Im Wagen merkte ich erst, dass Heinz so merkwürdig schnaufte.
„Was ist los?"
Da wurde Heinz laut, so hatte ich ihn noch nie erlebt: „Was los ist, du hast ja Nerven, da sind gerade vier Menschen getötet worden – und ich habe mitgeholfen, ich habe abgedrückt! Geht dir das so am Arsch vorbei? Was bist du denn für einer?"
„Ich bin mindestens so verroht wie Franz Blum."
„Was?"
„Tschuldigung, tut mir leid, dass ich dich da reingezogen habe. Wer konnte denn ahnen, dass die so überzogen reagieren."
„Überzogen reagieren", machte er mich nach. „Und wenn der Typ die Bullen auf uns hetzt?"
„Er hat unsere Namen nicht."
„Meinst du nicht, dass wir etwas auffällig sind?"
„Wegen deines Längenwachstums?"
Er sah mich wütend an. „Muss ich dich wirklich an deine Hautfarbe erinnern?"
„Aber wir Schwarzen sehen für Deutsche alle gleich aus, da bin ich doch im Vorteil! Und ich schätze, in Dortmund gibt es ein paar tausend Afrodeutsche wie mich!"

Heinz wollte nicht bis ganz nach Hause gebracht werden. Er stieg ein paar Straßen vorher aus.
„Du solltest sicherheitshalber die UZI loswerden."
Er nickte nur sauer, sagte: „Scheiße!"
„Heinz?"
„Was?"
„Woher wusstest du, dass da jemand mit ner Waffe durch die Tür kommen würde?"
„Du hast das Geräusch vom Entsichern und Durchladen nicht

gehört?"
Ich schüttelte den Kopf.
Er drehte sich um und ging. Irgendwie wirkte er trotz Ledermantel jetzt nicht mehr so gefährlich wie vorher.
Ich musste umsteigen, selber fahren, dabei gleichzeitig meinen provisorischen Verband auf die Wunde drücken, also lenkte ich mit links. Sobald ich mit rechts losließ, fing es wieder an zu bluten und ich wollte nicht den Wagen versauen. Also ignorierte ich die Schmerzen. Ich fuhr zu einer Bekannten, einer MTA. Auch eine ehemalige Schülerin. Von der wusste ich, dass sie schon mal in einer Notaufnahme gearbeitet hatte. Sie war nun arbeitslos wegen der Schließung ihrer Klinik im Sauerland.

Sie war nicht da. An der Tür hing ein anderes Namensschild. Mist.
Im Auto hatte ich mein Handy. Ich versuchte sie anzurufen. Sie ging nicht ran. Kaum stand ich zu Hause auf dem Parkplatz, rief sie zurück. Sie wohnte nun in der Nähe des Josefshospitals, wo sie arbeitete. Schichtende um 4.

14
Yasmin war eine dieser dicken Frauen, die gut aussehen, die Lebensfreude, Intelligenz und Freundlichkeit ausstrahlen, die witzig sind und mit denen man Pferde stehlen oder ersatzweise Essen gehen kann.

Und jetzt machte sie Sport und hatte auch noch abgenommen!

Wo war sie nur vor 15 oder 20 Jahren gewesen?

Ihre dunkeln Augen und das schwarze dichte Haar hatte sie von ihren syrischen Eltern, die schon vor 30 Jahren nach Deutschland gekommen waren. Ihre Lebensart, ihren Mut verdankte sie sich selber, obwohl sie immer meinte, ich sei so wichtig für sie gewesen: „Du hast mir Mut gemacht zu zeichnen, wie ich wollte! Du hast mir Comics kopiert und Perspektive beigebracht und weißt du, Sidney, du hast alles, was ich gemacht habe, gut gefunden, du bist ein toller Lehrer!"
Ach ja, da hatte ich aushilfsweise auch Kunst unterrichtet, neben Englisch und Bio. „War, war, Yasmin. Und kannst du schon an deinen Mangas verdienen?"
„Ich kann nicht davon leben, aber ich verkaufe Geburtstagskarten und mache manchmal Auftragsarbeiten."

Auch diesmal musste sie mir ihre Mappe zeigen, nachdem sie mich zusammengenäht hatte. Ich war froh, als es überstanden war: Die fehlende Betäubung war eine Sache, die mütterliche Seite, die sie plötzlich für mich entdeckte, eine andere. Sie schimpfte mich in einem ununterbrochenen Redestrom aus, wie ich nur so unvorsichtig hatte sein können und dass Männer sowieso ... und ihr Freund ... und sie konnte einfach nicht verstehen ... und in Zukunft ...
Da war es schon einfacher, sich die bewegten Mangas, die Fantasiewesen, die Liebenden, die Kämpfenden anzusehen.
„Landschaft ist immer noch mein Problem."
„Du musst mal eine Zeichnung von Caspar David Friedrich,

eine von Rembrandt, eine von Robert Crumb kopieren und dir als Krönung die Landschaften in den Franquin – Comics anschauen. Dann siehst du das Problem ganz anders."

Nachdem wir die Schicksale einiger ihrer Klassenkameraden durchgehechelt hatten, verabschiedete ich mich. Eigentlich wäre ich gern noch länger in ihrer kleinen ordentlichen Küche sitzengeblieben, aber ich musste den Bulli zurückbringen.

15

Melissa war begeistert. „So was habe ich noch nicht gegessen, wie hast du das gemacht?"
„Simpel. Das ist kein Paniermehl auf den Schnitzeln. Ah, es sind auch keine Schnitzel, sondern hauchdünn geklopfte Nackensteaks. Ich habe Salzmandeln, gebrannte Mandeln und alte trockene Laugenbrezeln zu gleichen Teilen kleingehackt und im Mixer zu Paniermehl aufgemahlen. Das Fleisch damit normal panieren, in Öl und Butter anbraten, zum Schluss die Palmenherzen dazu, alles auf Zewas geben zum Entfetten und dann zurück in die Pfanne und den Rest hast du gesehen."

Ich hatte die Pfanne auf den Tisch gestellt und mit Grand Marnier flambiert. Dann je einen Esslöffel Aprikosenkonfitüre auf die Schnitzel gegeben und mit den Palmenherzen auf die vorgewärmten Teller verteilt. Zum Schluss noch einen Löffel Creme fraiche mit Kirschwasser und einem Hauch Muskatblüte auf die Palmenherzen. Dazu tranken wir Guinness.

„Mein Gott, ist das gut, wenn ich denke, was wir da manchmal in den Restaurants bekommen, die Rudi sich aussucht, weil sie in sind. Warum bist du nicht Koch geworden? Und was kannst du eigentlich nicht?"
„Ich bin besoffen von deiner Schönheit und bei den Fragen nicht mitgekommen", himmelte ich sie an. „Für einen ganz einfachen wunderbaren Neger nochmal von vorn?"
„Sidney, du hast mich angerufen und zwar nicht, weil du mich bekochen wolltest, also komm jetzt zur Sache!"
Ich seufzte. „Ich wünschte, es wäre einfacher, aber ... ich habe zufällig ein paar Dinge erfahren und ein paar Leute gefragt, und ... ich weiß nicht, wie ichs sagen soll ..."
„Sidney!"
Ich schüttete etwas Kirschwasser in kleine Cognacschwenker.
„So wie es aussieht, sind Sophie und ihr Freund Steffen in Südfrankreich. Das ist zumindest die aktuellste Information, die ich bekommen konnte."

Sie starrte mich nur an.
„Probier mal! Zieglers Wildkirsche, hab ich von zu Hause mitgehen lassen, als ich das letzte Mal zu Besuch war."
Irritiert guckte sie das Glas an, kippte den Inhalt und stellte das Glas ab, wie um es los zu sein.
„Wie kommst du darauf? Südfrankreich! Und wie kommst du auf Steffen?"
„Ich habe gefürchtet, dass du das fragen würdest." In groben Zügen erklärte ich, wohin meine Neugier mich gebracht hatte: „Und ich bin also in den Blumenladen rein, hab mich an die Wand gestellt und finster geguckt, da haben sich die Gangster alle selber erschossen, bis auf einen, der mir zuvorkommendst Auskunft gab."
„Oh Gott! War das diese Meldung im Radio, Gangsterkrieg im Hafen? Hast du die alle gekillt?"
Ich stöhnte. „Nein, so wars nicht, aber das willst du gar nicht so genau wissen! Jedenfalls sind wir einen Schritt weiter."
„Ohhh-Gottogott, bisher dachte ich auch, die ist nur mal ausgebrochen, man braucht so was manchmal. Jetzt verkehrt sie also mit Drogengangstern. Sag, dass das nicht wahr ist."
„Eine schmerzliche Wahrheit ist besser als eine Lüge. Thomas Mann."
Sie schoss mir ein Blick rüber, der schwächere Männer reihenweise getötet hätte. Dann süppelte sie zwei Kirsch hintereinander weg, dabei war der Stoff zum Genießen da und nicht zum Kippen. Aber egal, wo der herkam, war noch mehr. Auf der B1 zog ein Wagen mit Martinshorn vorbei. Der Typ über mir knallte seine Wohnungstür zu. Dann stapfte er die Treppe runter. Es klang, als wäre er ein vier Tonnen schwerer Roboter. Er hatte irgendeine Fehlschaltung und ich würde mich bei Gelegenheit mal um Korrektur kümmern müssen.
„Sag Rudi nichts davon, zunächst jedenfalls. Er würde nur rumlamentieren und Ärger machen."
„Und was willst du unternehmen?"
„Ich, ich kann nichts unternehmen, du musst etwas tun! Du musst sie suchen!"

„Melissa-Schätzchen, seh ich etwa aus wie Miss Marple?"
„Aber du hast doch richtige harte Detektivarbeit geleistet! Du hast keine Probleme, dich mit Gangstern auseinanderzusetzen und jetzt, jetzt, wo du was herausgefunden hast, willst du aufhören?"
Ich griff nochmal nach dem Zieglers. „Die Spur verliert sich in Südfrankreich, wenn man mich nicht angelogen hat. Dass ich so weit gekommen bin, verdanke ich dem einzig legitimen Herrscher des Universums laut Napoleon: dem Zufall." Der Zieglers kreiste im Glas mit vornehm öliger Eleganz und sein ätherischer, fast parfumartiger Duft schien zu sagen, er sei zu schade zum Trinken, ich solle ihn aufschnuppern. Aber als harter Kerl kann ich solchen Einflüsterungen widerstehen. Ich behielt ihn im Mund, bis die Schleimhäute brannten, und schluckte.
„Sidney, wenn du ..."
Ich schüttelte den Kopf. „Also, ich habe kein Auto, kein Geld, kein geregeltes Einkommen, keine Ahnung, wo ich anfangen sollte, also wirklich! Ruf doch das A-Team oder Magnum!"
Sie redete weiter, als hätte ich nichts gesagt: „Wenn du Detektivarbeit leistest, musst du auch so bezahlt werden. Ich weiß doch, dass du es nicht leicht hast, dich über Wasser zu halten. Dann brauchst du ein Auto, du musst ja beweglich sein. Ich schenke dir meinen alten Cherokee. Ich will sowieso einen Oldtimer haben, ein Kabrio. Der Cherokee war ne Idee von Rudi. Ich hätte mir dich angeln sollen. Du bist ein Mann. Damals war mir nicht klar, wie zärtlich und fürsorglich du trotzdem ..." Sie fing an zu schniefen.
„Ich bin jetzt auch ein Killer."
Von dem Einbrecher, der vor Jahren den Fehler gemacht hatte, sich unser Haus auszusuchen und meine Mutter zu bedrohen, hatte ich nie erzählt. Ich hörte meine Mutter schreien, einen Schuss und bin mit meinem Compound-Bogen über die Seitentreppe runter zum früheren Dienstboteneingang, durch die Küche ins Wohnzimmer, wo meine Mutter auf dem Boden kniete, eine Pistole am Kopf und der Einbrecher brüllte auf sie ein, wo der Safe sei. Und meine Mutter, die am rechten Ohr blutete, heulte, der Safe sei im Arbeitszimmer, sie wüsste doch sowieso

den Code nicht, er könne ihr Portmonee haben. Ich spannte den Bogen und musste mich erst mal bemerkbar machen.

Und der stämmige rotgesichtige Typ dreht sich zu mir um, hebt die Waffe und ich lasse den Pfeil los. Blattschuss. Er drückt noch ab, dann kippt er tot um. Die Kugel zischt an mir vorbei und erlegt einen antiken Holzglobus, worüber mein Vater ziemlich sauer war. Er wollte das Ganze schon dazu benutzen, mich loszuwerden, aber die Polizei hatte ihm dann erklärt, wen ich da erschossen hatte: Einen aus einer psychiatrischen Klinik entwischten Serieneinbrecher, dafür bekannt, seine Opfer grausam zu foltern, zu ermorden und mit einer Tüte Milch vom Tatort wegzuspazieren.
„Was?"
Melissa hatte mein Handgelenk gepackt. „Hör mir zu! Wenn da noch welche übrig sind, die zwischen mir und Sophie stehen, oder zwischen ihr und ihrem Glück, dann kannst du sie gerne alle von ihren speziellen Leiden erlösen. Meinen Segen hast du."
„Ah, dann muss ich noch mal los, Munition kaufen."
Sie griff schon wieder nach der Flasche, stellte sie aber wieder hin.
„Kann ich bei dir bleiben, heute Nacht?"
„Ja, sicher, aber es ist doch erst zwei Uhr."
„Und? Meinst du, es würde uns heute Nachmittag langweilig werden?"
Ich schüttelte den Kopf. „Ich bin sicher, dass wir den Nachmittag rumkriegen. Irgendwo hab ich noch ein Mensch-Ärger-Dich-Nicht-Spiel."

16

Als ich den Cheyenne abholte und das Rad in den Kofferraum packte, hatte ich ein ungutes Gefühl. Das Radfahren war ein Grund für meine gute Kondition. Ein Auto hatte ich nie besessen. Als meine Mutter mir zum Abitur einen Sportwagen schenken wollte, hatte sie die Weitsicht zu fragen, was mir denn gefallen würde. Meine Antwort, ein Surfurlaub auf Hawaii. Ein Auto konnte ich nicht gebrauchen. Ich bekam übrigens den Surfurlaub.

An der B1 gab es keinen freien Parkplatz in der Nähe des Hauses. Es störte mich nicht, notfalls ein paar Straßen weit zu laufen, das Herumkurven, um einen Parkplatz zu finden, schien mir verlorene Lebenszeit zu sein. Als ich zu Fuß an der Haustür anlangte, fuhr direkt vor dem Haus ein Wagen weg.

Ich hatte in Kirchhörde ein Stück Apfelkuchen erstanden und führte mir selbigen mit einem kleinen Mocca zu Gemüte, dann startete ich den PC, lud mir einen typischen Schwerbehindertenausweis aus dem Netz, druckte ihn auf 120-Gramm-Papier, schnitt ihn aus und steckte ihn in eine Klarsichthülle, die ich passend zuschnitt und mit Tesa zuklebte.

Derart ausgestattet holte ich den Wagen und stellte ihn halb auf eine mit weißen Schrägstrichen markierte Fläche und halb auf den spärlich bepflanzten Seitenstreifen, der die Häuser von der B1 trennte.

Ich improvisierte eine Lahmacun auf Toast mit etwas Hackfleisch, gewürzt mit Kardamom, Kümmel, Kreuzkümmel, Chili, Schwarzem Pfeffer, Bockshornklee, einer Spur scharfem Paprika. Eine Tomate und eine Zwiebel – hauchdünn geschnittenen – unterheben, abdecken mit ein paar Streifchen Edamer Schmelzkäse. Dazu ein Ducksteiner.

Um 14 Uhr hatte ich den nächsten Termin und da fing es auch

schon an. Ich holte das Rad aus dem Kofferraum und überlegte allen Ernstes, mit dem Wagen zu fahren. Es war trocken, leicht bewölkt, um die 20 Grad, ein typisch bedeckter Dortmund-Tag, ideal um Rad zu fahren. Ich musste mich gegenüber mir selber durchsetzen, aber schließlich saß ich doch auf dem Sattel, ließ mich von Abgasen umschmeicheln und pedalierte durch graue Straßenzüge, denen Utrillo oder Giacometti möglicherweise etwas hätten abgewinnen können. Möglicherweise auch nicht.

Der alte Herr im zweiten Stock, der ein Balkongeländer gestrichen haben wollte, war harmlos, die muffige, zugestellte Wohnung deprimierte mich. Ein Wunder, wie man so viel dunkles Holz und gleichzeitig so viel Plüsch, Frottee, Teppiche, Vorhangstoff und Kissen von ausgesuchter Hässlichkeit hier reinpfropfen konnte. Der Wackeldackel auf der Anrichte war noch das Harmloseste.

Die Hölle, das sind die anderen. Man hätte Sartre mal sagen sollen, dass es manchmal auch ihre Wohnzimmer sind.

Schmirgeln, Grundieren, Grundierung trocknen lassen. Ich bekam wieder Hunger und holte vom nächsten Bäcker um die Ecke zweimal Kaffee und drei Teilchen. Der alte Herr, ein dürrer, etwas gebeugter Mann mit Halbglatze und weißem langem Resthaar, freute sich wie ein Schneekönig.

Als ich weitermachte, wusste ich, dass Herr Redwitz Busfahrer gewesen war und sich in Europa auskannte wie in seiner Westentasche, dass seine Frau an Kehlkopfkrebs gestorben war, dass er nicht in ein Krankenhaus oder Heim wollte, wenns soweit war. „Die Zustände da!", er schüttelte den Kopf. „Nee, nee, nee! Da spring ich lieber vom Dach, woll." Kinder hatte er keine.

Kinder! Eine Handvoll Blagen hatte sich etwas später im Hof angesammelt und riss blöde Witze über Farbe, anmalen und abwaschen und über Farbige allgemein, besonders wo und wann man als solcher sichtbar war oder nicht. Ich lachte eine Zeit lang mit und fragte dann, ob sie nicht noch Schularbeiten zu machen hätten, sie sollten mal die arbeitende Bevölkerung nicht stören. Das rief Belustigung und Empörung hervor. Ein „Neger", der ihnen sagte, was sie zu tun und zu lassen hatten? Das ging ja gar nicht! Stattdessen erklärten sie mir, was ich alles tun könnte.

Ich fluchte vor mich hin, mit Farbe bekleckern ging nicht, dann würde man mir entsprechende Rechnungen präsentieren. Verhauen genauso wenig. Also sagte ich, statt einfach die Schnauze zu halten, ich käme ja auch wirklich von da unten, wo man noch Menschen fräße und langsam bekäme ich Hunger.

Ein dickes Mädchen kreischte laut auf und rannte weg, die anderen lachten. „Das war ja wohl ein Fehlgriff, woll!", meinte Herr Redwitz hinter mir. „Bestimmt ist sie gleich mit Papi wieder da. Vielleicht sollten Sie lieber gehen!"
Ich strich weiter.
„Lachen Sie nicht! Der Kerl ist Bodybuilder! Der nimmt Sie auseinander."
„Wär das erste Mal!"
Redwitz brummelte was und verschwand in der Wohnung. Aber kurz drauf stand tatsächlich unten im Hof die kleine Dicke mit einem großen Dicken, der raufbrüllte, ich solle runterkommen.
„Sehen Sie nicht, dass ich beschäftigt bin? Aber wenn Sie schon mal da sind, bringen Sie Ihrer Tochter doch bitte bei, die Arbeiterschaft in Ruhe zu lassen, ja! Danke sehr!"
„Quatsch nicht so ne karierte Scheiße, du hast meiner Tochter Angst gemacht. Sie sagt, du willst ihr was tun."
„Sie ist dumm und sie lügt. Tut mir leid für Sie." Ich strich die letzten Stäbe.
„Wenn du nicht sofort runterkommst, komm ich rauf, du schwarze Ratte!", brüllte er. Töchterchen grinste.
„Und wenn du noch so nett bettelst, ich verdien hier mein Geld und eine Viertelstunde dauerts noch." Zwei Stäbe streichen,

aufräumen. Kassieren. Einen Idioten beruhigen. Auf dem Heimweg einkaufen, was Leckeres brutzeln, ich hatte nur noch keine Idee, was. Ein Maishähnchen grillen oder zwei Iberico Steaks?

Der Typ da unten schäumte vor Wut und hinter mir in der Wohnung wurde angeregt geplaudert. Ich konzentrierte mich auf die letzten Pinselstriche, wickelte die Pinsel in eine Plastiktüte, schloss sorgfältig die Lackdose, gab beides in eine weitere Tüte und sah mit Erstaunen, dass da unten zwei Polizisten den Bodybuilder in die Zange nahmen und fragten, was das denn solle. Er könne doch hier nicht so rumbrüllen und Leute bedrohen. Der Typ begann zu stottern, ich hätte schließlich seine Tochter bedroht und als er angeben sollte, was ich genau gesagt habe, schrie er die Beamten an, das wisse er doch nicht.
Herr Redwitz trat zu mir auf den Balkon. „Andersrum wird ein Schuh draus, die Kinder haben Herrn Crüwell nicht in Ruhe gelassen, Herr Crüwell ist immer höflich und nett geblieben."
„Ich nehme jetzt ihre Personalien auf", sagte einer der Beamten, „und wenn wir hören sollten, dass Sie sich an den Herren, äh, Crüwell oder ...",
„Redwitz", ergänzte sein Kollege.
„vergriffen haben, dann kommen wir wieder."
„Danke, die Herren!", ich salutierte lässig in den Hof hinunter und nahm meine zwei Koffer.
„Das haben Sie ja klasse hingekriegt!", sagte ich zu dem alten Herrn, der gewichtig nickte und mir die vereinbarten 100 Euro reichte. Und ich konnte in Ruhe mein Rad beladen und abdampfen. Im Rewe entschied ich mich für die Iberico-Steaks, nahm Pilze und einen Barolo mit und der Abend wurde noch ganz nett, nachdem ich meine Hemden gebügelt hatte.

17

Martin hatte sein Büro jetzt im Norden, in Nette, eine eher stille Straße mit dreistöckigen Wohnblocks, Kiosk, Friseur, Tiefgaragen für die Häuser, Bäumen dazwischen und mit wenigen Leuten, die jetzt um 10 da rumliefen.

Eine Front mit großem Fenster, in dem ein Dschungel wucherte. Eine Glastür mit silbernem Aufdruck: Rechtsanwälte Kraft&Kolberg. Sie öffnete sich und Martin gab mir die Hand. „Sidney!" Dann hastete er an den Kopierer zurück, der neben der Tür stand, überschattet von einem großen Philodendron. Links tippte eine Angestellte mit Headset etwas flott in den PC. Sie beachtete mich nicht. Auch mal schön.
„Wer ist Kolberg?"
„Gibts nicht mehr. War nur kurzzeitig mein Partner, klingt aber gut, oder? Komm!" Er eilte nach hinten, ein paar Blätter gefächert in den Händen. „Bring die zwei Ordner mit!"
Ich schnappte mir die Ordner vom Tisch am Kopierer und folgte ihm in die Tiefen des Büros und durch eine gepolsterte Tür. Der wuchtige Ledersessel und der dunkelrot glänzende Schreibtisch aus dem Holz von Bäumen, von denen wahrscheinlich nur noch drei Exemplare existierten, signalisierten „Chef"!
„Setz dich!"
„Und was hat dich hier hin verschlagen?"
„Die Miete ist erschwinglich, Laufkundschaft habe ich sowieso nicht, und auf den Laden bin ich durch eine arbeitslose Verkäuferin der Schlecker–Kette gekommen."
Ach ja, Schlecker: Schönes Beispiel, wie in unserem kapitalistischen Land eine größenwahnsinnige Familie mit Dumpinglöhnen Milliardengewinne erwirtschaftet, fast 4000 Filialen eröffnet, fast alle alteingesessenen Drogerien mit all dem, was die über Jahrzehnte geleistet haben, kaputtmacht und in ihrer Überheblichkeit den Laden schließlich vor die Wand fährt. Warum hatten die Leute alle da gekauft. Warum kaufen sie jetzt bei Schnellbäckereien und machen die wenigen übriggebliebenen Bäcker, die noch handwerklich arbeiten, kaputt? Weil die Menschen

vom System schon genug gestresst sind? Weil sie keine Zeit haben im täglichen Überlebenskampf? Weil für manche jeder Cent zählt? Oder paaren sich hier Dummheit&Bequemlichkeit mit perfektionierter Werbemanipulation?
„Wenigstens hast du hier genug Parkplätze."
„Jawoll, dein Wagen sieht aus wie Melissas Cherokee."
„Das ist Melissas Cherokee ... gewesen. Sie hat ihn mir geschenkt", und ich erzählte ihm die ganze Story.

„Du machst Sachen! Das solltest du mir eigentlich gar nicht erzählen!", stöhnte Martin.
„Ich hab niemanden gebeten, auf mich zu schießen."
Er machte eine schlappe wegwerfende Handbewegung. „Wenigstens wissen wir nun, dass Sophie lebt und wo in etwa sie abgeblieben ist. Was ich nur nicht verstehe, ist das Warum!"
„Vielleicht haben sie Schulden bei dem Dealer gemacht und arbeiten das als Drogenkuriere ab?"
„Kann man bei einem Dealer Schulden machen?"
Ich zuckte die Schultern. „Wenn man regelmäßig kauft oder größere Mengen oder, äh, selber dealt?"
Martin fasste sich an den Kopf. Und sagte nichts.
„Cum tacent clamant!"
„Nein! Seh ich was Böses, denk ich nicht hin!"
Ich grinste, aber ich glaubte ihm nicht, er wälzte im Kopf das Strafgesetzbuch und addierte Strafmaße.
„Und du willst wirklich nach Südfrankreich?"
„Melissas Idee. Aber klar ist schon: Mit dem, was ich jetzt weiß, kann ich nicht zur Polizei gehen! Und überleg mal, selbst wenn man den Bullen sagte, wo´s langgeht, glaubst du, dass in absehbarer Zeit was passieren würde – wenn überhaupt?"
Er schüttelte den Kopf. „Hast du Kontakte da unten?"
„Bin mit dem Chef der Union Corse per du."
Martin riss die Augen auf.
„Reingefallen! Mann, woher soll ich den kennen? Nur mein Pizzabäcker, der könnte zur Mafia gehören, aber dann wohl eher zur Camorra."

Martin lachte. Dabei hatte ich das ernst gemeint, so hatte es schließlich mal im Spiegel gestanden. Martin nahm sein Handy, sagte „Moment!", aber es dauerte, ein Kunde setzte sich ins Wartezimmer und wurde mit Kaffee bedient. Martin latschte herum, bekam seine Verbindung und wanderte in ein Hinterzimmerchen.

„Mein Schwager leitet eine Abteilung von Eurotec in Marseille, das ist ein Rüstungskonzern", erklärte er wenig später. „Er hat notfalls Kontakt zu Anwälten vor Ort, also sollte etwas sein, weißt du, wo du hochkarätige Hilfe bekommst. Die Kosten übernehme ich natürlich."
Beziehungsweise Rudi, sollte das wohl heißen.
„Wie ist eigentlich dein Französisch?"
„Comment voulez-vous gouverner un pays qui a deux cent quarante-six variétés de fromage?"
„Ah oui, bon, mon General!" Martin salutierte.

18

Eine Lampe anschließen, einen Tisch bei Ikea abholen, dann wollte ich los. Aber auf dem Handy tauchte eine SMS auf: „V ist bis Montag in London". Damit wollte meine Mutter mir bedeuten, ich sollte mal wieder vorbeikommen. Gut, würde ich also morgen erst starten.

Um den Tisch abzuholen, bot ich den Cherokee an. War doch manchmal ganz praktisch, das Ding. Der Tisch entpuppte sich als zu lang, die Heckklappe blieb offen und im Treppenhaus entpuppte sich die Auftraggeberin als unfähig zu helfen, das Teil die Treppe hinaufzubekommen. Die Ehemänner ihrer Nachbarinnen waren alle zur Arbeit und bis wir jemanden auf der Straße gefunden hatten, der mit anpackte, und ich schließlich wieder zu Hause anlangte, war es schon Nachmittag.

Ich duschte, zog mir eine neue schwarze Jeans, ein schwarzes Seidenhemd, leopardenfleckige Nikes und eine dicke schwarze Nappa-Lederweste an, nahm den grünen Koffer mit, sprang wieder in den Cherokee und steuerte die nächste Buchhandlung an, wo ich ein Buch erstand und es als Geschenk einpacken ließ.

Es fing doch tatsächlich an zu nieseln. Alle Farben wurden dunkler, intensiver. Die Bürgersteige leerten sich noch mehr und die Autoreifen zischten auf dem Asphalt. Ich brauchte einen Moment, bis ich die richtige Scheibenwischgeschwindigkeit zurechtgefummelt hatte.

In der Einfahrt zu meinem Elternhaus blieb ich so stehen, dass mich die Kamera erfassen konnte. Nach 30 Sekunden ging das Tor auf, ich fuhr zum Haus hinauf, wo Mutter auf der Treppe stand. Sie war immer noch eine elegante Brünette mit blauen Augen, die lustig blitzen und eiskalt schauen konnten. Ihre Haare wirkten, als sei sie gerade aus dem Frisiersalon gekommen. „Na, mein Held!", sagte sie und nahm mich in die Arme. „Nun

doch mal mit Auto? Geliehen?"
Ich hob sie hoch, schwenkte sie einmal herum und setzte sie wieder ab. „Nee, den hab ich geschenkt bekommen!"
„Ach, das ist doch bestimmt wieder eine längere Geschichte?", freute sie sich.
„Und das ist noch untertrieben! Hier, für dich! Ich glaube, das ist wirklich gut, eins der Bücher, die man nicht aus der Hand legen kann."
„So, wie der Hundertjährige?" Sie schob mich ins Haus und riss die Verpackung auf.
„Besser. Ich habe ein wenig im Internet gelesen und finde den Stil spannender, interessanter, witziger. Aber ...", ich zuckte die Schultern.
„... de gustibus?"
„ ... und so weiter." Hier war es immer warm genug, um im Schlafanzug herumzusitzen, also zog ich die Lederweste aus und hängte sie über einen zierlichen Chippendalesessel. Kein Grund bis zum Garderobenzimmerchen zu latschen und die Dienstboten hatten frei, wenn ich kam.
„Dodger!"
„Von Pratchett", erklärte ich. „Der hat die Scheibenweltromane geschrieben. Colors of Magic, du weißt schon."
„Ach ja. Nicht schlecht. Danke Schatz! Willst du einen Kaffee oder mixt du uns was?"
Das Haus hatte besseres zu bieten als Kaffee. Die Bar war noch das Beste an dem ganzen überalterten Bax mit seiner dunklen Vertäfelung, den Jagdtrophäen und den zu großen, zu dunklen Bildern aus der Gründerzeit. Man muss sich das Haus so vorstellen wie eine hässlichere Version der Villa Hügel – wenns denn möglich ist.

Die Mahagoni-Bar bildete einen Viertelkreis in einer verspiegelten Ecke und pflanzte sich mit entsprechenden Sideboards und Tischchen und Stühlchen nach links und rechts fort. Der Raum wurde dominiert von der wuchtigen Couchlandschaft in rotbraunem glattem Leder in der Raummitte und den großen

Panoramascheiben, die den Englischen Garten zeigten. Hier konnte man Feten feiern! Nur dass ich das nie gedurft hatte. Kindergeburtstag hatte in der Küche und im Kinderzimmer stattzufinden gehabt. Nun war mein Zimmer auch so groß gewesen, dass man daraus drei Sozialwohnungen hätte machen können.

Ich mixte zwei Gläser mit ein paar Spritzern Angostura Orange, noch ein paar Spritzern mehr Picon Orange, einem cl Grand Marnier. Vorsichtig, damit es sich nicht zu schnell vermischte, goss ich 2 cl Bushmills dazu und drückte eine halbe Orange hinein.
„Schatz, dazu nimmt man eine Presse!"
„Hab ich doch!" Ich hob meine rechte Hand.
Zum Schluss drei Orangen-Slices und drei Eiswürfel, einmal im Glas rotieren lassen: „Voila!"
Wir probierten und waren uns einig, da musste mehr Bushmills rein. Eine Zeit lang unterhielten wir uns über Jonasson. Ich fand die Analphabetin nicht so prickelnd, meine Mutter konnte sich durchaus dafür begeistern. Mittlerweile hatte es sich eingeregnet, ich hatte eine Tür geöffnet, damit man frische Luft aus dem Garten bekam und den Regen hören konnte. Ich mixte einen neuen Drink aus Kirsch- und Bananenlikör und einem ziemlich exotischen Rum, für den ich zwei oder drei Klos austauschen müsste.
„Und wie ist das nun mit dem Jeep?"
„Ja, warte, äm, erinnerst du dich an Melissa?"
„Das Mädchen aus der Schule mit dem Kind. Ich dachte mal, das wird vielleicht was mit euch."
Ich nickte. „Ich auch, aber damals hatte ich nur dumme Sprüche drauf und war durch Bodybuilding und Kampfsport eher ein Außenseiter. Rudi wusste schon in der 11, dass er Zahnarzt werden würde. Jedenfalls ..."
Was ich nicht erwähnte: Ich hatte ihr auch mal, als sie gesehen hatte, wie ich wohnte, stolz erzählt, dass ich zwar adoptiert, aber enterbt worden war. Bald darauf ging Rudi mit ihr ins Kino, was mir nichts ausmachte, weil ich es nicht an mich heranließ.

Es dauerte, bis ich die komplette Story hintereinander hatte und Mutters Kommentar an einer kritischen Stelle war nur: „Gut, ich hoffe, du hast kein schlechtes Gewissen."
„Nö, diese Drogengangster gehören alle an die Wand gestellt oder zumindest ausgewiesen."
Ich hatte zwei drogenabhängige Schüler erlebt, deren Lebenssicht krankhaft verdreht und deren Überlebenswille zerstört war. Nach einer Entziehungskur schlugen sie nochmal in der Schule auf, für kurze Zeit, dann waren sie wieder weg und blieben weg, denn die Rückfallquote liegt bei 60-80 Prozent.

Kein Wunder in einer verlogenen Ellenbogengesellschaft, die ein Fernsehen zur Verdummung betreibt, sich demokratisch nennt, die Menschen aber zum Spielball eines ungehemmten Kapitalismus macht und wo von Chancengleichheit gequasselt wird und doch die Herkunft in der Regel bestimmt, wer Erfolg hat.

Wer hält das schon aus ohne Drogen?

Schließlich hatte ich unter Verkostung vier weiterer Mix-Experimente berichtet, was ich vorhatte. Nun war ich zu Gin-Fizz übergegangen, damit der alkoholfreie Anteil auch mal den alkoholischen überstieg.

Der Regen hatte aufgehörte, die Sonne kam wieder raus und die Vögel sangen. Ein friedliches rosa Licht fiel durch die hohen Fenster. Völlig unpassend zu dem, was ich erzählt hatte.

„Bleibst du noch? Ich könnte Entrecote machen."
„Warum willst dir die Arbeit antun? Lass uns doch etwas beim Italiener oder beim Chinamann bestellen."
Sie grinste. „Das wäre schön, du weißt ja, was Vater davon hält. Bestellst du beim Chinesen?"

Das tat ich und zwar die Karte rauf und runter. Ich wusste, dass sie eine Menge essen und sogar nachts nochmal aufstehen konnte, um die Reste zu naschen. Tags drauf würde sie eine lange Radtour machen, um Kalorien abzubauen und ihre Knie zu trainieren.

Die Lieferung würde in etwa einer halben Stunde kommen und diese Zeit nutzte ich, um ein paar Kartons aus dem Cherokee zu holen und auf dem Rasen zu verteilen. Dann nahm ich eine Walther P99 mit Schalldämpfer aus dem Koffer, eine Luftpistole, eigentlich ein Spielzeug und eigentlich der Bauart nach ein Revolver: Man hatte eine kleine, flache Trommel für die Diabolos vor dem Lauf untergebracht. Äußerlich sah das Ding für einen Laien täuschend echt aus. Gott weiß, wie viele Banküberfälle schon mit so einem Teil verübt worden sind.

Nun versuchte ich so schnell wie möglich genau die Mitte der Kartons zu treffen – ohne Zielen, wie ich es nannte. Ich versuchte den Impuls zu unterdrücken, tatsächlich über den ausgestreckten Arm und Kimme und Korn zu blicken, um das Ziel anzuvisieren. Ich sparte Zeit, indem ich einfach nur auf das Ziel „zeigte". Die Folge war, dass ich den kleinen Semmelknödelkarton nur zweimal traf.

Die Pistole machte ein witziges Niesgeräusch, aber das Diabolo schlug mit einem lauten Tock in den Karton ein. Auch wenn das kleine Loch auf 20 Meter Entfernung kaum erkennbar war, wusste man doch, ob man getroffen hatte oder nicht.

Eine halbe Stunde später saßen wir am Esstisch und versuchten uns einen Weg zu bahnen durch Curry-Rindfleisch- und Wantan-Suppe, Mini-Frühlingsrollen, 2x knusprige Ente in Hoisin-Sauce, Chop-Suey, süßsaure Sesambällchen und Acht Köstlichkeiten. Dazu kamen noch eine Schachtel Reis, eine mit gebratenen Nudeln und als Extra Erdnuss-Sauce.
„Na, ob das reicht?"
„Wir können noch Eis aus dem Gefrierschrank nehmen", mein-

te Mutter. Ich musste lachen. Mit dem Handy suchte ich einen Internet- Radiosender mit Tai-Chi-Musik und schickte das Gedingel über Bluetooth ans Küchenradio.
„Fehlen nul noch ein paal lote Lampions", lispelte ich kunstvoll und rollte mich selber ab vor Lachen, aber Mütterchen war schwer beschäftigt mit ihren Sesambällchen. Sie blickte fragend auf und ich winkte ab. „Hau rein!"

Als es dunkelte, hatten wir dreiviertel der Gerichte und vier Ducksteiner geschafft. Wir siedelten in ihr Lesezimmer um, wo die Unmengen Bücher, die sie las, die Regale ringsum füllten. Die Sessel dort waren bequemer, man konnte die Beine hochlegen, dazu standen kleine gepolsterte Hocker parat. Ich holte uns einen passablen Armagnac und zwei Gläser und Mutter rückte damit raus, dass Vater eine Neue in London hatte.
„Ach deswegen!", schlussfolgerte ich messerscharf.
Mutter nickte und ich hätte ja nun so etwas sagen können, wie: „Die könnte ich für dich kaltmachen." Aber ich wartete auf den Satz, den sie schon zweimal gesagt hatte, und tatsächlich: „Das macht für mich vieles einfacher." Und einmal hatte sie hinzugefügt: „Immerhin hält sie ihn aus meinem Bett raus."
Jetzt meinte sie: „Das weißt du noch gar nicht. Nach all den Jahren haben wir endlich ein Haus in der Provence, bei Cassis am Meer."
Ich musste grinsen. „Ja, das gefällt, nicht wahr?"
„Und wie lange habe ich ihn bearbeitet!"
Seit sie die Peter Mayle Romane gelesen hatte.
Die Neue meines Vaters hatte das wohl auch, daher sein Sinneswandel. Aber ich sagte nichts dazu.

Die Bilder, die sie auf ihrem Handy hatte, waren jedenfalls traumhaft. Pure Idylle. Helle Felsen, drahtige Büsche, blaues Wasser, bunte Häuschen und alles so unberührt, ursprünglich, natürlich. Wäre das eine deutsche Küste, hätte man schon längst den Küstenverlauf begradigt, die Steine weggeräumt, Sand angekarrt, eine Straße gebaut, wo jetzt ein felsiger Pfad

reichte, ein Strandbad, kostenpflichtig, eingerichtet und einen McDonald's dahingekotzt, damit die einheimischen kleinen Restaurants eingingen.
„Du willst doch nach Aix, Cassis liegt östlich von Marseille, das ist nicht weit. Du kannst natürlich da wohnen."
„Das wäre ihm sicher nicht recht."
„Ja, aber mir! Einmal ist da schon eingebrochen worden. Von mir aus kannst du da so lange wohnen, wie du willst. Er erfährt es ja nicht. Wir wollen erst im Oktober wieder dahin", meinte sie und setzte hinzu: „Wenn er nicht will, fahre ich alleine."
„Früher hast du immer gesagt, wenn einer von euch beiden stirbt, ziehst du nach Mallorca."
„Tja, jetzt ist es Cassis."

Den Armagnac nahm ich mit ins Bett. Ich schlief nicht mehr in meinem alten Zimmer, das existierte nicht mehr. Ich bekam eine der Gästesuiten, mit Wohnzimmer, Schlafzimmer, Bad und Balkon und mitten in der Nacht konnte ich immer noch nicht schlafen. So stand ich in der Dunkelheit auf dem Balkon und versuchte vergeblich durch den Ruhrgebietsdunst und den Millionen Kilowatt starken Lichtsmog ein paar Sterne zu sehen.

Die Lichtquellen der nächsten Straßen hinter dem Grundstück waren schon viel zu stark, sie zeichneten die Kronen unserer Buchen als kompakte Silhouetten nach und dann waren im Garten selber noch kleine Strahler verteilt, die die Bäume indirekt beleuchteten, sodass sie bezaubernd und verwunschen wirkten.

Ich gab die Sterne auf und musste an all die traurigen Szenen denken, die sich zwischen meinem Vater und mir in diesem Backsteinkasten mit Sandsteinverzierung abgespielt hatten.

Ich versuchte an Positives zu denken, aber die kleingeistige Überzeugung meines Vaters, zu wissen, was für mich gut war, hatte so viele Gespräche vergiftet, so viele unschöne Tatsa-

chen geschaffen, für so viele Beleidigungen gesorgt, dass Unbehagen wie eine lästige schwere Decke über mir lag, ohne dass ich es abschütteln konnte. Gerade als ich Unterstützung gebraucht hätte, weil ich die Lehrerlaufbahn in den Wind geschlagen hatte – und Halleluja, dass es so gekommen war – gerade, als ich davon träumte, mit ein wenig Kapitalunterstützung ein Tonstudio aufzumachen, an eigenen Songs zu arbeiten und andere Künstler zu produzieren, hatte er mich vor die Wahl gestellt, entweder irgendwas in seiner Bank zu machen oder BWL zu studieren oder zu gehen, um nie wiederzukommen. Es sei schlimm genug, dass ich die Lehrerlaufbahn auf so unwürdige Weise geschmissen hätte und diesmal würde er ernstmachen und mich enterben.
Er könne sich die Bank irgendwohin schieben, hatte ich gesagt und ihn seitdem nicht wiedergesehen, was für sich genommen gut war. Was ich selber nicht verstand, war die Tatsache, dass ich nun auch an der Musik nicht mehr die Freude hatte wie vorher. Dein ICH, das unbekannte Wesen.
„Ach Scheiße!" Ich leerte die Flasche mit fünf Zügen, ging ins Bett und wartete, dass die Wärme des Alkohols die Nachtmahre vertrieb und Schlaf brachte.

19

Ich kam nochmal nach Hause zurück und schnappte mir meine zwei Reisetaschen. Rad und Koffer waren schon im Auto. Aus dem Kühlschrank nahm ich die halbe Milch, die Salami und den Brie mit und war schon aus der Tür, als ich mich entschloss, auch die H&K mitzunehmen, die ich am Hafen erbeutet hatte.

Dazu demontierte ich die hintere rechte Innenverkleidung, klebte die Waffe in einer Rewetüte mit jeder Menge Ducktape ans Blech und brachte die Verkleidung wieder an.

Nochmal zur Postbank, Geld abheben. Nun hatte ich 2000 von Melissa und 1500 gerade abgehoben. Außerdem hatte ich meine eiserne Reserve von 2400 Euro in vier Fünfhundertern und vier Hundertern eingesteckt.

Zwei Stunden später war ich in Hamm an der Sieg, wo ich die Stelle suchte, an der ich in der Kindheit durch die Sieg gewatet war, über glatte abgerundete geheimnisvolle Steine, die ich alle hatte mitnehmen wollen.

Heute wollte ich wenigsten ein paar mitnehmen.

Eine nur knöcheltiefe Furt, gesäumt von Wiesen und Pappelreihen. Aber kein Zugang sah richtig aus. Ich drehte um und gurkte noch eine halbe Stunde Richtung Eitorf, aber das Flüsschen hatte mehr Kurven als jedes noch so gut ausgestattete Playboy-Girl und jede dieser Kurven schien mir bekannt vorzukommen und genau die zu sein, hinter der die Einfahrt zu der richtigen Flussaue liegen sollte.

Ich gab auf und fuhr nach Altenberg, wo mich nicht der Dom interessierte, sondern der Biergarten am Rösberg. Dort saßen schon ein paar Radfahrer unter den Linden und sorgten für ausgelassene Stimmung. Die Luft duftete grün und man schaute auf die Wiesen an irgendeinem Bächlein hinaus.

Ich ließ mir eine Forelle in Mandelbutter und das Quitteneis schmecken, mittendrin kam die Sonne raus und die Wiesen leuchteten wie eine grüne Verheißung. Weil ich immer noch Hunger und keine Lust hatte, diesen überaus gastlichen Ort zu verlassen, bestellte ich noch einen Spezial Altenberger Eisbecher mit Amarenakirschen, plus ein Glas Kirschlikör. Der Likör wanderte in den Eisbecher. Ein Tick von mir. Manchmal nehme ich auch, bitte nicht weitererzählen, Eierlikör.

Plötzlich kamen noch zwei Radler auf teuren E-Bikes dazu, ein großes Hallo und Glückwünsche ertönten und auch ich bekam tatsächlich wie das alte Ehepaar, das etwas abseits saß, ein Glas Sekt in die Hand gedrückt, wir mussten Happy Birthday mitsingen. Wenn ich was kann, dann singen. Ich gratulierte danach dem drahtigen Enddreißiger, der ohne seinen Fielmannbrillenklotz auf der Nase möglicherweise sogar menschlich ausgesehen hätte, und verzog mich wieder zu meinem Eisbecher. Schließlich saß ich nur noch so da rum und genoss die Stimmung, da wurde eine Runde geschmissen und zwar wurden Wacholder oder Obstwasser gereicht. „Hier aus der Gegend! Müssen Sie probieren."

Der Wacholder war klasse. Die Bedienung kam und fragte, ob ich nicht doch noch etwas wollte.
„Nein, zahlen bitte!"
Mit 35 Euro war ich dabei. Ich suchte die Scheinchen heraus und fragte, was die Zimmer hier kosteten.
„79 Euro das Einzelzimmer."
„Und das Doppelzimmer? Man weiß ja nie!"
Sie schenkte mir ein spöttisches Lächeln. „115 Euro."
„Es gefällt mir wirklich gut hier." Und mit meinem Hochvolt-Lächeln sagte ich: „Ich überlegs mir noch, vielen Dank erstmal. Hier, und das ist für Sie!" Ich legte 20 Euro Trinkgeld drauf.
Ihre Augen strahlten, sie strich sich eine Strähne hinters Ohr, bedankte sich und nahm mit einer Bewegung, die auf einen Knicks hinauslief, das Geld vom Tisch.

„Viel Spaß noch!"
„Werd mir Mühe geben!"
Da war es wieder, das spöttische Grinsen. Ich beobachtete, wie sie selbstbewusst über die Straße wackelte und in dem mächtigen Klotz von Fachwerk-Herrschaftshaus verschwand. Dann nahm ich das Rad aus dem Kofferraum. Die Jeans ließ ich an, sie hatte einen hohen Elasthan Anteil und machte Bewegungen gut mit. Aber Leinen-Hemd und Wildlederweste tauschte ich hinter dem Wagen stehend gegen ein dünnes Sweatshirt. Die Hauptstraße führte praktisch um den Parkplatz herum, aber Beifallskundgebungen blieben aus.

Was ich nicht gesehen hatte, als ich mir die Forelle unten im Bergischen gegoogelt hatte: Der Weg führte nur 50 Meter hinter dem Restaurant über einen Friedhof. Ah, das Leben als Krankheit zum Tode.

Es war definitiv ein Fehler gewesen, in Pädagogischer Philosophie ein Semester Kierkegaard zu machen, nur weil ich gerade etwas depressiv gewesen war und in Philosophie nur einen bestimmten Dozenten erträglich gefunden hatte. Ein verklemmter Versager wie Kierkegaard kann einem das Leben doch nicht erklären! Es gibt außer ein paar kruden Küchenweisheiten praktisch keinen Satz von ihm, den ich rückhaltlos als richtig unterschreiben würde. Oder andersrum: Weiß ich, dass ein Zitat von Kierkegaard stammt, spreche ich ihm a priori jeglichen Sinn ab.

Es folgte ein netter Rundkurs durch Waldstückchen und Wiesen, dann wieder zurück auf den Altenberger Dom zu, ein Steinklotz, der passend in der Landschaft hockte wie eine Staffagekirche von Constable, von der Sonne angeleuchtet und hübscher, als dem dummen Ding zustand.

Statt schon zurückzuradeln, googelte ich mir auf dem Samsung das Eiscafé Grazia in Odenthal und zuckelte wieder gen Süden.

Als ich gegen 17 Uhr zum Auto zurückkam, wollte ich definitiv bleiben. Ich nahm ein Zimmer im Wißberger Hof und haute mich aufs Bett, im Rewe in der Nachbarschaft des Eisladens hatte ich einen Tullamore Dew, Ginger Ale und Lindt-Pralinen erstanden. Die Flaschen, einen Nalgene-Camping-Becher und meinen MP3 Player hatte ich strategisch auf der zweiten Matratze des Doppelbettes platziert. Ich sah zu, wie der trapezförmige Sonnenfleck in stetiger Langsamkeit über die Wand wanderte und verschwand, sang Mona Bone Jakon mit, nippte am goldenen Whisky und nahm ab und zu eine der Lindt-Pralinen. Ich hätte kaum zufriedener sein können, bis es an der Tür klopfte und die nette Kellnerin mit ihrem spöttischen Grinsen und einem bestickten Folklorehemd über einer Used Look Jeans davorstand.
„Also doch ein Doppelzimmer?", sie reichte mir eine gekühlte Flasche Sekt, auf welcher der Tau perlte. „Hab Ihre 20 Euro reinvestiert", meinte sie.
„Kluge Entscheidung! Ich heiße Sidney."
„Franzi. Sidney ist wirklich dein Vorname?", vergewisserte sie sich.
„Klar. Franzi, toll, dass du da bist, es war ein super Tag und jetzt wird der Abend noch besser."
„Dein Wort in Gottes Gehörgang", stöhnte sie, machte drei Schritte zum Bett und ließ sich mit einem Seufzer fallen, das Holz knirschte.
„Müde?"
Sie nickte. „Ich hoffe, ich werde dir nicht langweilig oder schlafe gleich ein!" Sie streifte die flachen Schuhe ab und grimassierte dabei. Unter anderem zog sie ihre kleine gerade Nase kraus, was niedlich wirkte.
„Die Füße tun dir weh."
Sie nickte. „Scheißjob."
„Wahrscheinlich gibt es Schlimmeres."
„Was denn?"
„Lehrer?"
Sie grinste müde. „Die verdienen wenigstens gut."

„Das Geld, das man besitzt, ist ein Mittel zur Freiheit, dasjenige, dem man nachjagt, ein Mittel zur Knechtschaft."
„Wer hat das gesagt, Marx?"
„Rousseau."
Sie blickte zur Decke und runzelte die Stirn, ich öffnete den Sekt, nahm meinen zweiten Campingbecher, gab etwas Tullamore Dew hinein und goss mit Sekt auf: „Eine irische Bowle?"
Sie nahm den Becher und sagte: „Geld verdeckt die Mängel im Leben."
„Die Wege, Geld zu gewinnen, führen alle abwärts. Thoreau."
Ich prostete ihr zu und trank einen Schluck und dann den halben Becher leer.
„Geld ist geprägte Freiheit. Dostojewski."
„Geld kostet zu viel. Emerson."
„Wer ist das denn?"
„Amerikanischer Intellektueller. Nimm dein Glas und komm rüber ins Bad!"
„Oh, hast du irgendwelche ausgefallenen Schweinereien vor?"
„Mal überlegen – ja, hab ich: deine Füße massieren."
Sie kreischte vor Lachen auf.

Im Bad krempelte sie ihre Jeans hoch, sagte „Ach, Scheiße!", zog sie einfach aus und setzte sich in ihrem weißen Slip auf den Rand der Badewanne.
„Ich mag unkomplizierte Frauen."
„Kann ich mir denken."
Ich duschte ihr die Füße heiß und kalt ab und sagte: „Jetzt ab aufs Bett!"
„Und ich dachte schon, du würdest das nie sagen!"
„Benimm dich mal etwas oder ich leg dich übers Knie!"
„Männer und ihre Versprechungen!"
„Gooott, wo bin ich hier nur hingeraten – seid ihr alle hier so rustikal im Bergischen Land?"
„Rustikal heißt das jetzt? Wir haben immer geil gesagt."
Ich stöhnte und fasste mir an die Stirn. „Frauen, die das letzte Wort behalten, sind das größte Übel!"

„Ich weiß, Apostel Paulus."
„Nee, Sidney Crüwell."

Plötzlich hing sie an mir und wir küssten uns, als ob es kein Morgen mehr gäbe. Ich kam gar nicht mehr dazu, ihre Füße zu kneten, dafür schob ich die Hände in ihren Slip und knetete ihre Pobacken und dann noch andere Sachen, die sich darboten.

Als wir endlich in der Horizontalen landeten – oder besser ich – setzte sie sich vor Erregung zitternd auf mich drauf. Ich wollte noch etwas klugscheißen, von wegen gutem Roomservice, aber ich ließ es. Es passte nicht.

20

Der Cherokee grinste mich mit seinem Kühlergrill breit an. „Ja, es geht los, nicht so ungeduldig!" Tasche nach hinten und ab. Ein stetiger Strom von Wolkenhäufchen driftete über den Himmel. Die Sonne kam kaum mal raus, aber zum Fahren ein idealer Tag.

Beinahe hätte ich es hingekriegt, dass Franzi mitfuhr. Aber sie redete sich mit ihrem Job und einer Familienfeier raus. Ich hatte ihr gesagt, ich machte Urlaub im Familien-Ferienhäuschen in der Provence.

Vielleicht misstraute sie mir? Vielleicht war ich der Aufreißer einer Mädchenhändlerorganisation und wollte sie verschleppen? Gut, wir kannten uns ja nur ein paar Stunden.

Wäre sie mitgefahren, wenn ich weiß wäre?

Sofort schämte ich mich für diese Annahme. Fuck! Franzi war spontan und hatte keine Ressentiments. Eine intelligente Frau, hatte studiert, Deutsch und Geschichte und dann, nach Problemen in Seminar und Schule auf Arbeitstherapeutin umgesattelt. Kaum damit fertig, verordneten die von der Kostendämpfung geknechteten Ärzte nur noch einen Bruchteil dessen an Arbeitstherapie wie zuvor, dabei stieg der Bedarf kontinuierlich, bei Schülern zum Beispiel. Also zurück ins Heimatdorf, wohnen bei den Eltern, jobben, egal, was sich bietet.

Ich freute mich darauf zurückzukommen, vorher war ich ganz wild auf die Provence gewesen und auf die Möglichkeit, Wein und Olivenöl in erster Qualität kanisterweise beim Erzeuger zu kaufen und mit dem Wagen nach Hause zu verfrachten. Jetzt war das ziemlich unwichtig geworden. Ich wollte Franzi näher kennenlernen.

Der Cherokee brummte, nach ein paar Kilometern Nebenstraße

war ich auf der B51 und gab Gas. Ich genoss die vorbeiziehende Landschaft und dachte über ein Mittagessen im Elsaß nach, da blitzte es und voraus konnte ich sehen, wie ein Polizist die Kelle hob.

„Ist das dein Wagen?", war die typische erste Frage, die der herablassende Bulle stellte. Dunkelhäutige Menschen können ja solch ein Auto nicht besitzen, es musste geklaut sein. Auch hatte ich als Farbiger keinen Anspruch auf die Höflichkeitsanrede „Sie".
„Ja!" Ich nahm die Papiere aus der Tasche an der Sonnenblende und gab ihm zuerst den Fahrzeugschein. Dann holte ich das Portmonee mit dem Personalausweis umständlich aus der hinteren Hosentasche, zog die Ausweiskarte heraus und hielt sie griffbereit hoch. Der Bulle knurrte was, nahm sie und fragte: „Crüwell, was ist das denn für´n Name?"
„Deutsches Bankhaus in Dortmund, Frankfurt, München."
Lange Pause.
„Was hat das mit dem komischen Namen zu tun?"
„Ich bin der Sohn des Bankiers."
„Und ich bin der Kaiser von China."
„Sehr erfreut, und ich dachte schon, sie hätten dich abgeschafft!"
„Was?" Er wurde lauter. „Otto, komm mal, hier is´n ganz komischer Vogel." Er konferierte mit seinem älteren Kollegen und sie gaben meine Daten an die Zentrale durch. Der ältere kam zielstrebig zurück.
„Was ist Zweck deiner Fahrt? Warum du fahren?"
„Sie sollten mal einen Deutschkurs bei der VHS belegen! Ich fahre in die Provence, um unser Ferienhaus durchzulüften."
Pause.
„Aussteigen, Kofferraum öffnen!", blaffte er mich an.
Gut, dass ich die H&K hinter der Verkleidung versteckt hatte. Sie nahmen meinen Schlafsack, meine Tasche und die Tüte mit den ausgesuchten Keksen, Schokoriegeln und Wasserflaschen in Augenschein und schienen zu überlegen, was sie mir denn anhängen konnten.

Besitz von zu viel Diabetes verursachendem Krempel. Strafe: Einzug der Krankenkassenkarte und standrechtliche Erschießung im Keller der AOK.

„Ich nehme an, Sie haben mich angehalten, weil ich zu schnell war, ich dachte, hier könnte man 100 fahren. Was wird mich das denn wohl kosten?"
Es funktionierte, nach weiteren fünf Minuten war ich 40 Euro los und durfte weiterfahren.

Eine Zeit lang versuchte ich mir einzureden, ich hätte keinen Durst, dann fuhr ich auf eine Bushaltestelle und holte die Proviant-Tüte nach vorne. Ein paar Schluck aus der Sprudelflasche, ein paar Pimms Cakes und wieder aufs Gas.

Der Wagen hatte ungefähr 160 PS, so genau wusste ich es nicht und es war auch unwichtig. Man konnte ihn wegen der dichten Verkehrslage auf der Autobahn kaum ausfahren. Ich hockte also hinter dem Lenkrad und sinnierte vor mich hin, dass ich immer der Meinung war, nach Süden hin werde die Vegetation üppiger, das Land grüner und weniger ausgepowert, die Sonnenblumen größer, ja, Kastanien und Pappeln geradezu gigantisch.

Ich fuhr gern gen Süden. Da gab es so interessante Biersorten, vor allem dunklere. Ich begann zu überlegen, welche mir wirklich am besten schmeckten und kam zu keinem Ergebnis, weil Salvator und Andechser Urbock für mich eher zu einem chinesischen Gericht passten, ein Paulaner Münchner Dunkel zu allen möglichen Braten und Weltenburger Kloster, hm, musste ich nochmal probieren! Ducksteiner zu Hähnchen ... ach ja, das kam aus Norddeutschland.

Nun gut, entschied ich salomonisch, ich fuhr ja auch ganz gerne mal nach Norden, ans Meer, auf eine wirklich ruhige Insel, wo möglichst gar nichts los war – am besten ein paar Wochen nach

Ostern oder im November, wenns den Warmduschern zu kalt wird. Zum Norden gehörte für mich unbedingt Guinness dazu. Rum in einem „zßteifen Grog", noch mehr Rum und gegrillter Fisch. Aber geht mir weg mit Bierteig und dem ganzen Blödsinn, ich will das Meerestier auf einem ganz heißen Grill und mit Kräuterzweigen gegrillt, die dabei verbrennen. Wenn ihr das nicht könnt, übt gefälligst mal!

Frankfurt, Karlsruhe, in Ettlingen raus, in einem Supermarkt einen Becher Kaffee und ein Stück Apfelkuchen schnappen. Als ich mich wieder ins Auto setzte, war die Sonne da. Der Kaffee schmeckte, aber ich bin überzeugt, dass Kaffee immer schmeckt, wenn man ihn wirklich braucht.

Der großartige Apfelkuchen bot Apfelstückchen in genau der richtigen Konsistenz mit viel Geschmack und feiner Säure, darauf die üppige Glasur! Wann habe ich das letzte Mal schlechten Apfelkuchen gegessen, ich konnte mich nicht mehr erinnern. War das Zufall oder gab es eine deutschlandweite Verschwörung der Bäckerinnung, nur noch erstklassigen Apfelkuchen zu liefern? Ah, ich war müde, verdammt müde, ich sah zu, dass ich den Kaffee inhalierte. Abfälle in eine Tonne verbringen, vor dem Auto ein paar Übungen, auf der Stelle laufen, dehnen.

Guck mal! Der komische Neger da, was macht der denn? Höflich grinsen, einsteigen, Reifen quietschen lassen, ab dafür.

Nach Straßburg rüber. Hübsche Stadt. Einen Besuch in dem Touristengedränge sparte ich mir. Wieder Nebenstrecken, weil ich auf der Suche nach einem gepflegten Choucroute war.

Ich googelte mir in Eguisheim das „Vieux Porche" als bestes Restaurant am Platz. Ein Foto zeigte ein niedliches L-förmiges Fachwerkhaus mit einem alten Sandsteintorbogen davor, der stehengeblieben war, während vom Mauerwerk nur noch Reste vorhanden waren.

Das Choucroute d'Alsace aux 6 Viandes war denn auch gut, allerdings nicht so gut wie meine Version. Aber wer macht sich, außer Jeremy Steingarten und mir schon die Mühe, am Tage vorher eine Haxe oder einen Schmorbraten zuzubereiten, um den Sud für das Sauerkraut zu verwenden? Wer außer mir legt das Sauerkraut einen Tag in Weißwein oder Sekt ein? Wer gibt jede Menge gehälfteter Weintrauben dazu?

Keine Nachspeise, dafür ein Gang durch das Städtchen mit hoher Schrittzahl, um den Kreislauf wieder auf Touren zu bringen.

Herrlich: Der Brunnen auf dem Marktplatz plätscherte enthusiastisch und spiegelte den blauen Himmel. Auf der kleinen Burg dahinter, mitten im Ort, nisteten sogar Störche.

Der Verdauungsspaziergang über die zwiebelschalenartig angelegten Sträßchen entpuppte sich als Reise ins Mittelalter. Natur in Ordnung, Gläschen Wein an jeder Ecke, manchmal sogar kostenlos – Dortmund kam da nicht mit. Ich war aber einigermaßen überzeugt, dass es jetzt hier netter aussah als je zuvor, denn früher hatte es natürlich keine Kanalisation gegeben und wohl auch nicht diese Unmengen Blumenkästen mit Geranien.

In einer Nebenstraße fand ich ein blau-verwittertes Doppeltor, in der Mitte mit einem Busch Efeu überrankt, so dass man die Türen kaum öffnen konnte. Links vor der Ausfahrt ein kleiner roter Hydrant und in eine Ecke gequetscht im Schatten ein Sammelsurium von Hortensien, Wein und Nachtkerze. Hier ließ jemand das Grünzeug wachsen, statt alles rauszureißen und alle zwei Jahre neu zu designen.

Als ich Stunden später das weihevolle Violett der Lavendelfelder sah, kaufte ich in einer Bar-Tabac eine französische Zeitung, trank einen Ricard und war nicht nur in Frankreich, sondern auch in meinem ganz speziellen Urlaub angekommen. Ich begann, die Ode an die Freude zu pfeifen. Danach brummte ich

Sunshine Of Your Love und I Feel Free vor mich hin. Es hörte ja niemand zu.

Komisch, dass ausgerechnet die Landschaft, die vielen seit jeher neben der Toskana als ideal gilt, von den Römern als Provinz bezeichnet worden ist. Mir gefällt es hier wahnsinnig gut, aber mir gefällt es auch an der Schlei, in der Bretagne, in Irland, Masuren, am Luganer See, in Kroatien am Meer, am Kilimandscharo – ich brauche eindrucksvolle Berge oder immer wandelbares Wasser, Natur oder alte Kulturstätten. Was mache ich eigentlich in Dortmund? Gut, es gibt da genügend Leute, die auch einem Do-It-Yourself-Handwerker das Überleben ermöglichen. Oft habe ich überlegt, ob ich nicht die Gitarre auspacken und ein paar von den Hits einüben sollte, die heutzutage fast jedem gefallen, um genau da als Straßenmusikant spielen zu können, wo andere Urlaub machten.

Die traurige Wahrheit: Ich bin nicht gut genug. Ich kann ja nicht mal zu meinem eigenen Geklimper singen, ohne ins Stocken zu geraten. Und lange bevor ich genügend geübt habe, packe ich das Instrument wieder in seine Schutztasche.

Die Lehrerprüfung hatte ich mit Tricks geschafft: Protestsongs mit einer 9 schreiben lassen, rappen mit einer 8, elektronische Musik mit einer 10 am Computer produziert – ach ja und Hannes Wader gesungen mit einer 6. Heute hier morgen dort. Ich kannte noch den ganzen Text und sang ihn probeweise einmal herunter.

Meine gute Stimmung hielt, obwohl ich wieder müde wurde, und der Kaffee half auch gar nicht mehr, sondern irritierte den Magen.

Nach Sonnenuntergang erreichte ich das Ferienhaus. Da stand schon ein Wagen in der Einfahrt. Ich hielt nicht an, stellte den Cherokee 200 Meter weiter ab und ging zurück. Zur Straße hin

waren zwei Vorhänge zugezogen. Ich musste am Haus vorbei und ein Bewegungsmelder schaltete die Außenbeleuchtung ein. Ich sprintete in den winzigen Garten hinter dem Haus, unter den Ästen einer Robinie her, an dem grünlich beleuchteten Pool vorbei, über vier Meter Terrasse und dann warf ich mich hinter die ein Meter hohen Sträucher, die da wuchsen und sich einen kleinen Abhang hinunterzogen. Schon hörte ich die Terrassentür gehen und jemand sagte im Haus: „Well, I think there was someone!"
„Something, a cat, a fox or a racoon." Mein Vater. Soviel dazu. Die Tür schloss sich wieder. Ich wartete, bis das Licht ausging und in der romantischen Restbeleuchtung vom Pool lief ich geduckt den Hang hinab, fiel über einen Felsen und versuchte abzurollen, zerquetschte aber einen der Büsche dabei. Hastig rannte ich weiter. Vor mir ein Felsabriss, zwei Meter tiefer lag ein Weg, der mich wieder zum Auto führen würde, wie das Navi gemeint hatte.

Im „Hotel de la Plage", hatte man keine Zimmer mehr frei. Non, tout occupé! Ich sagte, ich hätte keine Lust, am Strand zu schlafen, begann in meinem Portmonee zu suchen und gönnte dem Réceptionniste einen Blick auf die Scheine. Er machte Äh und Ah und kam damit heraus, dass noch eine „Kleine Paradies Suite" frei sei, mais ...

Sie wollten 275 Euro für die Nacht. Ich blätterte ihm 300 hin und es war mir in dem Moment wirklich egal.

21

Es war schon schön, wie neugeboren in der kleinen Suite aufzuwachen, im silbrig-blauen frischen Licht, das extra für mich vom Meer ins Zimmer gespiegelt wurde, und mir fiel auf, dass es der Paradieszustand war vor Eva! Und ich musste an diesen herrlichen Witz denken, in dem Gott sieht, dass Adam einsam ist und er schlägt ihm vor: „Schau, wenn du mir etwas Wertvolles opferst, ein Bein, einen Arm, kann ich für dich eine Gefährtin machen, die dir sehr, sehr viel Freude bereiten wird!" Und Adam antwortet: „Einen Arm, ein Bein, ich weiß nicht, geht nicht auch ne Rippe?"

Der Fremdenverkehrsverein Nizzas fand für mich in Gattières ein Apartment, nur sechs Kilometer von Santinis Adresse entfernt. Das lief ja gut.

Ein Bauernhof war aufgegeben und in kleine Wohnungen umgewandelt worden. Mein Reich, das Dachstudio. Nur über eine Treppe an der Stirnwand zu erreichen und mit einer Art Aussparung in der Mitte der Dachsüdseite als Balkon. Von hier aus konnte man leider das Meer nicht sehen.

Ich widerstand dem Drang, meine Tasche in den nächsten Sessel und mich auf die Liege auf dem Balkon fallen zu lassen. Zunächst schnappte ich mir mein Rad und juckelte in Carros´ Industriegebiet nördlich von Nizza herum.

Sogar die Gewerbegebiete wirkten hier eleganter als in Deutschland, was der Vegetation ringsum, dem fast ausgetrockneten Flüsschen, an dem die Straße lag, oder dem leuchtenden Weiß der Bauten geschuldet sein mochte. Der Fluss wirkte mehr wie eine gewaltige künstlerische bandförmige Kiesaufschüttung, mit einzelnen Pfützen drin. Ein extrem merkwürdiger Anblick.

Santini hatte sein Blumenreich zwischen einem Galvanisierbetrieb und einem Elektronikspezialisten, von dem ich nicht genau verstand, was sie herstellten. Alles anscheinend, wenn man dem Firmenschild glauben konnte.

Anders als in Deutschland, wo so ein städtischer Hinterhof ein Hinterhof ein Hinterhof ist und bleibt, fand ich hier hinter einer weißen Mauer ein schickes Aluminium-Glasgebäude, dessen Fensterreihen mit roten Lamellenjalousien bestückt waren, die meisten halbwegs runtergefahren. Daneben eine Halle, an der sechs LKW gleichzeitig be- oder entladen wurden. Sechs weitere Stationen blieben frei.

Dummerweise konnte ich von der Straße aus nichts weiter erkennen. Ich musste mich schon in die Einfahrt stellen, um einen Überblick zu bekommen und Kommen und Gehen beobachten zu können. Parken konnte man hier auch nicht. Solch ein Umstand war in gängigen Kriminalromanen nicht vorgesehen. Mit dem Wagen oder dem Rad permanent hier auf- und abfahren, ging auch gar nicht. Inspektor Clouseau! Kommissar Maigret! Was tun?

Auf der anderen Straßenseite fanden sich nur ein Bürgersteig und zwei Mauern, ein Bächlein einfassend. Dahinter nochmal ein paar Häuschen, kleinere Hallen, Autoverwertungen, Baubetriebe: die Firmen, die sich die großen Anzeigen in den Gelben Seiten nicht leisten konnten. Etwa 80 Meter entfernt zog sich eine Art baumbestandener Abhang von 15 Metern Höhe entlang. Da versuchte ich hinzukommen.

Straße rauf, nächste links, über ein weiteres Bächlein, Durchfahrt verboten. Ich radelte natürlich weiter, in eine schmale Gasse hinein, in der zwischen Ytong-Wänden (Hey, das Zeug kommt aus dem Ruhrgebiet!) gedrängt Schrottautos in verschiedenen Auflösungserscheinungen geparkt standen.

Ja, das sah doch schon eher nach Heimat aus. Eine Agave in einer Mauerspalte und eine Bougainvillea darüber brachen den

Eindruck.

Schließlich das Tor der Autoverwertung. Ich hielt an. Ein Afro-Franzose, möglicherweise äthiopischer Abstammung, in ölfleckiger Jeans und mit bloßem Oberkörper kam aus dem Schuppen, der anscheinend die Verwaltung beherbergte.
„Hey Brother", sagte ich.
„Qu'est-ce que tu veux?" Er guckte finster.
Ob man hier durchfahren könne, ich wollte da rüber und ich zeigte auf den Hügel hinter dem Grundstück.
Er schüttelte den Kopf. „Casse-toi!"
Ich casste. Soviel zum brother.

Im neuen Ortskern, der mit seinen vier bis achtstöckigen Wohnblocks komplett am Reißtisch entworfen sein musste, fand ich eine Imbissbude. Was mir davon zuerst ins Auge fiel, waren die roten Stühle und die rotweißen Langneseschirme. Nur, dass das hier Miko hieß.

Ich holte mir ein Hacksteak im Brötchen, plus Pommes, und zum Mitnehmen orderte ich noch einmal ein Kebabbrötchen.

Draußen waren die meisten Tische frei. Ich ging das Hacksteak etwas misstrauisch an, aber es war orientalisch gewürzt und ganz gut gemacht.

Auf der anderen Seite der Kreuzung stand ein futuristisches Bauwerk aus senkrechten Betonplatten mit Durchgang, der genau im goldenen Schnitt angeordnet war, was war das bloß, ein Museum, eine Konzerthalle?

Eine Mediathek, sah ich hinterher, als ich hinüberschlenderte! Und der Durchgang führte in ein tiefer gelegenes grünes Areal, das ich mir sparte.

Was mich wunderte: Das sah alles aus, als sei es gestern erst hier hingestellt worden. Kein Schmutz an den Wänden, keine Graffiti und mit den Unmengen Bougainvilleen und Palmen war es ein typisches Stück Südfrankreich. Unmöglich, es für Oer-Erkenschwick zu halten.

Ich fuhr zu meiner Ferienwohnung und haute mich auf den Balkon, um nachzudenken, aber schließlich nahm ich das Handy und simste Franzi, dass es hier schön sei, aber ich würde sie schon vermissen und mich freuen, auch wieder nach Deutschland zurückzukommen.

22

Die städtische Polizei hatte ihre schmucklose Behausung nahe der Oper, aber abseits in einer Parallelstraße der Promenade des Anglais. Da mir klar war, dass ich hier nirgendwo würde parken können, hatte ich den Wagen zwei Kilometer nordwestlich in der Avenue de Bornala stehen lassen. Da gab es doch tatsächlich einen kostenlosen Parkplatz für etwa 30 Autos.

Ich grüßte höflich zwei Flics in Blau, die vor dem Gebäude standen, dessen Glasflächen mal geputzt werden mussten. Das Ganze hatte den Charme der Rückseite eines Einkaufszentrums. Unten Fenster und Türen, ab einer Höhe von sechs Metern vier Stockwerke mit umlaufenden Balkonen. Kein bisschen Grün im ganzen Straßenzug!

Die andere Straßenseite sah genauso aus, nur war der Block höher. Unten eine Nachtbar, Europcar, ein Reisebüro und zu meiner Verwunderung ein Schild, das auf Parkplätze eines Parkhauses hinwies. Der Eingang war allerdings verschlossen, eine Metalljalousie verbarrikadierte ihn.

Mein Rad schloss ich an einem Durchfahrt-Verboten-Schild an der Straßenecke neben dem Haupteingang ab. Drinnen musste ich zuerst durch einen Scanner. Meine Gürtelschnalle löste einen Alarm aus. Man konnte aber sehen, dass es wirklich nur eine Schnalle war und keine Bombe.

Ich steckte Portmonee, Schlüssel und Handy wieder ein und fragte, ob sie hier ein spezielles Kommissariat hatten, das sich nur mit der Mafia beschäftigte.
Die Flics hinter dem Glas schüttelten sofort den Kopf, redeten dann aber in diesem schnellen Französisch aufeinander ein, das ich nicht verstehe.
Kommissar Berger sollte ich aufsuchen. Raub, Diebstahl, Bandenkriminalität.

Es war zu warm in diesem Bau. Draußen ging ein leises Lüftchen und sorgte für Ausgleich, hier drin waren zu viele Türen geschlossen. Die Luft konnte nicht zirkulieren, die Klimaanlage reichte nicht aus. Das Leinen-Jackett lässig um die Schultern gelegt, marschierte ich in den dritten Stock hinauf und stellte mich in Zimmer 305 bei einer jungen Polizistin vor, die mich telefonisch bei Berger avisierte und auf die Tür gegenüber wies.

Berger, ein fleischiger Mann in Zivil mit eckigem Kopf und Crew-Cut, saß vor einer Tasse Kaffee und einem Stapel Akten und hatte keine Zeit. Als ich ihm erklärt hatte, wer ich war und wen ich suchte – Fotos zeigen – und dass ich den Verdacht hatte, Santini sei hier der lokale Pate oder zumindest Drogenboss, wanderten seine Augenbrauen kurz in die Höhe. Aber er schwieg. Dann ratterte er los, was ich denn eigentlich wollte. Ich könne doch hier keine Polizeiarbeit machen! Was ich mir denn einbildete, und was ich zu tun gedächte, wenn ich die Adresse von M. Santini hätte? Ohne jede Legitimation einen unbescholtenen Bürger belästigen? Was für einen Beruf ich ausübte.

Ich erklärte, ich sei als Sohn eines Bankiers unabhängig, und zog den Zeitungsartikel aus Dortmund aus der Tasche. Es habe ja schon Tote gegeben und dass Santini mit Drogen handelte, war so sicher wie das Amen in der Kirche. Berger runzelte die Stirn. Wahrscheinlich gab es diese Phrase auf Französisch nicht.
Er gab mir den Zeitungsausschnitt zurück: „Ich kann Ihnen keine Auskünfte über französische Staatsbürger geben, die nicht straffällig geworden sind und ich will es auch nicht. Wo wohnen Sie momentan?"
Ich nannte ihm die Adresse der Imbissbude in Carros. Er schrieb sie auf und entließ mich mit der Bemerkung, ich solle das Polizei spielen den Fachleuten überlassen.

Ich überlegte im Rausgehen, ob ich etwas Lustiges zu der Polizistin im Vorzimmer sagen sollte, aber sie hatte eine Waffe und soo hübsch war sie nun auch nicht.

23

Am Nachmittag radelte ich gemütlich nach Carros. An den Steigungen ließ ich es besonders langsam angehen, ich wollte nicht verschwitzt in Santinis Großhandel ankommen.

Die Sekretärin, eine kleine flinke Französin in einem modisch unregelmäßig geschnitten Rock in Marine und einer weißen Bluse, die durchsichtig gewesen wäre, hätte sie nicht aus mindestens zwei Lagen bestanden, zeigte pures Unverständnis. Erstens hatte ich keinen Termin, zweitens konnte ich keine privaten Gründe haben den Chef zu sehen, ich kannte ihn ja gar nicht. Als ich die Fotos von Sophie und Steffen zeigte, fragte sie mich, ob ich sicher sei, hier richtig zu sein. Dies sei ein Blumengroßhandel.
„Je sais, mais la plus belle fleur fleurit ici!"
Sie grinste, legte den Kopf schief und meinte, morgen sei der Chef wieder da.

Tags drauf trug sie ein rotes Kleid, das Richtung Mini tendierte und eine rote Blüte im Haar. Auch der Nagellack an Fingern und Zehen passte. Und Santini war da. Was wollte man mehr?

Nur dass Santini auch mauerte. Er wusste von nichts, fand es grotesk, dass ich hier auftauchte. Ich solle doch bitte zur Polizei gehen. Ich lächelte, meinte, das sei ja ein wirklich guter Gedanke, merci bien, und verabschiedete mich. Ich hatte jede Bemerkung über den Betrieb in Dortmund oder zu Drogen vermieden. Jetzt wusste ich zumindest, wie der Mann aussah. Ein hagerer, ergrauender Mittfünfziger mit Hakennase und kurzen krausen Haaren. Er wirkte aalglatt.

Ich nahm wieder die Treppe, bewunderte erneut die großen pastosen Ölbilder, die in reinen Farben und ziemlich abstrakt Blütenformen zeigten und blieb stehen, als mir drei Typen entgegenkamen. Einer mit einem Montiereisen, einer mit Pistole. Ich tat so, als würde ich erschrecken und nach oben fliehen wollen, nutzte aber drei Stufen Höhengewinn, um die Treppe runterzuspringen und einen Salto über die Köpfe der Angreifer hinweg zu vollführen. Ich landete auf dem Treppenabsatz.

Crüwell, setzen, Leichtathletik 1.

Jetzt ab zum Eingang, die letzte Treppe sparte ich mir, ich flankte übers Geländer und kam mit einem satten Klatsch der Sohlen meiner Nikes auf. Ich musste schon einen ganz guten Vorsprung haben. Wieso waren hier keine Leute unterwegs. Hoffentlich war es draußen besser. Ich brauchte noch mehr Vorsprung, dann konnte ich die Typen, wenn sie gestaffelt herankamen, bequem einen nach dem anderen verarbeiten. Da spürte ich einen heftigen Schmerz am Hinterkopf und sah den Boden zu mir aufsteigen, was ja eigentlich unmöglich war. Dann war ich weg.

24

Es war kalt. Mein Kopf dröhnte wie ein Hammerwerk. Sommer in der Provence und mir war kalt?

Ich lag in einem düsteren Keller. Eine solide Tür, Gitterstäbe vor dem winzigen Fensterchen, Kabelbinder an den Handgelenken hinter meinem Rücken und an den Füßen. Übel!

Der Raum drehte sich. Ich fluchte. Wie hatten sie mich erwischt? Was hatte ich falsch gemacht. Alles anscheinend.

Ach, das Montiereisen. Der Kerl hatte es geworfen. Und getroffen! Ich schüttelte den Kopf, was ein Fehler war. Schmerzwellen brandeten vom Hinterkopf aus durch meinen Schädel. Der Keller verschwamm vor meinen Augen.

Ich riss mich zusammen und musterte die Einrichtung, die aus einem leeren Holzregal bestand. Keine Chance, damit die Kabelbinder loszuscheuern.

Ich robbte über den Boden, inspizierte die Tür näher, tastete an der Wand lang – nirgendwo eine vorspringende Kante, ein zerbrochener Ziegel, eine Metallschiene. Nur die Fesseln schnitten nun ganz schön ein und bereiteten Qualen. Wenn ich mich nicht befreien konnte, war ich sicher geliefert. Die wollten nur noch wissen, was ich vorgehabt hatte und was ich wusste, dann tschau Sidney.

Ich musste wirklich verrückt gewesen sein, mich hierher aufzumachen um Sophie zu finden. Hybris. Hochmut kommt vor dem Fall.

Ich hatte mich halbwegs an der Wand hochgeschoben, um sitzen und eventuell aufstehen zu können, da fiel mein Blick auf die Mitte des Fußbodens: Ein Abfluss! Ein typischer Gusseisen-Rost von gut Postkartengröße!

Ich robbte hinüber, drehte mich auf die Seite und versuchte den Rost hochzubekommen. Praktisch unmöglich, ich war mir selber im Weg, meine Finger waren zu dick, um in die Ritzen des Gitters zu passen und meine Fingernägel brachen ab, wenn ich es am Rand versuchte. Plötzlich klirrte es, ich hatte das Ding ein paar Millimeter bewegt, dann war es zurückgefallen. Vielleicht war es doch möglich? Eigentlich müsste es gehen! Ja, die Hoffnung ist der Regenbogen über dem herabstürzenden Bach des Lebens.

Mit den Nägeln von Zeigefinger, Mittelfinger und Ringfinger schaffte ich es, die Gusseisenplatte anzuheben, zu halten und dann ganz langsam und vorsichtig die Finger drunterzuschieben, schließlich hatte ich das Teil zwischen meinen Händen und rollte mich von der Öffnung weg.

Zu meiner Enttäuschung gab es keine scharfe Kante am Rand. Na gut, dann würde ich eine dranschleifen! Ich hielt den Rost senkrecht und zog ihn über den Zementboden, der einen passablen Schleifstein darstellte. Zehnmal, zwanzigmal! Nun die andere Seite der „Schneide", das Ding ganz flach halten und wieder ziehen, so langsam verkrampften sich alle Muskeln im Rücken und in der rechten Seite. Lockerlassen – und nochmal, uuund ...

Das Ergebnis war eine erstaunlich scharfe, ungleichmäßige Kante, die Plastik auf jeden Fall schneiden würde. Aber was jetzt kam, war noch unmöglicher: Ich konnte den Rost nicht aufrecht festhalten und gleichzeitig den Kabelbinder durchscheuern. Eins ging nur.

Ich versuchte es an der Wand, drückte mich gegen den Rost und versuchte ihn mit einem Teil meines verlängerten Rückgrats einzuklemmen, um dann die Hände drüberzustülpen und den Kabelbinder aufreiben zu können. Es ging nicht.

Scheiß Nietzsche, was wusstest du schon von Regenbögen und Hoffnung?

Schließlich landete ich auf dem Rücken, eine Art Brücke machend und das Ding unter mir mit verkrampften Fingern in der Senkrechten haltend. Mit meinem ganzen Gewicht presste ich die Kabelbinder drauf – und nun musste ich mich bewegen!

Aber richtig sägen, hin- und herschieben ging wieder nicht, also ruckte ich vorwärts und rückwärts, bis ich vor Schmerzen fast geschrien hätte.

Alles tat mir weh! Ich war versucht mit dem Hinterkopf auf den Boden zu schlagen, um dem Ganzen ein Ende zu machen, aber irgendwann mit 12 hatte ich mir geschworen, dass ich nie aufgeben wollte. Damals verdroschen mich ein paar Jungs und ich war auch da soweit gewesen: Aufgeben, sich fallen lassen, weinen – doch dann schaffte ich es, einem in die Hoden zu treten und eine Hand freizubekommen, weil der Dummkopf neben mir sich kaputtlachte. Ich griff in meine Hosentasche, wo ich ein Plastikstilett hatte. Ja, lacht nur, ein richtiges Messer durfte ich nicht haben und diese ungefähr acht Zentimeter langen Dinger, bestehend aus zwei bunten Außenschalen, einer Plastikklinge und einem Gummiband, waren nur Spielzeuge, zerlegten sich nach drei, vier Tagen von selber und störten niemanden.

Ich holte es heraus, drückte den Auslöseknopf und wundersamerweise war das Gummiband mal nicht abgesprungen, die Klinge kam raus, arretierte und ich versuchte dem, der mich links noch festhielt, ins Auge zu stechen, was nicht klappte, ich erwischte den Wangenknochen, die Klinge brach und hatte nun eine gefährliche Spitze, die die Wange meines Gegners aufschlitzte. Der schrie und ließ los. Ich rannte.

Später gab es noch eine Menge Ärger, aber der von mir verletzte Angreifer war einen Kopf größer als ich gewesen und zu fünft waren sie über mich hergefallen.

Jetzt hatte ich das Gefühl, meine Zeit liefe ab. Sie würden mich bald holen, um mich zu befragen. War es überhaupt machbar, was ich hier versuchte, vielleicht trugen die Kabelbinder nicht mal auch nur Kratzer davon, denn sie waren in Grenzen elastisch, glatt und vor allem elastisch gelagert durch meine Haut und mein Gewebe. Ich spannte die Muskeln noch mehr an und spürte an den Fingern Feuchtigkeit, wahrscheinlich mein Blut.

Viermal fiel der Rost um und ich begann an meiner Methode zu zweifeln, aber plötzlich riss der Kabelbinder, der linke Arm kam frei, schlug aus und produzierte einen höllischen Krampf. Der rechte lag noch unter meinem Rücken. Ich wollte hysterisch lachen, weinen, schreien, versuchte aber stattdessen nur zu atmen.

Die Fußfessel durchzuscheuern war mit voll beweglichen Händen ein Kinderspiel.

Das Erste, was ich nun tat, war mich zu erleichtern. Ich pinkelte in das Abflussloch und fühlte mich danach fast wieder menschlich.

Dann inspizierte ich das Regal, die Tür, die Reste der Kabelbinder und stellte fest: Viel konnte ich nicht machen. Das Regal war aus altem Holz und es zu zerlegen, hätte zu viel Lärm erzeugt und kaum etwas gebracht. Ich wollte warten und mit den Kabelbinderresten zwei Schlaufen am Rost befestigen, um ein wirksames Schlaginstrument zu erhalten. Dann sollten sie mal kommen.

Aber sie kamen nicht. Die Uhr, eine Oris Pilot, ein Geschenk meiner Mutter, hatten sie mir abgenommen. Mein Magen sagte mir, dass es längst Mittag war oder später. Also musste ich bis zum Abend warten, wenn Santini Feierabend machte, um ein bisschen in seiner Freizeit zu foltern?

Ich raffte mich auf und versuchte den Abflussrost ganz oben an der Tür anzusetzen, in den Spalt einzuführen und ihn ein wenig aufzudrücken, was mit dem richtigen Kraftaufwand und ein paar Hebelbewegungen problemlos möglich war.

Nun ganz langsam nach unten drücken, hebeln, drücken! Bald klemmte der Rost halbwegs auf dem Weg zum Schloss fest und ließ sich mit den Händen nicht mehr bewegen. Ich machte ein paar Lockerungsübungen und führte einen Kicktritt aus. Ein höllischer Krach, ein Knirschen und der Rost klirrte auf den Boden. Das hätte man eigentlich hören müssen. Aber es schien niemand im Haus zu sein.

Das Holz hatte oben etwas nachgegeben. Der nächste Tritt lockerte das Kastenschloss, aber der dritte zerlegte überraschend die Tür, so dass sie mir entgegenflog und das rechte Knie und dann den Kopf traf. In Jean-Claude-Verdammt Filmen sieht man so was nicht.

Fluchend humpelte ich den dunklen Gang entlang, fand einen Schalter und eine Treppe und oben die nächste abgeschlossene Tür.

Eine Suche im Keller lieferte mir Hämmer, Meißel, Schraubenzieher, Sägen und eine verschlossene Stahltüre.

First things first. Ich knackte die Kellertür mit einem Meißel und zwei Hammerschlägen und sah mich, den Hammerstiel easy going auf der Schulter, im Haus um, ein schlicht-schönes Wohnhaus mit gefällig durch Gips abgerundeten Ecken, hellen, wie Sandstein wirkenden Fliesen, alten Holzbalken, nicht original, einem Kachelofen, einer kleinen Küche, Bad mit weißem Marmor und oben zwei Schlafzimmern und einem Arbeitszimmer mit Computer. Es war wirklich niemand da und ich wollte als

Erstes meine Wunden im Bad verarzten. Die Handgelenke waren außen aufgeschnitten und bluteten immer noch, am linken Fußgelenk desgleichen. Es waren aber weder Verbandswickel vorhanden, noch Desinfektionsmittel. Da standen nur diverse Duschgels und Deos rum, also durchsuchte ich die Küche nach frischen Geschirrtüchern und Schnaps.

Schließlich desinfizierte ich mit Rum, was höllisch brannte und verband mich mit rotkarierten Tuchstreifen, was schon recht albern aussah. Ein Gläschen Rum intern angewandt verbesserte meine Stimmung ein wenig.

Im Kühlschrank fand ich Käse und belgisches Bier, ich griff zu und Käsestückchen kauend setzte ich Wasser für Kaffee auf. Bis es kochte, schaute ich kurz aus der Haustür und fand, was der Blick aus der Verandatür schon gezeigt hatte, ich war hier ziemlich alleine auf einem mit Steinen und Bäumen übersäten Grundstück in Hanglage. Eine Einfahrt war geschwungen gemauert und mit aufgesetzten Zementkugeln verziert. Der ein oder andere Baum wurde durch Gerüste gestützt. Es gab keine Beete, keine Wege, keine geraden Linien, sogar der Pool hinter dem Haus wirkte wie hingekleckst. Alles wirkte zufällig und erfrischend ursprünglich. Eine Baumreihe versperrte teilweise den Blick nach oben auf den Höhenzug hinter mir. Das nächste Haus nach unten stand 400 Meter weit weg. Ganz schön einsam. Hier Musik am Computer machen, mit dem Mountainbike über die Hügel juckeln, auf dem nächsten kleinen Markt einkaufen, so könnte man leben ...

Ich goss etwas Kaffee auf und ließ ihn dann stehen, mich interessierte die Stahltür im Keller. Ich wühlte in Schubladen, fasste in Vasen, hob Schalen hoch und fand den Schlüssel schließlich unter einem Brokatdeckchen auf einem Sideboard.

Es öffnete sich ein kleiner Lagerraum mit Regalen voller Spirituosen, Konserven, einem Computer, einem CB-Funkgerät,

Kisten mit Lampen oder Elektromaterial, einem Safe und einem Waffenschrank.

Der Waffenschrank war dummerweise verschlossen, also nochmal suchen! Aber ich hatte doch schon so gründlich ... Der Kaffee war mittlerweile kalt geworden, ich schüttete ihn weg und überlegte, ob das der Zeitpunkt war, an dem ich Mehl und Zucker ausschütten musste, aber ich konnte mich noch rechtzeitig zurückhalten.

Junge, setz dich mal einen Moment hin! Die Sonne war herumgewandert und schien ins Verandafenster. Es wurde wärmer im Haus. So einen Schlüssel benötigte man andauernd. Den legte man doch nicht noch weiter weg als den Schlüssel zum Lagerraum! Ein paar Schlüssel aus einer Schublade hatte ich erfolglos probiert, in Vasen und Dosen oder hinter Schubladen hatte ich nichts weiter gefunden. Der Keller war zu übersichtlich, obwohl – die Konserven!

Kurz darauf hatte ich den Schlüssel, er war in einer gefakten Dose Bohnen versteckt gewesen und die hatte praktisch neben dem Waffenschrank gestanden. Der präsentierte mir ein paar Jagdflinten und, ach sieh an, eine Mini Uzi!

Dann einen langläufigen Colt und eine handliche Walther PK. Beide lud ich und steckte sie hinten und vorne in den Gürtel, das kniff ja richtig! Den Colt musste ich in der Hand tragen. Ich testete ihn, indem ich auf die Tür schoss, die meinen Kerker versperrt hatte. Es krachte abartig laut und die Tür hatte ein hübsches Guckloch. Ich lud nach und steckte ein paar Schachteln Munition ein.

Der Safe besaß ein Zahlenschloss, das ich nicht knacken konnte. Dafür nahm ich ein paar Dosen Kaviar mit. Hoffentlich war der pasteurisiert. Noch ein paar Döschen Trüffeln, sowie einen Hennessy in einer birnenförmigen Flasche, den „Paradis" für etwa einen halben Tausender!

Ich baute alles in der Küche auf, wo ich den Ausblick auf die Zufahrt hatte. Es gab kein Weißbrot, kein Knäcke, aber Chips, eine Sorte, die ich nicht kannte – na, warum nicht.

Der Cognac ging runter wie Öl, so was trinken Götter. Der Kaviar musste eigentlich noch 10 Grad kälter sein, aber Formfragen und stylische Kleinigkeiten interessierten mich heute nicht mehr. Mir schmeckte es.

Ich hatte die Cognacflasche zu einem Drittel geleert, als ein Auto vorfuhr. Ich wartete, bis die Insassen im Flur waren. Santini kam anscheinend vornweg. Ich wartete noch einen Moment, lauschte auf das Gerede und Gemurmel der Männer und trat in den Flur, als die Tür ins Schloss fiel. Vor mir stand Santini, dem ich den Griff des Colts gegen die Stirn kloppte, mit links warf ich ihn gegen die Wand, wo er zusammensackte und zu den beiden Typen, die mich anstarrten, als sei ich ein Geist, sagte ich: „Wir hatten schon mal das Vergnügen. War aber sehr einseitig!" Und ich schoss zweimal. Dann wurde mir klar: „Ach, hab ich Deutsch geredet? Wie unhöflich!"

25

Ich ließ die Körper im Flur liegen, trug Santini ins Wohnzimmer und suchte in den Werkzeugkisten im Keller nach Kabelbindern, die sich reichlich fanden. Mittels zweier davon fesselte ich sein rechtes Handgelenk indirekt an den Knauf der Armlehne des Sofas, so dass die Blutzirkulation nicht abgeschnürt wurde. Dann stellte ich ihm ein Glas Cognac hin und da ich schon dabei war, ein Tellerchen mit Kaviarchips.

Ich setzte mich und wartete, wobei mir einfiel, dass die Provenzalen angeblich alle entweder ein Opinel oder ein Laguiole-Messer mit sich rumtragen. Er allerdings hatte nur sein Handy und sein Portmonee mit etwa 800 Euro und seinem Ausweis dabei. Sowie seinen und meinen Schlüsselbund. Ich steckte die Schlüsselbunde und sein Portmonee ein.

Da er nicht aufwachte, suchte ich mir eine Reisetasche aus dem Schlafzimmerschrank und sammelte im Keller ein paar Dosen Kaviar, zwei weitere Flaschen Cognac und zwei Flaschen Chateau Neuf ein. Und weil ich schon dabei war, eine Dose Cassoulet au Canard und eine mit Moussaka. Vielleicht sollte ich Santini fragen, wo denn die Tiefkühlabteilung war. Dann stand ich vor dem Waffenschrank. Schließlich nahm ich doch noch die Mini Uzi mit. Es kam mittlerweile nicht mehr drauf an. Dann suchte ich noch etwas ganz Bestimmtes im Werkzeugregal, eine Pappschachtel oder Tüte mit pulverigem weißem Inhalt. Nein, kein Koks. Gips oder Reparaturmasse. Ich wurde fündig. In der Küche breitete ich einen Abfallsack auf dem Tisch aus, schüttete das Gipspulver in eine Schüssel und rührte in einer Tasse etwas davon an. Von der Schachtel schnitt ich das obere und untere Ende ab, um Formen zu erhalten. Dann rührte ich Gips an ...

Als ich ins Wohnzimmer kam, saß Santini mittlerweile aufrecht auf dem Sofa mit dem Cognacglas in der linken Hand. Er prostete mir zu. Ein eiskalter Hund.
„Sie haben Stil. Ich habe Sie unterschätzt."

„Tun die meisten! Merde, manchmal unterschätze ich mich sogar selber!" Ich nahm mir selber noch einen Cognac und ein Kaviarhäppchen. Er nippte am Glas. Ich wartete.
Er seufzte. „Sie haben nach den beiden jungen Leuten auf den Bildern gefragt. Es geht ihnen gut. Das kann ich Ihnen versichern."
„Das reicht nicht, ich will sie mit nach Hause nehmen."
Er ließ den Kopf auf die Lehne fallen.
„Sie können es ja versuchen."
Ich hob nur den kiloschweren Revolver mit meiner Rechten an. Der Friedensmacher! Ein Witz, dieser Name!
„Jaja, ich gebe es zu, die schmuggeln für mich, sie fliegen mit ??? Drogen von Korsika hierher in die Provence."
Er musste mir erklären, womit sie flogen: Ultraleichtflieger waren es wohl.
„Sie sind Sonntag fällig. Um zwei Uhr morgens landen sie bei einem Haus weiter oben."
„Weiter oben?"
„Auf dem nächsten Hügel! Da oben ist nur noch ein Trampelpfad. Da steht ein weiteres meiner Ferienhäuser."
Das war also irgendwo im Nirgendwo, Hauptsache keine Zeugen. Gut, übermorgen würde ich Sophie nach Hause bringen können. Außerdem plante ich, die Ware mitzunehmen, als kleinen Denkzettel oder als Mittel, Santini auffliegen zu lassen und ihm so ein für alle Mal das Handwerk zu legen. Aber das war nachrangig. Dumm nur, dass man mit einem Verbrecher zu tun hatte. Würde der eine Einmischung von mir so leicht hinnehmen?
„Ich frage mich, ob Sie mich so einfach die Kids mitnehmen lassen. Warum sollten Sie das tun?"
Santini machte eine Handbewegung über die Szenerie und seine Hand blieb anklagend in Richtung Flur stehen.
„Zu viele Opfer, ich denke, Sie waren das auch in Dortmund."
Ich nickte bescheiden.
„Sie sind tödlich. Sie haben meinen Schwager erschossen und einige der Angestellten! Ich frage mich, warum? Sie können doch ganz vernünftig sein."

„Ihr Schwager war nicht vernünftig. Und ich habe ihn nur angeschossen."
Er zuckte die Schultern. „Das war in Deutschland. Mir geht es nicht um Rache oder ums Töten, es geht mir ums Geschäft. Wenn Sie mit den jungen Leuten weg sind, kehrt Ruhe ein und ich kann weitermachen." Er trank den letzten Schluck aus seinem Cognacglas, ich schenkte nach.
„Merci, ich finde schon jemanden, der die Ultraleichtflieger fliegen kann – oder wir nehmen wie früher das U-Boot."
„Es ist also doch alles so wie bei James Bond!"
Er nickte. „Darf ich fragen, wie Sie aus dem Keller entkommen sind?"
„Wenn ich es erzähle, stirbt die Magie! Darf ich fragen, wo mein schönes Rennrad ist?"
„Das müssen Sie meine Mitarbeiter fragen. Wo haben Sie sie gelassen?"
„Ex-Mitarbeiter. Mein Zeigefinger ist wohl zu nervös."
Santini stöhnte.
Ich dachte an das Rennrad. Na gut, alle paar Monate mal gab es das Modell noch bei eBay.
„Mir stellt sich die Frage, ob ich Ihnen trauen kann. Wenn ich mit den Kids Kontakt aufnehme, könnten Sie die Gelegenheit nutzen, um mich zu erwischen. Ich würde so handeln. Also muss ich Sie bis dahin festhalten!"
„Aber Monsieur! Unter Gentlemen! Ich bitte Sie!"
„Ich fürchte, wir sind beide keine Gentlemen!" Aber ich hatte auch keine Lust, solange seinen Babysitter zu spielen.
„Na gut, wir machen es so: Ich lege ein Messer hier vors Fenster. Sie können in zwei Minuten die Couch hinüberziehen und sich befreien. Ich nehme allerdings Ihr Auto."
„Bedienen Sie sich!"
„Danke!"

Ich legte ihm Portmonee und Schlüssel auf den Tisch, nur den Autoschlüssel hatte ich abgenommen. Im Rausgehen sah ich meine Oris am Handgelenk eines der Toten. Auf gut Glück

durchsuchte ich den anderen. Und fand mein Handy.
Uuuuh, what a lucky man ... I wahas!

Der unauffällige Renault lief verglichen mit dem Cherokee recht leise. Aber er hatte kein Navi und nach knapp 10 Minuten sah ich ein, dass ich mein Handy konsultieren musste, um zu sehen, wo ich gelandet war. Gar nicht so weit in Luftlinie von meinem Domizil entfernt, doch musste man über eine Brücke über den Var und einen Umweg von 20 Kilometern machen.

Den Wagen ließ ich unten an der Hauptstraße mit heruntergekurbeltem Fenster und Schlüssel im Schloss 100 Meter vor dem Intermarche stehen und joggte, damit man mich nicht zu ausgiebig mustern konnte, zu meiner Wohnung hinauf.

Als erstes alle Fenster öffnen, dann die Klamotten vom Leib, weg damit in die Tonne und ab unter die Dusche, wo ich so lange blieb, bis ich die provisorischen Verbände abnehmen konnte. Abtrocknen, richtig verbinden. Ich hatte Boxershorts und T-Shirt schon in der Hand, da warf ich sie wieder über die Tasche. Es war warm genug hier drin.

Meine Beute breitete ich auf dem Küchentisch aus und beim Anblick der Cassouletdose bekam ich Appetit.

Ich öffnete sie, gab den Inhalt in einen Topf und rührte vorsichtig in dem glibberigen Zeugs herum. Das war nicht mit Tomatensauce gemacht, sondern mit der Art schleimiger Flüssigkeit, die man in Bohnendosen findet. Na gut, vielleicht schmeckte es wenigstens.

Ich spuckte den Kram sofort wieder aus. Das konnte ich aber besser. Blieb noch das Moussaka. Das schwamm derart in Öl, dass man es nicht essen konnte, selbst nachdem ich versucht hatte, es zu entfetten. Aha, so was klaut man einfach nicht. Auch nicht in der Provence.

26

Den nächsten Tag konnte man vergessen. Ich hatte mehr Prellungen, Schnitte, Abschürfungen, Zerrungen als intakten Restkörper, aber etwas Cognac, drei Eier auf Toast und zwei große Kaffee halfen schon etwas.

Franzi hatte ganz nett geantwortet, ich freute mich wie ein pickeliger Teenager. Aber mir fiel im Moment nichts ein. Erst mal ein Bad, die hatten hier tatsächlich eine hübsche Wanne auf Löwenfüßen, in die ich mich hineinfaltete, ein Glas Chateauneuf und einen überbacken Käsetoast auf dem Hocker daneben.

Hinterher hatte ich schon wieder den Cognac in der Hand. Als Schmerzmittel, redete ich mir ein. Aber tatsächlich konnte ich es nicht erwarten, diese zwei Tage hinter mir zu lassen. Ich wollte endlich Sophie wiedersehen, endlich sehn, dass es ihr wirklich gut ging und sie endlich nach Hause schaffen und den ganzen Scheiß vergessen. Klos installieren. Tropfhähne reparieren. Wände streichen. Und mal wieder eine ganze Gans in den Bräter packen. Nein, nicht für mich allein, ich dachte daran, Franzi einzuladen und automatisch begann ich zu überlegen, was man ihr erzählen konnte. Wie hart war sie im Nehmen. Würde sie vor Bewunderung auf die Knie sinken oder mich vor Ekel anspucken. Ich hatte keine Idee, aber schon wieder die Flasche in der Hand.

Um mich abzulenken, musste ich einfach raus. Ich zog ein Hemd mit langen Ärmeln an, das die Schnittwunden an den Handgelenken kaschierte, solange ich die Arme nicht ausstreckte. Eigentlich wars zu warm dafür.

Im nächsten Örtchen, ich wusste nicht mal, wo ich war, fragte ich in einer Bar Tabac – Sandwiches, Glaces, Souvenirs – nach einem Markt. Der nächste sei jetzt in Saint Jeannette.

Ich ließ den Wagen vor der kleinen Stadt an einem Sportplatz stehen und wanderte mit einem konstanten Gefühl der Unwirklichkeit durch die alten Straßen, die ihren Zauber einmal aus der Vielgestaltigkeit der Häuser und ihrer Anstriche schöpften und zum Anderen aus der Armut, denn ein rotbraunes Tor und eine eichenfarbige Tür, die nach unten, wo Regen dranschlagen konnte, hellbraun beziehungsweise blauviolettfleckig wurden, wären in einer deutschen Stadt längst übergestrichen worden.

Und das ging ja gar nicht, dass an zwei Häusern die Fensterläden braun und am nächsten dunkelgrün waren, was schon recht deutsch wirkte, aber die folgenden waren dann silbergrau, rosa, zweimal hellgrün, hellblau und dunkelblau!

Ich musste an den Fall eines Malermeisters in Kassel denken, der seine drei Mietshäuser in reinen Farben und abstrakten Mustern angepinselt hatte. Er war von der Stadt gerügt worden, das sehe furchtbar aus, obwohl es erfrischend farbig war, und er sollte das alles überstreichen. Was daraus geworden ist, weiß ich nicht. Dass deutsche Bürokraten einen Knall haben, ist jedenfalls klar.

Hier waren die Fassaden zum Teil hell-zementgrau mit ockerfarbigen Ausblutungen oder man hatte dem Anstrich unterschiedliche Mengen Weiß und Ocker beigemischt. Dazu kamen Jahre oder Jahrzehnte, in denen der Schmutz vom Dach die Wände streifig-grau-schwarz überfärbt hatte. Auf den Wänden lagen in manchen Straßen unter jedem Stockwerk einzelne oder verwurstelte Kabel, die sich über die ganze Breite zogen oder neben einer Tür zu einem Verteilerkasten abtauchten. Herrlich provisorisch das Ganze und es funktionierte.

Hier legte man mehr Wert darauf, dass Efeu die Wände schmückte und Stechpalmen und Oleander in Töpfen Eingänge flankierten oder Torbögen überwucherten.

Der Markt an der Kirche bestand nur aus ein paar bunten Ständen, aber was für welchen! Ich nahm Olivenöl mit, Honig, Zucchini, Aubergine, Käse, Steak vom Longhornrind und ein paar Kleinigkeiten. Und dann musste ich mir die Artischocken verkneifen, die ich zu spät gesehen hatte. Bevor ich ging, setzte ich mich auf die Mauer an der Südseite, fotografierte den Markt, dann mich und simste Franzi die Bilder mit dem Text: Ich – Gott in Frankreich!

Später beschäftigte ich mich mit Kochen, Musik hören und ein paar Dehnübungen und spät abends saß ich auf dem Balkon in der süßen kühler werdenden Luft, die den Duft der Rosen und Oleandersträucher herantrug. Der Mond schien auf die Hügelketten, die sich zum Meer hinunterzogen und es verdeckten. Um die Straßenlaterne an der Ecke flatterten mit hektischen Bewegungen Fledermäuse, angezogen von den dort kreisenden Insekten. Fernseher dudelten mit dem Zirpen der Grillen um die Wette. Oder waren es Zikaden? Die Arten sangen doch zu verschieden Zeiten? Ich wusste es nicht genau.

Ich wusste auch nicht, ob ich Santini nicht hätte erledigen sollen, solange ich noch gekonnt hatte. Aber ich reagiere oft instinktiv und verlasse mich darauf, dass mein weitgehend ungenutztes Gehirn quasi automatisch die richtige Lösung vorschlägt, weil es Situationen mit anderen Lebenserfahrungen im Hintergrund abgleicht, so ähnlich wie ein Rechtschreibprogramm Fehler nebenbei findet und Lösungen vorschlägt, während man weiterschreibt.

Ich dachte an Sophie, an Melissa, an die hübsche Sekretärin Santinis, an die junge, selbstbewusste Bäuerin, die mir die Zucchini verkauft hatte, an Franzi und die Zeit verging langsam, aber sie verging und ich hoffte vergebens, dass auf den Flügeln der Zeit auch die Traurigkeit davonflöge, wie Jean de La Fontaine gemeint hatte. Idiot!

27

Eine graue Stoffhose, ein mattgrünes Poloshirt und die cremefarbene Windjacke, die ich mir mit den Ärmeln um die Hüften schlang, waren das Nächstbeste, was ich als Tarnkleidung benutzen konnte. Da ich mir Arme und Gesicht nicht mit Asche und Pflanzensäften einschmierte, hätte ich auch drauf verzichten können. Jedenfalls bewegte ich mich vorsichtig von der anderen Seite des Höhenzugs, von Süden her auf das Haus zu.

Laut Navi war ich nur ein paar hundert Meter von meinem Ziel entfernt, aber das besagte nichts. Da waren noch die Höhenmeter und die sperrige mediterrane Vegetation. War das hier schon Macchia? Keine Ahnung. Ich sollte mich mehr für Botanik interessieren. In einer Faltbroschüre im Hotel hatte ich gelesen, dass es irgendeine Pflanze darunter gab, die man nicht anfassen sollte. Aber ich hatte es nicht abgespeichert.

Den Wagen hatte ich in einer Ausweichstelle der schmalen Straße stehen lassen und war zurückgelaufen. Für vorbeifahrende Autos hielt ich das Handy in der Hand und tat so, als würde ich den Blick ins Land fotografieren oder hangabwärts die gelben Blumen, die ich vom Auto aus für Ginster gehalten hatte. Es war aber keiner. Jedenfalls gab es einen ganzen Abhang davon und andere Blumen dazwischen, das sah hübsch aus und die Luft roch intensiv grün. Die Blumen wurden von Bäumen abgelöst und hier kam nun der Punkt, an dem ich meinem Ziel am nächsten war. Hangaufwärts standen Kiefern, wieder diese Büsche mit gelben Blütenspitzen und wilde Obstbäume, eine Kirsche etwa. Der Boden stieg in einem 45 Grad Winkel an und zeigte, wenn er zwischen Kräutern und Gräsern sichtbar wurde, dieses erfrischende Weiß des Kalksteins, aus dem die Berge aus der Kreidezeit hier bestehen. Was ich für einen regelrechten Weg aufwärts gehalten hatte, verlor sich nach 20 Metern zwischen höheren Kräutern und kleinen Büschen, Minikiefern, abgestorbenem Gestrüpp, so dass ich mir einen Weg suchen musste. Ich kämpfte mich noch 20 Meter weiter hoch und war wenigstens für Autofahrer von der Straße aus nicht mehr zu sehen.

Auf dem felsigen Plateau wuchs nicht viel und ich konnte das Dach des Hauses schon ausmachen. Je weiter ich vorankam, um so geduckter musste ich gehen. Ich kam mir vor wie ein Bad Segeberger Aushilfs-Winnetou. Weiter rechts stand eine Reihe Pinien, ich entschied, dass die genug Deckung gaben und richtete mich hinter der ersten auf.

10 Stunden war ich zu früh dran. Es war weit und breit niemand zu sehen. Das Plateau briet in der Sonne und die Zikaden zirpten, um die Stille erträglich zu machen. Ich hatte ganz sicher sein wollen, nicht in eine Falle zu tappen. Es schien wirklich niemand da zu sein und ich zog die Decke, die ich aus der Wohnung mitgebracht hatte, aus der Sporttasche und stand ratlos da. Mit dem Untergrund aus Felsbrocken hatte ich nicht gerechnet. Ich war doch kein Fakir!

Ich entschied mich, nicht hinter der ersten Pinie zu lagern, sondern davor und sie als Rückenlehne zu nutzen. Zur Tarnung brach ich ein paar Zweige von einem fiedrigen Laubbaum ab und stellte sie in zwei Meter Entfernung vor mir auf. Noch ein paar Gräser mit dem Taschenmesser abgeschnitten und hineingesteckt – perfekt.

Schön, dass ab und zu die Vögel sangen, schön, dass die Luft so freundlich nach Kräutern und Pinie duftete, dass mein eisgekühlter Chateauneuf so gut runterging – ein Verbrechen, ich weiß, aber als Erfrischung fantastisch. Dazu etwas Käse, Salami, zwei Eier und ein Baguette. Ich hörte Musik, machte ein paar Liegestütze, versuchte auf eine Pinie zu klettern und ließ es, um mir die Hände nicht mit Harz zu verschmieren.

Gegen 10 wurde es dunkel und ich hatte genug Musik gehört, jetzt hatte ich Lust etwas zu lesen, vielleicht von Robert B.

Parker oder Donald Westlake, auch schon tot, die beiden. Tja, „Everybody dies", wie Lawrence Block sagt. Und ich hatte jetzt den Chateauneuf gekillt.

Im allerletzten Restlicht wagte ich einen Erkundungsgang um das Haus und erschrak nicht schlecht, als das Handy in meiner Tasche klingelte. Franzi hatte geantwortet. Ich schaltete das Ding aus. Dann zuckte ich ein zweites Mal zusammen: Die Außenbeleuchtung war eingeschaltet worden. Ein Strahler erhellte den Gartenbereich mit den drei Esskastanienbäumen, zwei Strahler über Haustür und Garage den Frontbereich mit dem weiß gekiesten letzten Stückchen Straße – oder war das auch nur der Kalkstein – und das rotlackierte Klettergerüst mit Rutsche und Schaukel.

Ich zog den Revolver, wartete, aber es tat sich nichts, da war nur eine Zeitschaltuhr am Werk gewesen.

Mit dem Handylicht fand ich den Weg zurück zu meinem Lager, wo ich ein wenig schlief. Um 12 Uhr klingelte der Handywecker und es war hier oben spürbar kälter geworden. Ich zog meine Jacke über und machte eine geistige Notiz: nächstes Mal Kaffee mitbringen!

Die Zeit dehnte sich und ich versuchte nicht zu oft auf meine Uhr zu sehen. Stattdessen stellte ich mir vor, was ich mit einem Hähnchen anfangen konnte, das ich einen Tag lang in einem Sud aus kräftiger Brühe und Orangensaft unter Chilizugabe mariniert hatte.

Abtupfen, würzen mit Chili, etwas scharfem Paprika, etwas Curry, Rosmarin und Salz, grillen und am Ende kleingehackte kandierte Orangenschalenstückchen mit Orangenmarmelade vermischt drüber, kurz karamellisieren lassen.

Zwischendurch bewegte ich mich etwas, dann fantasierte ich von Nackenbraten, denen ich mit einer Spritze eine Chili-Räucherpaprika-Mischung injizierte. Invers garen: zwei Stunden bei 90 Grad, eine halbe bei 110, dann hochdrehen auf 180. So hatte ich es letztes Mal gemacht und das Ergebnis war überwältigend gewesen.

Ich schreckte hoch, als ich Stimmen hörte. Ich war wohl eingenickt. Vor dem Haus standen zwei futuristisch wirkende Fluggeräte, zwei dunkle Figuren liefen herum, das Garagentor wurde geöffnet und das Licht ausgeschaltet, so dass nur noch etwas Licht aus der Garage fiel.

Ich nahm meine Sporttasche, steckte den Colt hinten in den Gürtel und ging langsam zum Haus. Sophie kam gerade aus der Garage, Steffen werkelte an einem Flieger herum.
Ich räusperte mich: „Hallo Miss Sophie!"
Sophie wirbelte herum, Steffen ließ sein Werkzeug fallen.
Ich machte noch drei Schritte ins Licht. Steffen zog etwas, das wie eine winzige Pistole aussah, aber Sophie fragte: „Sidney? Nee, oder?"
„Der leibhaftige, könnte man sagen."
„Goott! Hast du mich erschreckt!" Sie kam auf mich zu. „Was machst du hier denn nur?" Und wir umarmten uns. Ich war wahnsinnig zufrieden mit mir selber.
„Sags nicht, warte!", sie ließ mich los und ich konnte ihren Gesichtsausdruck nicht richtig erkennen, denn ich guckte ins Licht. „Du hast uns gesucht? DU hast uns gesucht! Aber wie ... wie konntest du uns finden? Das ist doch unmöglich."
„Du kennst mich doch, wenn ich was will ..."
„Jajaja", nölte sie und wir zitierten zusammen, „wo ein Willi ist, ist auch ein Weg."
Wir mussten beide lachen und jetzt sah ich etwas in ihren Augen glitzern.
„Weiht mich mal jemand ein?"
„Das ist ein alter Freund, er hat sich Sorgen gemacht, weil wir verschwunden sind, es tut mir leid, Sidney, dir hätte ich vielleicht

was sagen sollen."
Ich schüttelte den Kopf. „Dann hätte ich schon vorher eingegriffen. Ich konnte es nicht zulassen, dass du deine Zukunft wegwirfst, um als Drogenkurier verschlissen zu werden. Jetzt habe ich mit Santini geredet, er hat nichts dagegen, dass ihr mit mir kommt. Ihr könnt aussteigen!"
Die beiden sahen sich an. Sie zuckte die Schultern, dann er.
„Jetzt müssen wir erstmal die Vögel verstauen, warte mal", sie zog ein kleines Werkzeug aus der Tasche und beide schraubten nun an den Deltaflügeln herum, bis die sich zusammenlegen ließen, dann schoben sie die Geräte in die Garage.

Sophie erklärte mir, dass sie normalerweise am nächsten Tag einen Check durchführen und Schäden reparieren würden, dann käme tags drauf ein Transporter, der sie und die Flieger abholte. Sie selber fuhren mit ihrem 2CV4 nach Eze, wo sie ein billiges Apartment hatten. Die Fluggeräte wurden im Container nach Korsika geliefert.
Jetzt sah ich auch, dass an der Rückwand der Garage einiges an Werkzeug in Regalen lagerte.
„Was mich interessieren würde: die Ladung! Die hätte ich gerne."
Sie drehten sich zu mir um.
„Du hast mit Santini geredet, aber das weißt du nicht?"
Sie sahen sich an.
„Schau mal, hier, wo sonst der Copilotensitz wäre, ist der Freiraum für das Drogenpaket und den Wasserstofftank. Wir fliegen übrigens mit Brennstoffzellen als Energiequelle, haben wir selbst entwickelt. Und mit dieser Leine hier können wir die Bodenklappe öffnen und das Paket im Flug rausfallen lassen."
„Und wo ist der Stoff jetzt?"
„Da unten steht ein weiteres Haus von Santini. Jemand hat eben die zwei Pakete aus dem Pool gefischt und ist damit zu einem einsamen Bauernhof unterwegs, wo die Ware verarbeitet und umverpackt wird. Mit Santinis Lastwagen gehts dann weiter durch Europa."

28

Ich kochte Spaghetti mit einer Bolognesesauce aus der Dose. Haus und Küche waren hier nicht besonders gut ausgestattet.

Als die beiden geduscht hatten, war der Tisch gedeckt. Das einzige Getränk ein Sixpack No-Name-Dosenbier.

Ich hatte keinen Hunger, Steffen aß wie eine Maschine und verkündete dann, er wolle schlafen gehen. Sophie aß und plauderte, trank eine zweite Dose Bier und legte ihre Hand kurz auf meine und drückte sie, was mich irritierte. Sollte das ein Dankeschön sein? Sollte es heißen, ich sollte mir keine Sorgen machen? Sie jedenfalls wirkte sorglos. Ich entschied, dass es nicht schaden konnte, ihr detailliert zu erzählen, was in Dortmund passiert war. Wieder drückte sie meine Hand. Ich öffnete noch ein Bier.

„Du musst Santini ganz schön beeindruckt haben", sie wollte wieder nach meiner Hand fassen und sah nun die kaum verkrusteten Schnitte am Handgelenk.
„Was ist das denn?"
„Überbleibsel meiner neuen Freundschaft zu Santini." Und ich erzählte, wie ich aus dem Keller ausgebrochen war und Santini von meiner Weltsicht überzeugt hatte. Sprache weltet, aber ein Peacemaker auch.
„Er hat also zwei Männer verloren!"
„Und ich mein Fahrrad!"
Sie sah mich plötzlich anders an, so als ob sie mich zum ersten Mal sehen würde.
„Ich hätte es wissen müssen. Du warst immer der Ritter in der schwarzen Rüstung, immer da, um dir Probleme anzuhören, die meine Eltern nervten. Als mein Hamster gestorben ist. Als Melissa Rudi geheiratet hat. Du hast mir das Radfahren und das Schwimmen beigebracht! Meine Eltern waren doch immer mit sich selbst beschäftigt. Sogar als ich meine Periode kriegte", sie lachte, „Melissa drückte mir eine Packung viel zu große

Tampons in die Hand."
Ich erinnerte mich. Sie fand ihre Freundinnen doof und wäre eher gestorben, als mit denen zu reden, also googelte sie sich das, was sie wissen musste, und kam zu mir, um tiefsinnige Gespräche über Erwachsenwerden, den Sinn des Lebens, Mann und Frau und Sex zu führen.

Ich bin zweimal im Leben richtig ins Schwitzen geraten: Im Jahrhundertsommer 2003 und als Sophie mit mir über Sex, Penisse, Defloration, Sperma und wie sich das „anfühlt", sprechen wollte.

Sie sah sich wieder das linke Handgelenk an und plötzlich beugte sie sich vor und küsste den verkrusteten Schnitt.
„Sophie!" Ich wollte die Hand wegreißen, aber sie klammerte sich für einen Moment fest. Sie hatte Tränen in den Augen und die Situation war mir extrem unangenehm.
„Ist doch alles nicht so tragisch!", sagte ich, aber sie war aufgestanden und kam um den Tisch herum. Vielleicht hätte ich unter normalen Umständen anders reagiert, vielleicht hätte ich aufspringen und mich in einem der kleinen Schlafzimmerchen verbarrikadieren können, aber es war drei Uhr morgens und ich war etwas langsam. Plötzlich saß sie auf meinem Schoß und schaute mir tief in die Augen.
„Das ist keine so gute Idee", sagte jemand von weit weg. Ich möglicherweise.
„Und warum nicht, mein großer schwarzer Kuschelbär?"
„Melissa", krächzte ich.
„Hat nichts damit zu tun, verdammt nochmal. Ja, wenn sie könnte, würde sie mir auch das verbieten! Immer das Gerede, sieh mal, wie es mir ergangen ist, ich hatte DICH und musste die Schule schaffen, blablabla!"
„Aber das verstehst du nicht ..." Ich wollte ihr als letztes Mittel nicht von Melissa und mir erzählen, sondern sagte: „Du bist wie eine eigene Tochter für mich."
„Sidney!", sie schrie es fast. „Ich bin alles Mögliche, aber nicht

deine Tochter, wie man sehr wohl sieht."
Ich musste lachen.
„Und kannst du mich nicht einmal als erwachsene Frau betrachten!" Und sie küsste mich.
Der Versuch, die 19jährige als erwachsene Frau zu betrachten, endete damit, dass ich gar keine Schmerzen mehr hatte. Sex bewirkt so was, besonders, wenn solch ein enthemmter Wirbelwind auf einem rumtobt und der Akt eher nach Voltigieren aussieht als nach Beischlaf.

29

Ich wachte allein auf, die Sonne schein hell ins Zimmerchen, es war völlig still und ich wusste, dass sie weg waren. Fluchend stürmte ich ins Wohnzimmer und fand ein A4 Blatt auf dem Boden liegen. Ein Brief von Sophie:

Lieber Sidney!

Es tut mir leid! Es ist meine Schuld, ich hätte zu dem stehen sollen, was ich tue.

Du scheinst zu glauben, wir machten das aus einer Zwangslage heraus, Santini erpresste uns oder so. Das ist Quatsch, die Idee mit den Leichtfliegern hatten wir und ich kann dir sagen, das macht Spaß.

Wir verdienen mehr als ein Lufthansapilot und bekommen erstklassigen Stoff gratis. Und die Landschaft und das Meer, der stundenlange Nachtflug von Korsika aus. Wir wollen das nicht aufgeben, um spießbürgerlichen Moralvorstellungen zu entsprechen und uns in der deutschen Gesellschaftsmühle aufreiben zu lassen.

Wenn das jemand verstehen kann, dann doch wohl du? Ich weiß ja auch nicht, wie man das meinen Eltern beibringen sollte. Ich glaube, ich suche immer noch die richtige, passende Lüge, die so gut ist, dass man auch auf Dauer nicht damit auffliegt. Vielleicht kaufen wir bald einen Bauernhof, vielleicht kann man dort Feriengäste unterbringen, dann hätten wir doch eine respektable Fassade.

Ich hoffe, du bist mir nicht böse!
Wir müssen los!
Such uns bitte nicht nochmal!

Deine Miss Sophie

Ich fühlte mich wie betäubt. So als ob die Narkose beim Zähneziehen sich auf den ganzen Körper ausgedehnt hätte.

Ich stolperte, kletterte, rutschte den Weg zurück, den ich gekommen war, fuhr zu meiner Ferienwohnung, wo ich mich mit der zweiten Flasche Paradis Cognac aufs Bett warf und den Verschluss aufdrehte.

Ich trank etwas zu schnell, riss mich aber soweit zusammen, dass ich in der Küche einen Teller mit Makrelenfilets, Salami, Käse und Eiern auf Toast machte.

Noch ein großes Glas Wasser holen, damit der Dehydration Kontra geboten wurde.

Dann lag ich da wie gelähmt und versuchte das Ausmaß der Sinnlosigkeit meines Handelns zu begreifen.

Da hatte ich, abgehalfterter Lehrer, Möchtegernhandwerker, Gelegenheitskiller, Allesbumser, mich für eine Art Detektiv gehalten? Was wohl Bogey dazu sagen würde? Mir fiel nur ein, dass er mal gesagt hatte und ich zitierte laut: „Man muss dem Leben immer um mindestens einen Whisky voraus sein."

Darauf trank ich und es ging mir schon etwas besser, als das Handy klingelte. Martin wollte wissen, wie es stand. Melissa hatte ihn beauftragt, mich zu fragen.
„Sag mal, hast du ihr deine Nummer nicht gegeben?"
„Nö!"
„Und hast du Fortschritte gemacht?"
„Jau!"
„Na los, erzähl!"
„Warte, es ist so heiß hier!" Ich nahm noch etwas Cognac zu mir, bevor ich versuchte, ihm klarzumachen, mit was für einer vertrackten Situation wir es zu tun hatten. „Also, die beiden haben einen schönen Beruf im Bereich Transport und wollen nicht

weg. Sie sind freiwillig hier. Bis ich das begriffen hatte, war ich selber einmal unter die Räder gekommen. Und nebenbei hats mal wieder Krüge gegeben, die zu lange zum Brunnen gegangen sind."

Er brauchte einen Moment. „Du gehst mit der Keramik zu sorglos um!", bellte er dann.

„Ja, du mich auch. Jedenfalls arbeite ich mit Nachdruck an einer Lösung." Ich schaltete das Handy aus. Dann wieder an, um zu schreiben: „Hi Franzi! Trinke den besten Cognac überhaupt! Schade, dass du nicht da bist! Ich liebe dich! Sidney" Und dann ärgerte ich mich. Das klang ja so, als wäre ich besoffen und enthemmt und daher diese Liebeserklärung, dabei meinte ich es zu meinem eigenen Erstaunen ganz ernst.

30

Ich erwachte früh um sechs und es ging mir einigermaßen. Den Cognac hatte ich geschafft. Gut. Ich duschte, sprang ins Auto und holte mir in einer Bar-Tabac ein Käsesandwich und Kaffee. Dann fuhr ich runter zum Meer und suchte mir ein Stück Strand, das jetzt um diese Zeit noch einsam dalag und wo ich an der Strandpromenade parken konnte.

Ich zog mich bis auf die Badehose aus, ließ alles im Auto, nahm den Autoschlüssel vom Ring und schloss die Karre ab. Den Schlüssel steckte ich in das wasserdichte Fach einer Armbandtasche.

Ein Kieselstrand, ein vierzig Zentimeter breiter Gischtstreifen wie eine weiße Bordüre, dann das grünlich, blau bis blauviolett schimmernde ruhige Wasser – ich warf mich ins Meer wie in die Arme einer lang vermissten Geliebten.

Schwimmen, treiben, zurückkehren dahin, woher wir alle stammen. Vom warmen Nass umschlungen wie von einer Placenta.

Die Sonne gleißt silbern auf dem Meer, das Wasser ist klar und auf dem Meeresboden unter mir ziehe ich einen Zwilling, meinen Schatten hinter mir her. Das Wasser beißt an zwei Stellen in den Schnittwunden. Das Salzwasser sollte der Heilung nützen.

Nach einer halben Stunde bekomme ich einen wahnsinnigen Hunger und wate an Land. Dort haben sich ein paar Leute eingefunden. Eine rassige Blondine im roten Bikini sonnt sich, zwei junge Familien mit Kindern machen Krach. Als ich mich hinsetzen will, um mich von der Sonne trocknen zu lassen, kommen zwei Jugendliche mit Flossen, Masken und Tüten bepackt an den Strand, sehen mich und biegen weit nach links ab. Auch gut. Ich lege mich lang auf den knirschenden Kies und schließe die Augen.

Was jetzt? Ich habe keinen Erfolg gehabt. Das ist nicht gut. Für Sophie und Steffen liegt im Drogenschmuggel keine Zukunft, auch wenn sie es zu glauben scheinen. Es mag eine Zeit gut gehen, Jahre vielleicht sogar, aber die Wahrscheinlichkeit würde damit exponentiell steigen, erwischt oder in einen Drogenkrieg verwickelt zu werden. Das ist die bittere Realität.

Es muss etwas geschehen, es wird etwas geschehen – um Böll zu zitieren. Und der Engel würde nicht „Frieden" flüstern, das war schon mal klar.

31
Mit Berger saß ich mittags in Vallauris, das ich für ein Stück von Cannes hielt, am Hafen im Bistrot du Port. Es war sein Vorschlag gewesen, da ich ja zahlte. Ein Restaurant, 20 Autominuten von Nizza entfernt, das so schön nach typisch französischem Wohnhaus aussah, mit seinen schmalen türkisenen Fensterläden im ersten Stock. Ich hatte mich halbwegs formell gewandet: meine guten Leoparden-Nikes, schwarze Jeans, weißes Hemd und eine schwarze Lederweste. Berger trug einen langweiligen hellgrauen Anzug.

Ich erklärte über einer Soupe de Poissons de Roche, dass ich die Küche der Provence für überragend hielt, schon wegen der verwendeten Produkte und mich gefreut hatte, hier beim Erzeuger Olivenöl und Rotwein kaufen zu können. Ob er nicht eine Adresse, einen Geheimtipp hätte, wohin ich mich wenden könnte. Er arbeitete an seiner Foie gras mit Kumquats confits. Ja, er hätte schon einen Tipp, aber der sei eben geheim.
„Das verstehe ich. Es gibt Dinge, die verrät man nicht! Man hat schließlich Prinzipien!"
Er grinste zum ersten Mal und schon war er mir sympathisch.
„Broussard in Aix, ein kleiner feiner Betrieb, da werden Sie fündig." Und er prostete mir mit dem Rosé zu, der pro Flasche hier 40 Euro kostete.
„Merci bien!"
Plötzlich blickte er auf mein rechtes Handgelenk, dann auf mein linkes. Die Ärmel waren ein wenig zu weit hochgerutscht.
„Wollen Sie mir was erzählen?"
Ich zog die Ärmel zurecht. „Non!"
„Aber Sie wollten doch nicht nur einen Tipp für guten Wein haben. Haben Sie ihre beiden Teenager gefunden?"
Ich nickte und erklärte das Problem und dass ich nicht verstand, wie die beiden glauben konnten, auf Dauer damit durchzukommen.
Mittlerweile saßen wir vor dem Hauptgang, er hatte Hummer, aber ich bin der Meinung, Hummer kann jeder kochen, eine

Dorade kann jeder grillen, aber einen Rinderschmortopf so zuzubereiten, dass ein Gedicht daraus wird, ist große Kunst und hier gab es Daube. Und die war tatsächlich gut.

Berger zeigte mit der Hummerzange auf sich und sagte: „Und jetzt soll ich die beiden festnehmen und ihnen eine Lektion erteilen?"
Ich schüttelte den Kopf. „Was wäre, wenn Sie Santini mit 40 oder 80 Kilo Stoff in seinem Haus erwischen würden."
„Das wäre ... schön. Er müsste hinter Gitter."
„Und meine jungen Freunde hätten keinen Arbeitgeber mehr."
Berger sah mich traurig an. „Sie wissen es doch besser, mein Guter! Umgehend ist ein Nachfolger da und es geht weiter."
„Und wenn ich den Nachschub aus Korsika unterbinden könnte?"
Er nickte. „Dann herrscht erst mal Chaos, vielleicht haben Sie dann Erfolg. Aber Sie als Einzelgänger? Wie stellen Sie sich das vor?"
„Keine Ahnung, ich arbeite dran. Wie wärs mit einem Dessert?"

Nach dem Eis entschuldigte sich Berger, er hatte zu tun. Ich trank noch das kostenlose Leitungswasser aus der Karaffe aus und zahlte. Der Spaß kostete nur 200 Euro. Ich ließ einen Zehner auf dem Tisch liegen.

32

Berger hatte zugestimmt, mir zu helfen, mein Handy klingelte und er nannte mir eine Adresse in Les Presses, einem Teil von Cagnes. Der Betrieb lag eingebettet zwischen Texas Instruments und einer Altersresidenz.

Eine Stichstraße vorbei an einem großen Haus aus hellem Holz, bei dem man aus weißem Stein mauerartige Applikationen und eine Treppe in den ersten Stock hinauf geschaffen hatte. Die Balkongeländer waren auch weiß angestrichen, die Zäune, eine Kombination aus grünem Wellplastik und Maschendraht hingen nach außen durch, dazu grüne Fensterläden, ehrwürdige alte Dachziegel auf der Veranda: Das Ganze sah aus wie gewollt und nicht gekonnt.

Im Hinterhof Baracken mit Schildern: „Securitee". Ich nahm trotzdem die falsche Tür und landete bei einem Gebrauchtwagenhändler.

Eine Tür weiter also. Securitee wurde von einem stämmigen Mann mit roter Nase und mürrischem Gesichtsausdruck geleitet, M. Morel. Statt einer Begrüßung sagte er: „Dann zeigen Sie mal!"
Gut, Berger hatte mich angekündigt. Eigentlich war mein Begehr gesetzwidrig. Ich gab Morel mein Gipskunstwerk, in dem ich die zwei größeren Schlüssel von Santinis Bund verewigt hatte, und er seufzte.
„Das machen Sie bestimmt zum ersten Mal."
„Qui."
„Sie müssen einen Abguss machen, in die Masse neben den Schlüssel zwei Löcher bohren, das Ganze dünn mit Butter bestreichen und darauf den nächsten Abguss machen. Damit man das Ganze auseinandernehmen und wieder zusammensetzen kann, dann könnte man nun darin einen Wachs- oder Zinnschlüssel gießen. Verstehen Sie?"
„Non!" Ich musste mir das übersetzen und vorstellen. Damit war

sogar mein Superhirn überfordert. Er erklärte es nochmal.
„Ah, oui!" Jetzt hatte ich es. „Aber dann können Sie den Abguss nicht gebrauchen?"
Er zuckte die Schultern. Er hatte einen 3D-Scanner mit einer Fräsmaschine gekoppelt und konnte aus jedem Stück Metall jeden Schlüssel herstellen und das würde jetzt nicht funktionieren?
Er habe die Rohlinge für diese Sorte Schlüssel und er würde versuchen diese und ein Foto meines Abdrucks für den Kopiervorgang zu benutzen. Es würde also nicht aus einem blanken Stück Metall gefräst.
„Wissen Sie was? Sicherheitshalber stelle ich je vier Versionen her, mit kleinen Variationen. Das wird schon."
Er machte sich an die Arbeit und fragte, ob ich wisse, warum Berger ihn empfohlen habe. Ich schüttelte den Kopf.
„Mein Sohn, er ist vor einem Jahr gestorben. Er war drogenabhängig."
„Das tut mir leid."
Er sagte nichts mehr, hantierte an seiner Maschine und lief plötzlich mit verblüffender Agilität los, um von einer vier Meter breiten Schauwand ein paar Rohlinge zu holen.
Er ließ die Maschine einzelne Exemplare auswerfen und begann sie nachzufeilen. Schließlich reichte er mir die Ergebnisse mit einem Nicken.
„Was kostet das?"
„Nichts. Zeigen Sie es den Arschlöchern!"
Ich grinste. „Schauen Sie ab und zu in die Zeitung!"
Er nickte, drehte sich um und verschwand in den Tiefen seines Reiches.

33

Diesmal fuhr ich den Cherokee in der Sonntagnacht einfach die Straße rauf, schaltete am Ende die Scheinwerfer aus und hielt 150 Meter vor Santinis Ferienhaus. Ich ging das letzte Stück zum Haus, vor dem im Licht des Haustürstrahlers ein Trecker stand, der mich böse anschaute.

Gemütlich wanderte ich in den Garten, hielt Abstand zum erleuchteten Pool und setzte mich auf eine massive Holzbank weiter hinten unter die Bäume, wo die indirekte Beleuchtung für ein diffuses Dämmerlicht sorgte. Jetzt erst sah ich, dass eine Schneise den Garten teilte. Die Bäume, die in einer Linie mit dem Pool standen, waren gefällt worden, um eine Anflugschneise zu schaffen.

Ein Käuzchen rief. Im Haus lief ein Fernseher. Ich legte mich hin. Wenn der Zeitplan nicht geändert worden war, hatte ich zwei Stunden Zeit.

Die Grillen zirpten, etwas raschelte im Gras, ein Fuchs kam vom Pool herunter auf mich zu. Er sah mich nicht. Als er zwei Meter entfernt war, fragte ich ihn: „Soll ich dich zähmen?"
Das Tier blieb stocksteif und mit erhobenem Kopf stehen. Das Licht von Haus glänzte auf seinem Fell.
„Ich bin nicht der kleine Prinz, hau ab!", und ich wedelte mit der Hand. Der Fuchs machte einen Satz und verschwand in der Dunkelheit. Später hörte ich von weiter weg das typische Husten der Füchse.

Es war ein warmer Tag gewesen und in der Luft hatte ein leichter Dunst gelegen, der sich nun verzogen hatte, so dass die Sterne rauskamen. Jetzt ein Tässchen Rotwein, Pink Floyd im Kopfhörer und einfach nur träumen und abschalten. Stattdessen war ich auf eine Art Standby Modus geschaltet, der durchaus Energie verbrauchte. Und ich war froh, als über mir ein Summen ertönte, ein leises Rauschen und nochmal, zwei tiefschwarze

Dreiecke glitten wie zum Anfassen nahe über mich hinweg auf den Pool zu. Es platschte zweimal und die Flieger waren weg.
„Ach, Miss Sophie!", murmelte ich.
Am Haus öffnete sich die Verandatür, ein älterer Mann kam heraus, eine Stange mit Haken in der Hand.
Ich zog das Handy aus der Tasche, drückte es an und lief auf den Pool zu.
„Monsieur, Monsieur", rief ich und streckte dem Mann das Handy entgegen. „Santini will Sie sprechen, es ist dringend!"
Er sah mich erschrocken an, griff aber tatsächlich nach dem Handy. Ich gab es ihm mit Links und schlug ihm die Rechte an die Schläfe, er kippte um und ließ das Handy fallen. Ich schnappte danach, damit es nicht auf die Fliesen prallte, schlug es damit aber in den Pool. Platsch! So ein Mist!
Eiligst zog ich mich aus, sprang ins erfrischende Wasser, entschied, irgendwann auch mal einen Pool zu haben, und tauchte.

34

Die Fahrt zu Santinis Privatadresse brachte mich ins Schwitzen. Ich hatte nicht nur zwei MPs im Auto versteckt, ich transportierte auch noch etwa 80 Kilo Stoff. Wenn man mich erwischte, war es sehr fraglich, ob Berger mich da raushauen konnte, falls er überhaupt geneigt war, das zu tun.

In La Trinite, am nordöstlichsten Ende von Nizza, residierte Santini, wie ich schon tagsüber eruiert hatte, inmitten von Gärten und Olivenbäumen in einem Haus in Hanglage. Die Viex Chemin de la Valetta lief oberhalb des Hauses vorbei und eine Mauer schützte das Anwesen. Ein geschmackvoll geschmiedetes Tor in einem Rundbogen eingepasst, verhinderte rechts den Zugang. Die Garagentore lagen links. Es war nun zwar dunkel, aber rechts und links, ein paar Meter weiter neben dem Grundstück standen die Stromversorgungsmasten und jeder trug eine Straßenlaterne in sechs Metern Höhe.

Es gab sogar einen schmalen Parkstreifen im Torbereich. Da konnte ich nur nicht halten. Es war schon tagsüber ruhig hier. Jetzt konnte man hier wahrscheinlich den Oliven beim Reifen zuhören.

Ich parkte ganz woanders. Einen Kilometer oberhalb an der Hinterausfahrt des Ostfriedhofs. Die Haupt-Ein- und Ausfahrt konnte es nicht sein, mit den Plastiksäcken in Tornähe, zerbrochenen Plastikstühlen und dem Bauschutt. Ich hängte mir die H&K um, der Colt steckte schon hinten im Gürtel, zog die schwarze Windjacke über und hob den Ballen aus dem Kofferraum und dann den Kinderroller, der im Supermarkt für 12 Euro zu haben gewesen war. Es war eine dieser Minimalausführungen, die nur über Inlinerrollen verfügten und nicht über richtige Räder. An der Kasse hatte ich noch eine fingergroße Plastik-Taschenlampe für einen Euro mitgenommen, Junge, war ich toll ausgerüstet!

Den Ballen hatte ich mit viel Wäscheleine so hergerichtet, dass ich ihn als Block auf den Rücken nehmen konnte und nun horchte ich nochmal, ob sich ein Auto näherte, aber hier war wirklich der Hund verfroren.
Na gut. Drei Uhr morgens am Friedhof.
„Ihr liegt da so rum!", sagte ich laut. „Will nicht jemand mitkommen? Nein? Muss ich wieder alles alleine machen?"

Tief über den Lenker gebeugt, damit ich die Last mit dem Rücken tragen konnte und die Leinen nicht so einschnitten – sie waren vierfach gelegt, aber dennoch – rollerte ich flott die Straße runter und merkte mit Unbehagen, wie hart dieser Witz von Kinderspielzeug jede Unebenheit der Fahrbahn mitnahm. Nach gut dreihundert Metern hörte ich ein Sirren, später ein Schleifen, ich blieb stehen. Das Hinterrad hatte sich verabschiedet. Ich ließ den Roller liegen und ging gebückt los.

Jetzt wusste ich auch wieder, wozu das Krafttraining gut war. Und das sollten alle machen. Eines Tages kommt halt für jeden der Moment, in dem er nachts in Nizza hinterm Friedhof ein, zwei Zentner Drogen schleppen muss.

Der kleinere der beiden Schlüssel passte in das Tor und der erste funktionierte auch sofort. Ich öffnete, wartete aber etwas. Kein Alarm.

Ich hievte mein Paket durchs Tor, lehnte es an und trug meine Last zu dem Klotz von Haus hinüber, dessen Fassade teils im Dunkeln lag, da ein Baum an der Mauer das Laternenlicht abschirmte.

Diesmal schloss der zweite Schlüssel, den ich probierte. Ich hielt ihn noch fest, holte tief Luft, drückte ganz leise die Tür auf und stand in einer kleinen Vorhalle. Mein erster Eindruck im diffusen Halbdämmer aus LED-Licht, Nachtlämpchen in den Steckdosen und dem Restlicht von draußen: Es würde Ärger geben. An der Wand links vor mir blinkten die bunten LEDs der Alarmanlage. Die müsste ich jetzt standardmäßig innerhalb von 30 Sekunden per Eingabe eines vierstelligen Codes entschärfen, den ich aber nicht hatte.

Mein zweiter Eindruck: elegante Bogendurchgänge, Treppe links in den Nordflügel, Tür rechts in den Südflügel. Geradeaus waren im sanften blauen Licht eines Aquariums die Silhouetten von massiven Holzstühlen, großen Pflanzen und Bodenvasen erkennbar.

Ich hätte noch zurückgekonnt, aber ich drückte die Haustür hinter mir zu. Das satte Klack schien durchs Haus zu hallen wie ein Hammerschlag.

In Gefahr flüchtet man nie nach oben. Grundregel 1. Würden sich Hollywoods Schreiberlinge daran halten, wären alle Actionfilme nur halb so lang. Aber was sollte ich hier unten im Wohnbereich, wo gleich alle zusammenkommen und suchen würden? Also nahm ich die Treppe links.

Ich stürmte mit meinem speziellen Geschenk auf dem Rücken rauf und meine Knie wurden auf den letzten Stufen weich. Oben ein dunkler Flur, erste Tür mit dem Colt im Anschlag aufstoßen. Bingo. Porzellan und Chrom schimmerten in der Dunkelheit, ein Bad. Rein! Tür zu! Ich zog meine kleine Taschenlampe heraus, nahm sie zwischen die Zähne und nun ging der Alarm los, ein nerviges Jaulen. Das Paket unter die Dusche, die Türsegmente zuziehen.

Es gab kein Fenster, keine weitere Tür, ich musste da raus, wo ich reingekommen war. Vorsichtig öffnete ich die Tür, da ging das Flurlicht an und jemand rannte in meine Richtung. Ganz leise trat ich einen Schritt zurück. Im Dunkeln unsichtbar zu werden – meine leichteste Übung.

Santini, auch mit einer MP bewaffnet, lief vorbei und die Treppe runter. Irgendwo kreischte eine Frauenstimme etwas nicht Nettes. Vielleicht sollte man beim Fremdsprachen lernen immer mit Schimpfwörtern anfangen. Macht mehr Spaß, ist realistischer und kommunikativ gesehen unverzichtbar.

Ich hörte nichts weiter und trat auf den Korridor, da ging die nächste Türe und ein kleiner Junge sauste auf mich zu und ins Bad. Er schien die H&K, die ich in der Rechten hielt, nicht wahrzunehmen. Er kletterte aufs Klo und brabbelte irgendwas, das ich mir als „Ich kann das schon selber!" interpretierte.
„Tres bon!" Ich grinste, schaltete das Licht für ihn an und erklärte ihm, ich müsse ihn nun kurz mal einschließen, es sei ein Spiel und es dauerte nicht lange. Ich nahm den Schlüssel aus der Tür, steckte ihn von außen ein und schloss ab.

Nun trabte ich nach unten, in der Hoffnung, zur Haustür rauszukommen. Aber ich hörte quietschige Schritte auf dem gefliesten Boden. In der Tür gegenüber tauchte ein kleiner glatzköpfiger Mann in weißen Shorts und speckigem sackigem T-Shirt auf. Ich sagte ihm, er solle die Hände heben, er hob das Küchenbeil und drohte mir damit. Plötzlich roch ich den delikaten Backofengeruch. Er buk mitten in der Nacht Brot für den Morgen. Ich schüttelte den Kopf, wies auf meine H&K, aber er kam auf mich zu. Was für ein Held! Ein weiterer Kerl, ein Hellblonder mit Taschenlampe und Pistole, kam aus dem Wohnzimmerbereich und ich hörte, dass ein Schlüssel in die Eingangstür gesteckt wurde. Ich schob die H&K am Gurt auf den Rücken, rannte drei Schritte auf die Angreifer zu, als wollte ich zwischen ihnen durch, sprang einen Butterfly und zielte auf die Brust des Hellblonden. Der duckte sich ein wenig und ich erwischte den Kopf. Perfekte Landung, der Hellblonde brach zusammen, aber nun stampfte der Koch mit hocherhobenem Beil auf mich zu. Gleichzeitig kam Santini zur Tür herein. Er musste einmal ums Haus gegangen sein. Ich unterlief den Schlag mit dem Beil, der mir den Schädel gespalten hätte, umfasste den Arm mit der gleichen Drehbewegung, zog hoch und brach ihn und schleuderte den Koch auf Santini. Sie prallten staubend und fluchend zusammen. Ich wollte mich auf sie stürzen, sie durch die Tür rausschieben oder über sie hinweg rausspringen, egal wie, da kam der nächste Typ in einem blauen bollerigen Schlafanzugshorty aus der Küchentür links und Mme Santini in einem profanen Rosenblütennachtrock rechts die Treppe runter. Beide brüllten auf mich ein. Sie hätten schießen sollen, schließlich hatte sie eine Pistole und er einen Revolver. Ich warf die Hände hoch, ließ mich ein wenig nach hinten fallen und ging in die Knie, rief: „Oh Gott!", aber statt umzufallen hatte ich nun die Ausgangsposition für einen Flickflack. So flickflackte ich zweimal rückwärts, was mich ins Wohnzimmer brachte.

Den Revolver auf mich gerichtet, lief der Blödmann im Shorty hinter mir her, ich richtete die H&K aus und drückte ab. Ein Stoß Dauerfeuer und ehe ich michs versah, war auf dem Boden eine ganz schöne Sauerei entstanden. Munitionsverschwendung. So was geht auch nur in Filmen. Ich schaltete auf Einzelfeuer.

Madame Santini kreischte irgendwas, kam mir nach, während Monsieur auf sie einbrüllte. Und sie legte professionell auf mich an. Ich machte zwei schnelle Schritte zur Seite, was mich in den Schutz des Aquariums brachte, dicke Glasscheiben und gut eine Tonne Wasser. Ich duckte mich und sie erlegte doch tatsächlich das Aquarium! Es klirrte und rauschte und Mme Santini stand in einer gewaltigen Pfütze mit schlappem Grünzeug und zappelnden Fischen. Auch meine Nikes wurde nass. Jetzt hatte Santini sie erreicht und ich dachte, er schießt auch auf mich, aber er packte seine Frau am Pistolenarm und schleppte sie gewaltsam in die Halle zurück. Er versuchte dabei rückwärts zu gehen, um auf mich zielen zu können, aber er rutschte aus, beide gingen zu Boden. Halbsitzend hob Santini erneut die Waffe. Ich schüttelte den Kopf, verschränkte die Arme und wartete.

Der Hellblonde kam wieder zu sich und Santini blaffte ihn an, bis er sich aufrappelte, sich Madame schnappte und nach oben führte. Er sollte bei ihr oben bleiben und sie sollten nach Marcel schauen.

Dann stand er umständlich auf, sah auf die Waffe in seiner Hand und warf sie in den nächsten Sessel, vier Meter weiter.
„Sie sind das schon wieder, Monsieur!" Er konnte wahrscheinlich Crüwell nicht aussprechen oder sich nicht merken.
„So leid es mir tut."
„Was zum Teufel wollen Sie denn noch, mehr Cognac?"
„Warum nicht. Nein, ich will immer noch die beiden Kids. Sie sind zu dumm, um zu sehen, was gut für sie ist. Ich verlange, dass Sie sie nicht mehr beschäftigen!"
Von oben waren Stimmen zu hören und ich sagte: „Ich habe den Jungen auf der Toilette eingeschlossen."
Santini nickte. „Es ist trotzdem nicht nett, hierher zu kommen und das", er machte eine kreisende Handbewegung, „meiner Familie anzutun. Putain de merde!"
„Ich bin untröstlich und gleich wieder weg, wenn Sie zustimmen!"
„Warum sollte ich, es steht jemand mit einer Waffe hinter Ihnen. Das wars. Schlechte Zeiten für Romantiker wie Sie."
Ich ließ mich fallen, drehte mich im Fall und schoss. Der getroffene Kahlkopf mit seiner Flinte fiel hintenüber, die Flinte klapperte über die Fliesen. Eine Kugel war neben Santini in eine große, wirklich schöne Amphore geschlagen, die barst und sich mit höllischem Scheppern über einige Quadratmeter verteilte. Wo war dieser Kerl nur hergekommen? Und war die Amphore wohl antik gewesen?
„Ja, da können Sie mal sehen, wie wahnsinnig romantisch ich bin." Und ich richtete mich auf, schoss und holte einen Keramikteller, der einen Stierkampf zeigte, von der Wand. Hoffentlich kein Picasso! Santini bewegte sich nicht.
„Warum sollte ich Sie jetzt nicht eliminieren, dann hätte ich das Problem gelöst."
„Aber es würde einen Nachfolger geben."

„Eben. Also, wenn Sie nicht wollen, dass ich wiederkomme, schicken Sie die Kids nach Hause!"
„Wenn ich die wegschicke, machen sie mit unseren Freunden in Korsika weiter. Ich habe da kaum einen Einfluss. Was ist das denn?"
Von draußen blinkte blaues Licht herein.
„Merde!", fluchte Santini. „Waren Sie das auch?"
Natürlich! Ich hatte mit Berger eine feste Uhrzeit vereinbart zur Stürmung des Hauses, aber warum sollte ich das zugeben, die richtige Überraschung stand Santini ja noch bevor.

Ich rannte nach hinten ins Wohnzimmer und stellte fest, dass eine Tür nach draußen geöffnet war. Ich sah mich eine Sekunde lang um und wetzte über die Terrasse, von der aus breite Stufen in den Garten hinunterführten. Auf jeder dritten standen große Kübel mit übermannshohen Palmengewächsen.

Eine kleine Wiese bedeckte das Ende der obersten der vier Ebenen, die sich zum Fluss hinunterstaffelten und ihm folgten, jede etwa dreißig verwahrloste Meter breit. Warum wuchs hier kein Wein? Ich ließ mich auf die nächste Ebene runterfallen und war damit vom Haus aus nicht mehr zu sehen. Und weiter, über diese ungenutzten, verwilderten Terrassen, durch den flachen steinigen Bach und ein paar Hundert Meter die kurvige Straße rauf zum Cherokee. Dreimal kamen Wagen, ich duckte mich hinter irgendwelche kleinen Hecken oder Agaven oder was immer das war.

35

„Sie hätten mal das Gelächter der Einsatzkräfte hören sollen!", sagte Berger, den ich am neu gekauften 15-Euro-Handy hatte. „Santini behauptete, jemand sei gekommen und habe ihm den Stoff untergeschoben und grundlos herumgeballert. Haha, da soll jemand Kokain und Heroin im Wert von fünf Millionen Euro geopfert haben, um ihn reinzulegen. Wer soll das denn glauben? Wir denken, es ist ein Bandenkrieg und er sollte beraubt werden."
„Von einem Deutschafrikaner hat er nichts erzählt?"
„Nein, kein Wort. An Ihrer Stelle würde ich nachts nicht mehr so fest schlafen!"
„Aber da hilft ein guter französischer Rotwein ungemein!"
Er lachte. „Kann sein, dass ich befördert werde!"
„Gratuliere. Sagen Sie, wer kontrolliert das Drogengeschäft in Korsika?"
Stille.
„M. Berger?"
„Oui, sagen Sie, was haben Sie vor, den dritten Weltkrieg anzufangen? Meinen Sie nicht, dass es nun genug ist?"
„Sagen Sies mir! Sind meine beiden jungen Leute nun arbeitslos?"
„Ich weiß, was Sie meinen, wahrscheinlich kann es in ein oder zwei Wochen weitergehen. Entweder leitet Santini das Geschäft aus dem Knast heraus, oder ein Nachfolger übernimmt! Außerdem gibt es noch die Russenmafia, die in den Startlöchern steht, um ein Stück vom Kuchen zu ergattern."
„So ähnlich hat sich Santini auch geäußert."
„Ja." Stille. „Sagen Sie, bei Ihnen sitzt der Zeigefinger etwas zu locker, äh, viel zu locker. Als Polizist kann ich das nicht gut finden. Aber was mich interessieren würde, warum haben Sie ihn nicht tatsächlich abserviert?"
„Ich hatte die Gelegenheit schon vorher gehabt und sie nicht genutzt. Jetzt fand ich es nicht richtig."

Minutenlang saß ich am Tisch und überlegte, ob ich versuchen sollte Sophie anzurufen. Die Nummer, die ich aus ihr rausgeleiert hatte, war einfach zu merken gewesen. Aber was sollte ich ihr sagen? Schließlich rief ich an und bekam nur die Mailbox. „Lass uns reden, bitte!", sagte ich irgendwie erleichtert und legte auf.

Welche Nummern bekam ich noch hin? Melissas und Franzis natürlich. Franzi rief ich auch an, gleichfalls erfolglos.

36

Berger hatte mir tatsächlich einen Namen gegeben. Außerdem wusste ich, wo die Drogenflüge auf Korsika starteten. Ich begann mir in verträumten Buchhandlungen voller kleinstädtisch-französischer Atmosphäre Reiseführer für Korsika zu kaufen. Das Wappen kannte ich nicht, es gefiel mir auf Anhieb, es zeigt einen Mohrenkopf mit krausem Haar und weißem Stirnband, ein Freiheitssymbol der Korsen, aber man weiß nicht, wer dargestellt ist. Es heißt, las ich, ein maurischer Herrscher entführte eine junge Korsin nach Spanien. Deren korsischer Verlobter verfolgte ihn, um sie zu befreien, woraufhin der Maure einen seiner Männer gegen ihn kämpfen ließ. Der Korse schlug dem Mauren den Kopf ab und hielt diesen als Zeichen des Triumphs hoch. OK! Vielleicht gefällt mir das Wappen doch nicht so gut.

Mittlerweile hatte ich ein ungutes Gefühl dabei, in der Ferienwohnung zu bleiben. Ich wollte außerdem Abwechslung und mich nach einer Wohnung oder einem kleinen Häuschen in der Camargue erkundigen, da ich kein Smartphone zum Selbergoogeln mehr hatte.

Ich zog meine momentane Lieblings-Jeans an, in Dunkelblau mit Grün überfärbt, dazu ein weißes Hemd plus Brokatweste und fuhr nach Cagnes, wo ich schon einmal zufällig von der Promenade des Anglais auf die Route des Vespins geraten war. Diese führt parallel zur Küste nach Westen. Und dem Rückenmark das Fahren überlassend, die Klimaanlage aus, den linken Arm im Fenster rollte ich im geistigen Leerlauf immer weiter, um zu sehen, was es zu sehen gab. Hier reihten sich kilometerweit zwischen Platanen, Palmen und Strandkiefern alte und modernere Häuschen und Wohnblocks mit kleinen Betrieben aneinander wie Auto Passion 06, Carosserie Pasco, Restauration des Meubles ancienne, Utilitaires Camping&GAZ, Pesto Pizza, Pub Anastasia, ach, und E3D Decontamination, na, vielleicht brauchte man die mal.

Die Straßennamen wechselten, mal hatte ich eine, mal zwei Spuren und etwas weiter rückten die Häuser zur Seite und wurden größer. Das konnte eine Ausfallstraße in Nürnberg oder Dortmund sein, doch die nächste Palme zerstörte den Eindruck wieder.

Wie besoffen war ich immer weiter dieser Straße gefolgt, bis der Blick sich in die blaue Weite öffnete und fünfzig Meter neben der Straße ruhig und selbstbewusst das Meer lag und sagte, was bist du blöd, sitzt in deinem Blechhaufen, guckst dir Straßen an. Hier bin ich, das einzig Wahre.

Tatsächlich konnte man den Wagen am Straßenrand stehenlassen und direkt über den Kieselstrand ans Wasser gelangen. Ich hatte keine Badehose dabei.

Jedenfalls hatte ich im Vorbeifahren auch eine Agence de Voyage „Marie&Marthe" in einem weißen Kalksteinhaus mit knallig ultramarinfarbenen Fensterläden gesehen. Dort sagte mir nun eine nette Mulattin, eine Frau von vielleicht 40 Jahren mit hellem Milchkaffeeteint, buntem Modeschmuck, Jeans und weißer Bluse, es sei Hochsaison. Was ich wollte, gebe es im Moment nicht. Ich könnte in ein paar Tagen mal nachfragen, es würde immer mal etwas durch Krankheit frei. Wenn es nicht ganz so einsam sein durfte, also in einem Feriendorf etwa, gebe es schon noch Möglichkeiten.
„Ich bin etwas traumatisiert durch Vorkommnisse in letzter Zeit, ich hätte es gern ganz ruhig."
„Das kann ich gut verstehen. Zu dumm, dass ich Ihnen nicht helfen kann."
„Für Ihr schönes Lächeln hat es sich aber gelohnt zu kommen."
Aus dem Lächeln wurde ein Grinsen, bei dem kurz die Sonne aufging.
Ich stand auf, hob mein Pfötchen zum Gruße und sah zu, dass ich zu meinem Auto kam, bevor ich sie gleich hier im Laden besprang.

In der Boulangerie etwas weiter kaufte ich ein Baguette und als ich zum Wagen zurückkam, schloss die hübsche Reisekauffrau gerade den Laden ab.
Wir nickten uns zu, sie ging ein paar Schritte, dann drehte sie sich um: „Ist das Ihr Wagen?" Und ich dachte: „Scheiße, jetzt fängt die auch schon damit an!"
Aber sie wartete gar nicht auf eine Antwort: „Schauen Sie, mit dem können Sie doch auch auf den Strand fahren, ich kann Ihnen da was zeigen." Sie schloss die Tür wieder auf und fragte: „Kommen Sie?"
„Ich schaue mir alles an, was Sie mir zeigen!", war mein Kommentar, aber sie reagierte nicht drauf.

Ihr Vorschlag war der Plage de Piémanson bei Arles. Ein langer Sandstrand am äußersten Südzipfel der Camargue, auf einer sichelförmigen Halbinsel. Keine Infrastruktur, Natur pur, aber jede Menge Camper, die da in Doppelreihen standen. Ich guckte etwas unglücklich, als sie den Bildschirm drehte und es mir auf Google Earth zeigte.
„Das ist besser, als es hier aussieht, Sie sollten es ausnutzen, soweit ich weiß, wird der Strand nächstes Jahr gesperrt. Das ist eigentlich ein Naturschutzgebiet."
„Ich denke drüber nach."
„Und wo Sie morgen noch hinfahren müssen, ist klar, oder?"
Ich zuckte die Achseln, ich hatte keinen Schimmer, was sie meinte.
Sie stand auf und nahm einen Prospekt aus einem Regal.
„Grasse, das Jasminfest. Ein Muss! Sie werden es toll finden."
Und damit ging sie zur Tür und hielt sie mir auf.
„Sie haben jetzt Mittagspause."
Sie nickte und schloss ab und ich wollte sie nicht einfach so gehen lassen, sie duftete nach einem teuren Parfum, ihre Haut hatte exakt den Ton der hellsten Lindtschokolade und in ihrer Stimme und ihren Bewegungen lag eine Eleganz und Weichheit, ich hätte sie auffressen können.
Also: „Kann ich Sie zu einem Mittagessen einladen."

Ich konnte!
Jetzt hielt ich ihr die Tür des Autos auf.

„Gibt es ein Restaurant am Hafen oder irgendwas ganz Romantisches?"
„Etwas Romantisches?"
„Ich fühle mich gerade so romantisch. Sehen Sie das nicht?"
„Ich dachte nur, Sie haben Hunger. Aber, schauen Sie, ich muss nachher noch arbeiten, normalerweise würde ich nur einen Salat essen. Also, wie wärs mit etwas Leichtem, etwas Asiatischem?"
„Klingt gut!"

Sie lotste mich Richtung Meer und ich versuchte ihr zu erklären, dass mir dieser Straßenzug wie die provenzalisch-kleinstädtische Parodie auf den New Yersey Turnpike vorkam. Sie lachte.

„Und was ich so toll finde: Hier die meterhohen Sanseverien, die auf unseren Fensterbrettern in Deutschland nur herumvegetieren, dann diese Bäume, deren Blattwerk wie Mimosen aussieht ..." Ich zeigte auf einen und schaute zu ihr rüber.
„Monsieur, nicht schlecht! Das sind Seidenbäume oder wie man auch sagt Konstantinopelmimosen!"
Ich grinste. „Nennen Sie mich Sidney! Das Monsieur macht mich so alt."
„Marie."
„Da sind Agaven, auch riesig, weißt du was, die muss man bei uns im Winter reinholen! Aber das Schönste sind natürlich die Bougainvilleen."
„Warum haben deine Eltern dich nach der Stadt Sidney benannt?"
„Haben sie nicht, mein Vater war Literaturdozent und meine Mutter zu der Zeit noch Studentin. Das Sidney bezieht sich auf einen mittelalterlichen Schriftsteller." Und ich erzählte dann auch den traurigen Rest und ehe ich michs versah, saßen wir im Fleur de Lotus und ich redete immer noch über mich und

meinen Vater, obwohl wir eigentlich die Carte studierten. Ich entschuldigte mich.

„Nicht entschuldigen!", sagte Marie und streichelte einmal über meine Hand.

Zur Brokatweste gehören eine winzige goldene Taschenuhr und ein kleiner goldener Kuli. Ich nahm ihn heraus und kreiste großzügig die Stelle auf meiner Hand ein, wo sie mich berührt hatte. Der Kuli wollte auf meiner Haut nicht schreiben.

„Was machst du da?"

„Hier", ich zeigte auf die Stelle, „werde ich mich nie wieder waschen!"

Hinter vorgehaltener Hand prustete sie los, ich sei verrückt.

Nein, sagte ich, es müsse heißen „total verrückt".

Der Kellner kam und wollte die Bestellung aufnehmen, also entschied ich mich kurzerhand für Ente mit Ananas plus gebratene Nudeln. Marie nahm Hähnchensalat, was wohl eher eine Vorspeise war und Lotusreis – Reis mit Shrimps und Frühlingszwiebeln.

„Liberté, égalité, sororité!", sagte ich. „Ich gebe mein Gericht frei, wenn du äh, picken willst?" Ich machte eine typische Handbewegung mit der Gabel.

„*Picken*? Picorer, ja? Das ist nett. Hier, probier mal die Shrimps."

Ihre Mittagspause war zu schnell vorbei, aber ich wusste nun über sie, dass sie kurz verheiratet gewesen war, keine Kinder, Kunststudium, kein Job, Ausbildung als Reiseverkehrskauffrau drangehängt. Aus irgendwelchen Gründen waren wir dann bei der Musik gelandet, mit der wir sozialisiert worden waren oder uns selber hatten, und redeten über Moustaki, den ich einmal live gesehen hatte und Jonny Halliday, Jim Morrison und sein Grab in Paris auf dem Piere Lachaise – sie verbesserte: Pere Lachaise – und das wars. Fast. Sie hatte zugestimmt, mich nach Grasse zu begleiten.

37
Als sie aus dem Büro kam, das nun Marthe gehörte, und in den Cherokee stieg, meinte sie, ich könne mir nicht vorstellen, wie sehr es sie freute, mit mir nach Grasse fahren zu können.
„*Umgekehrt!*", sagte ich. „*The other way round!* ICH freue mich so wahnsinnig "
„*Inversement* ? Nein, also, ich wollte sagen, ich bin manchmal viel zu depressiv, um mich zu so etwas aufzuraffen."
„Kaum zu glauben, wenn ich dich so sehe."
„Ja, ... weißt du, oft sehe ich die Dinge wie die Barockmaler sie gesehen haben. Du freust dich, wenn du diese Seidenbäume da siehst, für mich ist es ein Vanitas-Motiv, etwas das einen daran erinnert ... "
„ ... dass alles, äh, vorbeigeht."
„Ja, vergänglich ist und sinnlos. Und wie vergänglich: So ein Baum steht da noch, wenn ich schon lange lange tot bin, dabei will ich doch noch ein wenig leben!"
„Sehr gut, das ist doch die richtige Einstellung. Hm, ein Baum ist auch eigentlich kein Vanitassymbol, eher das Gegenteil."
Aus dem Augenwinkel sah ich, wie sie die Schultern zuckte. „Ich sehe sogar in einem Gesicht oft nur ein Memento Mori, weißt du, ich sehe dann plötzlich den *tête de mort* darin. Dann ekelt es mir vor dem Menschsein, vor den Menschen, vor mir selbst."
„Was ist das? Tete de ... Ach so, einen Totenkopf. Du bist ja wirklich morbid."
„Morbid, ich weiß nicht, das geht vielleicht zu weit, aber ich bin oft so mutlos."
„Das Wort kenn ich nicht."
Sie begann zu erklären, was découragé bedeutet.
„Nein, ich meine, es ist sowieso alles scheißegal", wollte ich sagen, aber daraus wurde: „*La vie n'a pas de sens!* Also brauche ich nicht *découragé* zu sein, ja? Camus sagt: *La vie est courte et son temps à perdre un péché.* Er muss es wissen, ist verdammt früh gestorben."
„Ich weiß das alles, aber wenn man viel allein ist ..."
„Du bist allein, weil du depressiv bist und du bist depressiv, weil

du allein bist, warum hast du nicht wieder geheiratet?"
Falsche Frage, ihr Gesicht versackte in Traurigkeit. „Wir waren beide depressiv, wir haben uns gegenseitig runtergezogen, das war nicht gut. Mein Mann hat Selbstmord begangen, als seine kleine Galerie pleite gemacht hat."
„Phuu, das ist hart! Bei Gelegenheit will ich mehr wissen, aber jetzt, *ma chère, give this day of your life the chance to be the best,* um Mark Twain etwas abzuändern."
Dann fragte ich sie, ob wir Autobahn oder Nebenstrecken fahren sollten. Sie war für die Autobahn.
„Kennst du eigentlich den: Ein Luxusdampfer verunglückt, fast alle sind in den *Rettungsbooten*, äh, was ist *lifeboat* auf Französisch?"
„Canot de sauvetage."
„Oui, also einige Leute aus verschiedenen Ländern haben *Höhenangst, Vertigo,* und wollen nicht springen. Es gibt nämlich keine Leiter. Der Kapitän brüllt auf sie ein, aber sie bekommen nur noch mehr Angst. Der 1. Offizier sagt dem Kapitän, er wolle es mal versuchen und nach ein paar Minuten sind alle in den Rettungsbooten.
„Wie haben Sie das gemacht?", fragt der Kapitän.
„Ganz einfach. Zu den Deutschen habe ich gesagt, es ist ein Befehl. Zu den Franzosen, es wäre patriotisch. Den Japanern, dass Springen gut für die Potenz wäre. Und den Italienern habe ich gesagt, Springen sei verboten."
„Nett, wir haben da viel fiesere Witze, da kommen die Deutschen nicht so gut weg."
„Erzähl mal!"
„Nein, kann ich nicht machen, am Ende muss ich nach Grasse laufen."
„Ach komm, ich ärgere mich dauernd über die Deutschen!"
„Gut, was ist Kannibalismus? Ein Deutscher, der Schwein isst."
Ich lachte.
„Oder warum werden so viele Deutsche per Kaiserschnitt geboren?"
Ich zuckte die Schultern.

„Krieg du mal einen Quadratschädel durch ein rundes Loch!"
Wir brüllten beide vor Lachen.
„Ein 85jähriger kommt in Sprachenschule und will Hebräisch lernen.
Ja, warum das denn?
Ja, sagt der Alte, wenn ich in den Himmel komme, möchte ich mit Gott in seiner Sprache reden können.
Und wenn Sie in die Hölle kommen?
Ach, ein bisschen Deutsch kann doch jeder!"
Ich keuchte vor Lachen. „War der gut, den muss ich mir merken. Pass auf, das ist ein ganz blöder: Ein Typ sagt: Meine Frau schreit immer, wenn sie kommt. Sagt der andere: Meine nicht, die hat einen Haustürschlüssel."
Darauf versuchte sie mir die Paf le chien-Witze näher zu bringen: Paf le chien ? C'est un chien qui traverse une route. Une voiture passe, et paf le chien !

Schließlich saßen wir nur da, ließen die Landschaft vorbeiziehen und wenn ich sagte: „Ein bisschen Deutsch kann doch jeder", fingen wir wieder an zu giggeln.
Als ich mich etwas beruhigt hatte, Grasse war nicht mehr weit, sagte ich: „Was ich mich die ganze Zeit schon frage, welche Farbe hat dein Slip?" Und ich fasste nach ihrem Rocksaum und schob ihn hoch. Sie quietschte laut und schlug nach meiner Hand, um dann in Lachen auszubrechen.
„Sidney! Bis jetzt hatte ich eine gute Meinung von dir!"
„Gute Meinung. Kleine Jungs interessiert so was, und ich will nicht vor Neugier platzen."
„Vor Neugier platzen? Ach so. Ach ja."
„Und mit den Worten des Dichters: Jeder Moment ist der richtige, es gibt keinen besseren."
„Welcher Dichter?"
„Keine Ahnung!"
Sie sagte nichts, aber ganz langsam hob sie den Rocksaum an, bis ich sehen konnte, dass sie einen violetten Satinslip mit ein paar Rüschchen und Bändchen in einem helleren Farbton trug.

„Schau auf die Straße!"
„Ja, das ist kein Slip, das ist ein Kunstwerk!"
„Schön, dass er dir gefällt." Sie ließ den Rock runter und strich ihn glatt. Ihre Wangen waren gerötet, sie grinste. „Wir sind schon da."
Wir passierten das Ortsschild von Grasse.

38
Nett, sehr nett. Dieses typisch Französische, dieses pittoresk Beschauliche, Kleinstädtische, wie Franquin es in seinen Comics gezeichnet hat. Es existierte noch. Irgendwie beruhigend. Verwinkelte Gassen, Tordurchgänge, warme Farben.
„Da ist schon wieder einer!" Ich musste einmal durch den orange-ockerfarbigen Minitunnel unter dem Haus durchgehen.
„Das ist jetzt der dritte."
„Ja, ich bin wohl neurotisch oder vielleicht es ist der Ausdruck unbewusster Wünsche. Freud würde wahrscheinlich sagen, ich wolle in die Gebärmutter zurück, dahin, wo es dunkel und geschützt ist."
„Er spinnt, dein Freud."

Dann das Wichtigste: La Jasminade. DAS Fest in Grasse. Ähnlich einem Karnevalsumzug fuhren Blumenwagen, marschierten Jongleure, Feuerschlucker, Musikanten, Stelzenläufer und vor allem Menschen in großartigen Blumenkostümen. Nelken, Sonnenblumen, Anemonen, den meisten gemein war, dass sie die gewaltigen Blütenblätter auf dem Rücken hatten.

„Kann es sein, dass du stärker klatschst, je weniger die Damen anhaben?"
„Nein!" Es kamen vier verdammt knapp bedeckte Brasilianerinnen in Weiß vorbei, was ihren perfekten braunen Teint betonte. Ich kann mich an die Blüte nicht mehr erinnern, aber ich klatschte demonstrativ laut. Marie rollte sich ab vor Lachen.
„Du wärest natürlich die schönste Blume von allen", knödelte ich, „deswegen gehst du da nicht mit, das verstehe ich, du willst sie alle nicht beschämen." Ich bekam einen Kuss auf die Wange.

Wir hatten Hunger und kriegten bei dem Bistro, das sie mir zeigen wollte, kein Bein an die Erde. Schließlich wanderten wir einen Kilometer aus dem Stadtzentrum raus und setzten uns in eine Pizzeria, die uns mit dünner knuspriger Lachspizza verwöhnte.

„So einen Ofen will ich auch haben", erklärte ich Marie. „Meiner kann ja nur 250 Grad, aber dieser Hitzegeschmack, dieses Typische der Pizza, entsteht erst ab 350 Grad! Neuerdings kann man leider nur noch Öfen kaufen, die nicht mal mehr die 300 Grad erreichen. Eine Schande – ich meine, dass ich dich so langweile."
Sie schüttelte den Kopf. „Du kannst kochen?"
„Einer meiner unendlich vielen Vorzüge!"
„Kannst du Coq au vin?"
„Ja, aber ich mache das so: Das Hähnchen auseinandernehmen, die Karkasse und die Haut scharf anbraten, Gemüse dazu, mit Weißwein ablöschen, salzen pfeffern, eine Stunde kochen lassen. Das Fleisch in möglichst großen Stücken lassen, mit Kräutern und Poivre dÈspelette würzen und mit etwas von der eingekochten Weißweinbrühe über Nacht marinieren. Dann neues, also, äh, frisches Gemüse andünsten, das Fleisch scharf anbraten, kleinschneiden, wieder in den Topf geben, Gemüse dazu, Brühe drüber, aufkochen lassen, fertig."
Sie nickte beifällig. „Vielleicht hast du mal Lust, für mich zu kochen?"
„Ja, aber wo? Am Strand von Piémanson?"
Sie gab mir einen Klaps auf den Arm. „In meiner Küche natürlich."
„Naturellelehmann! Scheiße, ich rede zu viel, meine Pizza wird kalt."

Wir hatten uns eine Flasche Wein geteilt und fanden alles lustig, als wir ins Zentrum zurückspazierten. Als wir von einem Feuerwehrwagen mit Jasminwasser besprizt wurden, kippten wir fast um vor Gekicher. An einem normalen Tag, das war mir im Hinterkopf überdeutlich klar, wären wir wahnsinnig aufgefallen, aber hier liefen viele rum, die so richtig ihren Spaß hatten und vor allem, es liefen viele Menschen mit einer hübschen dunklen Haut herum, mal ganz abgesehen von den internationalen Samba-Gruppen, die das Fest anheizten.

Wir aßen Eis, kauften Weißwein im Becher an einem Stand, sie erklärte mir, warum ausgerechnet Jasmin, und wie schwierig es war, den Duft zu gewinnen, wie viele Kilo Blüten man brauchte um ... Ihre Stimme perlte über mich wie Sekt und ihre warme Nähe machte mich verrückt. Ich vergab keine Gelegenheit, ihr Komplimente zu machen über IHR Aussehen, IHREN Duft und als wir den Weißwein ausgetrunken hatten und ich ihren Becher nahm, um ihn wegzuwerfen, hingen wir plötzlich aneinander wie zwei Kletten. Danach wanderten wir händchenhaltend weiter und selbst in größerem Gedränge in engen Gassen ließen wir uns nicht trennen und ich war wieder 15 Jahre alt. Allerdings habe ich oft das Gefühl, nie älter geworden zu sein. Und darauf bin ich auch noch stolz.

Gegen Abend wurden die zur Schau gestellten Blumen in die Menge geworfen und Wagen und Tänzer waren nun beleuchtet. Sie sahen für mich alle ein bisschen aus wie Redford in „Der elektrische Reiter", nur dass dem ganz schön warm geworden war, damals mit all den Glühbirnchen. Gut, dass es heute LEDs gab.

Auf der Rückfahrt lachten wir weiter und ich fühlte mich leicht und unbeschwert. Ich bremste in einem kleinen Waldstück und setzte den Wagen vor das Tor, welches den Wirtschaftsweg verschloss.

Ich wollte etwas sagen, etwas erklären, reden, aber wir fielen sofort übereinander her wie Halbverhungerte. Ihre Stimme, ihre eleganten Bewegungen, ihre Haut, ich hatte das Gefühl, ich müsste sie verschlingen und fing oben bei den Brüsten an. Sie aber machte sich los, drückte mich weg und griff nach meinem Hosenreißverschluss.
„Non!"
Sie lächelte nur, fummelte ein wenig an mir um und nahm mich in die warme Obhut ihres Mundes. Es war unglaublich – und ich konnte nicht. Es wurde nichts. Ich streichelte ihre Schulter, zog

sie hoch und sagte: „Ich fürchte, es geht nicht!"
Es war mir peinlich, sie war verletzt. „Bin ich nicht hübsch genug? Bin ich zu alt? Mache ich etwas falsch?"
„Marie, du bist die schönste Frau, die ich je geküsst habe. Und es ist ... es ist das Paradies, in deinem Mund zu sein."
Sie verschränkte die Arme.
„Aber ich habe mich in dich verliebt."
Ihre Augen wurden größer, sie fing an zu grinsen. „Du bist so lieb!" Und sie knutschte mich ab.
Als ich wieder Luft kriegte, sagte ich: „Nein, ich bei ein Arschloch, ich bin jetzt in drei Frauen verliebt."
Sie lachte. „Quel veinard!", rief sie und musste mir erklären, dass das Glückspilz hieß und wieder wollte sie loslegen. Ich hielt sie fest und ohne zu wissen warum, sagte ich, ich sei kein guter Mensch, sie habe Besseres verdient.
„Kein guter Mensch?", echote sie. „Warum sagst du so etwas?"
„Ich habe Leute umgebracht. Ich bin ein Killer und hinten im Kofferraum liegt Stoff für ein paar Millionen Euro."
„Das soll ich dir glauben?"
„Schau in den Kofferraum, da findest du die mitraillette." Ich benutzte statt MP dieses Wort, das ich mir mal gemerkt hatte, weil es verrückterweise einen gleichnamigen belgischen Snack gibt, mit Fleisch, Pommes und Cocktailsauce im Brötchen. Nein, Sinn ergab das nicht.
Sie sah mich mit großen Augen an, fragte dann aber: „Warum ... ich meine, wie ... ich meine, ich kann mich doch nicht so irren."
Ich grinste traurig. „Drogengeschichten, du hast vielleicht in der Zeitung in den letzten Tagen etwas gelesen. Ich suche eigentlich nur die Tochter einer alten Freundin, die, äh, in diese Geschäfte reingerutscht ist. Da musste ich ein paar ..."
Sie krallte sich in meiner Schulter fest wie eine Leopardin: „DU hast diese Drogendealer getötet? Hör zu, meine Mutter ist an einer Überdosis gestorben, da war ich fünf. Ich will ALLES wissen, ALLES! Los, wir fahren zu mir!"

Sie ließ mich erzählen und fütterte mich mit Eclairs und Ma-

deleines, bis ich doch lieber eine saure Gurke haben wollte. Zwischendurch sprang sie auf, trommelte mit den Fäusten auf dem Tisch herum und brüllte irgendwas oder sie warf sich auf mich und küsste meine Augen, meine Nase und steckte mir die Zunge in den Hals.
„Was, was sagst du?", fragte ich nach Luft schnappend.
„Erzähl weiter, erzähl weiter!"
„Du lässt mich ja nicht!"

Ganz am Ende von Crüwells Erzählungen gestand ich, dass ich mich zwar um Prospekte über Korsika gekümmert hatte, aber nicht wusste, wie es weitergehen sollte und ob überhaupt. Korsika fand ich hübsch wild und ich musste da wirklich mal hin, und Sophie und Steffen hatten eine dämliche Entscheidung getroffen, aber musste ich nun wie auf Knopfdruck erneut zuschlagen? Auf meine stümperhafte Weise Gangster kompromittieren, notfalls reihenweise umlegen? Nicht schon wieder!

Reden konnte man mit denen nicht. Ihnen nahezulegen, aus Nettigkeit die beiden nicht mehr als Kuriere zu beschäftigen, würde ein Gelächter hervorrufen, das bis zur Côte d'Azur schallen würde.

Genausowenig konnte ich mit den restlichen 70 Kilo Stoff und einer Flasche Picon als Geschenk vorbeischneien und hoffen, dass das reichen würde, ihnen die beiden „abzukaufen".

„Also, ich seh mich einfach nicht dort rumlaufen, um mich mit der ganzen korsischen Mafia anzulegen!"
„Mais sur! Gibs ihnen, mach sie fertig!"
Ich schüttelte den Kopf. „Ich bin müde."
Sie ging einmal um den Sessel herum, in dem ich hing.
„Das ist combat fatigue", meinte sie. Ich sei ausgebrannt und brauchte Ruhe, ein zwei, drei Tage intensive Bettruhe.
„Intensive Bettruhe", echote ich. „Womöglich unter deiner mütterlichen Aufsicht?"

„Mütterlich würde ich das nicht nennen!"
„Na, dann ist es ja gut." Und das war es auch. Zu meiner Überraschung funktionierte ich wieder.

39

Am nächsten Morgen machte ich den Fehler beim Frühstück das Handy anzuschalten. Es zeigte eine SMS von Franzi.
Ich erklärte Marie, das sei diese nette Frau, die ich auf der Hinfahrt kennengelernt hatte. Und ich entschuldigte mich sofort, das sei schlechter Stil, das habe sie nicht verdient. Ungern wollte ich der Auslöser für ein neues emotionales Tief bei ihr sein.
„Ich glaube, du bist so, das gehört bei dir dazu. Und ich erhebe keinen Besitzanspruch auf dich. Und du bitte nicht auf mich! Das macht alles viel einfacher."
Ich nickte wie ein Wackeldackel.
„Und ich glaube, ich würde mich mit dieser Franzi gut verstehen."
Statt etwas zu sagen, griff ich ihre Hand und küsste sie. Dann hastete sie auch schon zur Tür hinaus, eine Wolke Parfum und Seifenduft hinterlassend und ich sah mich verwundert in ihrer hellen kleinen Wohnung um mit den warmen Kirschbaummöbeln, den Spiegeln im Goldrahmen, den mattblauen Vorhängen und den bunten Kissen und den Unmengen Topfblumen in Wohnzimmer, Essküche und Bad, die ich gießen sollte, wenn ich Zeit hätte. Das Interessanteste waren die duftigen Ölbilder der Impressionisten an den Wänden. Natürlich Kopien, aber für mein Auge sahen sie ganz gut gemacht aus. Mein Handy klingelte, Sophie!
„Sidney, Hilfe! Sie haben uns eingesperrt, Sie wollen den Stoff! Weißt du, wovon ..."
Eine andere Stimme: „Monsieur, die Lieferung bestand aus 150 Kilo verschiedener Substanzen. Die Polizei hat 80 Kilo sichergestellt. Wir gehen davon aus, dass Sie wissen, wo die restlichen 70 Kilo geblieben sind."
„Keine Ahnung, wovon Sie reden. Haben Sie die Nachfolge von Santini angetreten?"
„Unterbrechen Sie mich nicht! Wir bekommen die Drogen bis heute Abend oder das Mädchen verliert einen Finger. Morgen sind es dann schon zwei."
„Wohin soll ich kommen?"

„1023 Avenue Poincaré."
„Ich bekomme das Auto, in dem die Drogen versteckt sind, erst am späten Abend zurück, also kann ich erst ab Mitternacht da sein. Lassen Sie das mit dem Finger für heute."
„Gut, für heute. Aber kommen Sie ohne Polizei und ohne Waffen. Wir sehen eine Uniform und zack, machen Ihre jungen Freunde einen tiefen Sturz. Diesmal können Sie nicht gewinnen und Sie können uns nicht reinlegen. Damit Sie sehen, dass das kein Spiel ist ...." Stille, dann ein lautes Schmerzgebrüll.
„Was war das?", schrie ich ins Handy.
„Ach so ein Pech, Ich wollte die Zigarre ausdrücken, da habe ich die Hand unseres jungen Mannes mit einem Aschenbecher verwechselt. Tja, kann passieren."
„Ich habe schon verstanden", knurrte ich. „Der Stoff gehört Ihnen, ich möchte sowieso nicht damit geschnappt werden, ich wollte ihn schon das Klo runterspülen, um ihn loszuwerden. Also nur die Ruhe." Jemand atmete tief ein, dann Stille. Aufgelegt.
Ich drückte mein Handy aus. Und sagte, was ich die ganze Zeit hatte sagen wollen: „Du bist tot. Dumbfuck."

40

Marie hatte einen PC in einem kleinen Arbeitszimmer, das gleichzeitig als Bügelzimmer diente. Ich nutzte ihn, um mir die Adresse zu googeln. Es ging auf der Küstenstraße nach Osten 10 Minuten aus Nizza raus. Im Scheitelpunkt einer Kurve ein Anwesen, das anscheinend hoch über dem Meer auf einer Klippe lag. Es war ein wenig wie bei Santini mit diesem blockartigen Haus hinter einer Mauer. Nur hätte man bei Santini auch von unten an das Anwesen herangekonnt, das war hier wohl unmöglich. Als „Cliffhanger" mitten in der Nacht machte ich mich nicht so gut. Soweit man den etwas verwaschenen, verzerrten Googlebildern trauen konnte, bestand die Wand hier aus mehreren Überhängen. Ich schätzte, dass das Grundstück oben zwei Meter überkragen konnte. Weiterer Unterschied: Das Haus bestand scheinbar aus mehreren Segmenten, die mit unterschiedlichen Dächern aneinandergefügt worden waren. Die östlicheren Gebäudeteile hatten keine Dachziegel, es schienen Flachdächer zu sein.

Es gab sogar Bilder von der Rückseite, der Wasserseite! Da hatte Google von einem Boot aus fotografiert. Und ich war mal dagegen eingestellt gewesen! Hier sah ich nun, dass die Rückseite des dreistöckigen Gebäudes im ersten Stock komplett aus Bogengängen und im zweiten dazu passend aus Balkonen mit Bögen oder Säulen bestand. Warum waren es drei verschiedene Gestaltungsweisen? Reine gemauerte Bögen, Bögen mit Säulen als Stützen, nur Säulen ohne Bögen. Vielleicht sollte das Ganze aufgelockert wirken, bewusst so, wie ein über lange Zeit gewachsenes Gebilde, wie ein kleines Dorf vielleicht.

Das Erdgeschoss sprang auf einem Drittel gut acht Meter vor und bildete damit eine Terrasse für den ersten Stock, wo man aus den Arkadengängen direkt heraustreten und zum Pool gehen konnte, der hier eingelassen war.

Bei genauerem Hinsehen stellte ich fest, dass dieses Erdgeschoss seinerseits zwei Stockwerke hatte, so langsam kam ich durcheinander. Lag das am Terrain? Eine Bemerkung des Drogengangsters ging mir nicht aus dem Sinn: „Zack, ..."

Das Grundstück hatte außer dem auf der Erdgeschossterrasse einen zweiten Pool hinten im Garten, etwa 20 Meter von der Klippe entfernt. Daneben eine Art Gartenhaus im Pavillonstil. Hm.

Ich fuhr den PC runter.

Für dieses Tor hatte ich keinen Schlüssel. Es bestand aus Holz mit Metallverstärkungen dahinter, so viel konnte man immerhin erkennen. Und mein erster Gedanke war, das Holztor zu rammen und mir Zugang zu verschaffen, bevor die Bande überhaupt reagieren konnte. Aber was ich nicht sehen konnte, war, wie es aufgehängt war. Fuhr es zur Seite, hoch oder klappte es vor oder zurück? Und wie stark war die Armierung? Mein Verdacht: Diese Kombination aus elastischem Holz und zähem Metall sorgte für eine beachtliche Widerstandskraft. Möglicherweise würde ich drin hängen bleiben, beim Versuch es zu durchbrechen. Es musste eine bessere Möglichkeit geben. Ich sollte mal hinfahren und schauen, wie das da wirklich aussah.

Ein paar Wolken zogen herein, es war schwül und drückend, das Meer hatte von der hochgelegenen Uferstraße aus gesehen etwas Dämonisches, es schimmerte nicht länger azurblau, sondern überzog sich mit kränklichen Grautönen. Zügig fuhr ich auf das Anwesen zu und sah: In der schräg von der Fahrbahn abzweigenden Einfahrt standen zwei Mann Wache. Sie hatten sich an das Holztor gelehnt und spielten mit ihren Smartphones. Das Tor sah wirklich ziemlich massiv aus.

Schau dir die Villa an, sie hatte das typisch südländische Dach mit der geringen Neigung und schönen gelben und roten Ziegeln. Und schon passierte ich die Gebäudeecke, kam in den Scheitelpunkt der Kurve und fuhr wieder vom Haus weg.

Im Rückspiegel war nicht genug zu erkennen. Um nicht aufzufallen, fuhr ich erstmal gut zwei Minuten weiter. Drehen, zurück.

Ich würde also tatsächlich ein zweites Mal so etwas wie bei Santini durchziehen? Wie langweilig und absurd! Ich hatte es immer schon gehasst, in eine Situation, in eine Handlungsweise hineingezwungen zu werden.

Hör auf zu jammern, überlege lieber, wie man einem Gegner entgegentreten konnte, der vorbereitet war, der einen erwartete und wahrscheinlich recht zahlreich auftrat! Es musste etwas Ungewöhnliches sein, etwas Unerwartetes. Schließen wir mal aus, was alles nicht geht:

Den Stoff übergeben und hoffen, dass fair gespielt wurde.
Von unten angreifen.
Durch das Tor brettern.
Vorne anhalten, die Wachen unter Waffengewalt zwingen, das Tor zu öffnen, sich selber Handschellen oder Kabelbinder anzulegen, dann reinspazieren.
Einen der Gleiter holen, wenn sie denn noch am Ferienhaus Santinis standen, über das Haus fliegen und aufs Dach springen. Das Dach war mit den Pfannen zu uneben, die Flachdächer zu kleinteilig.
Einfach so über die Mauer klettern? Mit Gepäck? Im Licht der Straßenlaternen? Zu langsam. Konnte man das beschleunigen? Auf jeden Fall!

Oh verdammt, es blieb nur der harte Weg!

41

Ich hatte noch Zeit, jede Menge Zeit, 13 Stunden. Das waren 780 Minuten oder 46800 Sekunden. Für Sekunden brach mir der Schweiß aus.

Erstell zuerst deine Einkaufsliste:

VW-Bulli
Reisetasche
Brecheisen
Wurfanker
Seil
Abseilachter
Klettergurt
Pfefferspray
Wurfmesser
schwarze Latexhandschuhe
Kabelbinder
Klebeband
Nylonkordel
Kletterhandschuhe

Hm, wies schien, kurbelte auch das Verbrechen die Wirtschaft an. Oder war die asoziale Marktwirtschaft unserer Tage das Verbrechen? Komm schon, du hast anderes zu tun ...

Ein Besuch in einem Baumarkt brachte das Brecheisen, ein Seil, eine dünne Nylonkordel, schwarze Gartenhandschuhe, Kabelbinder und Klebeband. Dann musste ich wieder ganz runter an die Promenade des Anglais: Bei Armurerie Perse in Nizza bekam ich Pfefferspray und vier Wurfmesser. Einen richtigen XXL Rucksack hatten sie nicht. Ich wurde an einen Outdoorladen vier Querstraßen weiter verwiesen.

Das Schwierigste war der VW-Bulli. Es musste der VW sein, weil ich nur dessen alte Typen kurzschließen konnte.

Heinz hatte mir das mal an einem Flughafenbulli gezeigt. Ich gurkte also durch die Gegend, machte entnervt um 13 Uhr Pause in einer Pizzeria, genau richtig, um eine Gewitterfront durchzulassen. Dann fuhr ich eine weitere halbe Stunde auf den nassen Straßen herum, denen man beim Trocknen zusehen konnte. Schon wurde es wieder warm und regelrecht schwül.

Ich fand keine alten VW-Bullis am Straßenrand. Nur bei einem Händler auf meiner Lieblingsstrecke mit Maries Büro sah ich den richtigen auf dem Hof stehen. Also entschied ich mich, den Bulli vom Händler zu kaufen. 2000 Euro. Er würde in Deutschland nicht durch den TÜV kommen. Er bekam rotsilberne temporäre Nummernschilder, sehr apart, und ich fuhr ihn zu Maries Apartment an der Rue Jean Giono, die von Strandkiefern gesäumt, einen freundlichen Eindruck machte, trotz der massiven Häuserblocks. Nur in den Nebenstraßen hätte man ruhig noch ein paar Bäume pflanzen können.

Der Cherokee stand noch beim Händler, ich joggte langsam die drei Kilometer zurück und holte ihn ab. Bei Marie um die Ecke stellte ich ihn in eine Parkbucht vor eine Epicerie. Es roch nach Meer, die Sonne knallte vom Himmel und die weiß gestrichenen Häuserblocks reflektierten das Licht, sodass man ohne Sonnenbrille nicht klarkam.

Ich holte aus dem Kofferraum meine Werkzeugtasche, trug sie zum Bulli und suchte den Bosch IXO Schrauber heraus, ein Bohrbit aus dem Kasten, und los gings: Zwei Löcher über dem Lenkrad in die Decke bohren. Nylonkordel durch die Löcher fädeln, links und rechts am Lenkrad befestigen – nein, das hindert, mache ich nachher. Motorhaube auf, wo sitzt der Gasgeber am Vergaser? Schnur drum, Loch in die Motorhaube, Schnur durchfädeln, Ende mit Klebeband auf der Haube fixieren. Die Schnüre würden sich recht schnell am Metall durchreiben, aber das System sollte nur eine Minute funktionieren.

Ich musste 15 Kilometer aus Cagnes raus nach Tourettes Sur Loup auf die D6, bis ich ein einsames längeres gerades Stück Straße fand, mit Wald rechts und einem Kegelberg links. Hier konnte man sogar an die Seite fahren und anhalten. Ich zog die Schnüre wie geplant durchs Dach, kletterte rauf, kniete auf dem Blech über dem Lenkrad und versuchte es zu bewegen. Gut, im Stand ist das sowieso schwergängig. Die Schnüre knotete ich zusammen, damit sie nicht durch die Löcher zurückrutschen konnten.

Jetzt schraubte ich das Standgas hoch, sodass der Motor doppelt so laut wurde. Ich legte den zweiten Gang ein und kuppelte ganz langsam, um den Motor nicht abzuwürgen. Der Wagen setzte sich gemächlich in Bewegung und lief weiter, obwohl ich den Fuß nicht auf dem Pedal hatte. Tür auf, rechter Fuß aufs Trittbrett, linker auf den Sitz – und hoch! Einen Moment sah es so aus, als hätte ich mich verrechnet: Während der Wagen von der Bankette runter in Richtung Straßenmitte rollte, brauchte ich einen zweiten Anlauf, linker Fuß auf die Sitzlehne, rechter Arm aufs Dach, rüberrollen. Es war knapp. Ich musste noch eine Art Griff hier oben befestigen, das durfte nicht schiefgehen.

Ich griff nach den Schnüren und steuerte den Wagen, der auf die Gegenfahrbahn driftete, zurück. Das funktionierte schon mal. Nun die Schnur zum Gasgeben und ich Idiot zog einfach mal, der Motor beschleunigte die Karre, ich fiel fast runter, konnte mich notdürftig an der Lenkschnur festhalten. Gasschnur loslassen! Der Wagen verlangsamte auf sein normales Schritttempo.

Die Fahrertür war zugefallen. Herrlich! Kein Auto in Sicht, ich sprang vom rollenden Wagen auf die Fahrbahn, lief daneben her, öffnete die Tür und kletterte rein. Zirkusreif! Tusch. Und der Clown kriegte hinterher die hübsche Seilartistin. Ah, jetzt würde ich gerne Pause machen, jetzt reichte es. Aber es gab immer noch einiges zu basteln.

42

Im Laufe des Nachmittags erreichte ich Berger.
„Schlechte Nachrichten, die beiden jungen Leute stecken schon wieder in Problemen. Jemand hat sie gekidnappt und versucht mich zu erpressen. Heute Abend ..."
„Worum geht es denn bei der Erpressung?"
„Ich habe etwas von der letzten Lieferung behalten, für genau solche Fälle."
Stille.
„Sie sind verrückt, damit haben Sie die Situation erst geschaffen!"
„Können Sie mir nochmal helfen?"
„Wie?"
„Ich habe einen VW-Bulli gekauft, der ist gestohlen worden. Sie könnten das für mich um 21 Uhr weitergeben, damit mögliche Straftaten, die damit begangen werden, nicht auf mich zurückfallen."
„Mögliche Straftaten? Sie werden doch wohl nicht wieder reihenweise Gangster erschießen?"
„Nein, ich marschiere da hin und biete meine Dienste als Koch an und stopfe sie so mit Leckereien voll, dass sie platzen, La Grande Bouffe! Sie wissen schon!"
Er stöhnte. „Sie sind doch hier nicht im Wilden Westen. Es gibt Grenzen, verdammt nochmal! Es gibt vor allen Dingen Gesetze."
„Gesetze, ja, davon hab ich auch schon mal gehört, aber die Gangster halten sich nicht dran. Zu dumm, oder?"
„Hören Sie auf Sprüche zu klopfen", knurrte er, „sagen Sie mir das Kennzeichen des Wagens!"

43

Es ist 23 Uhr durch. Der Bulli steht 400 Meter hinter der Villa. Der Rucksack liegt schon auf dem Dach. Ich verbinde die Drähte, der Wagen schnurrt. Marie steht gut 500 Meter vor dem Grundstück am Straßenrand und bestätigt übers Handy, dass die Straße frei ist. Es stört mich, dass ich sie da mit hineingezogen habe, aber es wäre nur zu dämlich, im letzten Moment, wenn ich in der Kurve die Fahrbahn kreuzte, mit einem von unten kommenden Wagen zu kollidieren.
„Uuuund Action!", sage ich zu mir selber und lasse die Kupplung los. Der Bulli ruckt an und rollt brav im Schritttempo. Die folgenden Bewegungen bin ich achtmal durchgegangen, so dass es jetzt wie im Traum abläuft: Tür auf, Füße aufs Trittbrett, höhersteigen, nach der Schlaufe fassen, die ich aus einem überflüssigen Rucksackgurt geschnitten und aufs Dach geschraubt habe, hochziehen, Bein rüber, anderes nach. Schnüre greifen. Wagen in Spur halten.

Als ich sicher bin, dass er auf den Scheitelpunkt der Kurve zuläuft, halte ich die Lenkradschnur mit links, rupfe die Klebebandlasche vor mir ab und ziehe vorsichtig am improvisierten Gaszug. Der Wagen kommt in die Gänge. Stärker ziehen, wir haben 30 drauf. Es könnte einem schlecht werden. Vielleicht hätte ich vorher einen Cognac trinken sollen.

Ich sitze sehr hoch, exponiert und haltlos hier oben, das hätte ich alles besser durchdenken müssen. Der Wagen vibriert, jede winzige Unebenheit in der Straße scheint mich runterwerfen zu wollen. Das bilde ich mir nur ein! Noch mehr Gas geben, der Motor brüllt im 2. Gang, auf geisterhafte Weise verschwindet die Straße mit viel zu großem Tempo unter dem Auto, das ist ja schlimmer, als wenn ich mit 90 mit dem Rennrad eine Bergstraße runterjage!

Die Mauer kommt auf mich zugerast, ich gehe in die Hocke, rupfe den Rucksack aus seiner Klebebandumarmung und nehme ihn in die linke Hand, der Wagen kracht mit einem furchtbaren Geräusch in die Mauer, einen Sekundenbruchteil vorher springe ich hoch, um die Füße über die Mauerkrone zu bekommen.

Ich fliege, lasse den Rucksack los, sehe die Rasenfläche links vom Haus auf mich zukommen und kann nicht mehr denken, das Einzige, was mir in den Sinn kommt: Hier siehts aus wie nachts bei meinen Eltern im Garten. Ich wollte mich möglichst klein zusammenrollen, um richtig abzurollen, jetzt komme ich Idiot mit den Füßen auf, als wollte ich auf Wasser surfen!

Es reißt mir die Füße weg und als Welterster vollführe ich einen Mix aus Rittberger und Immelmann. Note: Dämlich!

Jetzt habe ich endlich die Arme vors Gesicht genommen, aber ich krache auf die Seite, rutsche und rolle zehn Meter weiter über den Rasen und nehme irgendetwas Hartes mit. Ich halte mir die rechte Hüfte und versuche nicht laut zu fluchen oder zu stöhnen. Sekundenlang liege ich still, dann sehe ich mich um. Den Rasensprenger habe ich erwischt. Benommen stehe ich auf, die Hüfte protestiert, ein Wunder, dass nicht mehr passiert ist!

Ich mache die ersten Schritte unbeholfen, dann greif ich mir den Rucksack und seh zu, dass ich nach hinten in den Garten komme. In der Seitenwand des Komplexes sind Fenster erleuchtet, ich sehe Männer durch eine Tür gehen. Am Ende des Seitenflügels eine Treppe nach unten, indirekt beleuchtet, genau wie die Strandkiefern ringsum, Ich renne etwas ungelenk runter, ein Typ kommt rechts aus einer Tür. Er hat Glück, ich springe, treffe ihn in der Brustmitte. Er fällt rückwärts, ich hinterher, er reißt den Mund auf, ich lasse mich auf ihn fallen, schlage ihm die Faust auf die Stirn, der Kopf kracht zu Boden. Mit Kabelbindern fesseln. In die Büsche ziehen. Weiter!

Die Treppe ist zu Ende und ganz richtig verdeckt ein turmartiger Anbau die Sicht nach rechts auf die Rückseite des Komplexes.

Ich ziehe den Reißverschluss der Rucksack-Vortasche auf, greife nach dem Colt und spähe um die Ecke. Niemand da. Still fällt Licht aus den pseudoklassischen Bogengängen auf den herrlich grünen Rasen. Weiter unten leuchtet einladend der zweite Pool. Die nächtliche Meeresluft riecht frisch wie am ersten Schöpfungstag. Und das Paradies liegt doch nicht irgendwo bei Herne.

Komm schon und fall nicht in den Pool! In einem zwanzig Grad Winkel gehe ich nach links, um dem Pool auszuweichen. Ich wechsele alle paar Meter Rück- und Seitwärtsschritte, um die Rückseite des Hauses im Blick zu behalten.

Als ich den Kuhfuß an der verglasten Holztür ansetzen will, sehe ich den Schlüssel im Schloss. Im Halbdämmer war er mir nicht sofort aufgefallen.

Von vorne ist Geschrei zu hören, etwas klappert laut, sie haben das Tor geöffnet, um zum Bulli zu gelangen.

Die Tür auf, Taschenlampe an: Ein geräumiges Häuschen mit Rundumbank und hochkantgestelltem Mitteltisch, davor sitzen meine beiden auf Stühle gefesselt, mit Klebeband über dem Mund. Man hatte sogar daran gedacht, eine große Sackkarre hinter die Stühle zu stellen, so dass ein Einzelner problemlos innerhalb von etwa sechzig Sekunden die lästigen Zeugen beseitigen konnte, falls eine Razzia drohte. Vor Wut beginne ich zu zittern.

Das sauscharfe Gerber-Klappmesser raus. Ich kriege es kaum aufgeklappt. Bevor ich sie losschneide, die Anweisung: „Ganz ruhig, keinen Ton, die suchen jetzt alle vorne, wir haben hier nur noch eine Minute oder so. Ihr nehmt mein Seil ....", ich ziehe es aus dem Rucksack und schneide den Kabelbinder durch, der es zusammenhält. „Wir knoten es an einen Baum da hinten und ihr klettert die Steilwand runter. Springen geht nicht, das

Wasser ist nur ein bis zwei Meter tief und es sind 60 Meter bis dahin."

Ritsch, zack, ratsch und ritsch. Sie stöhnen und bewegen sich wie unterkühlte Maikäfer, ich beginne mir Sorgen zu machen. „Los los, sonst war alles umsonst, ihr klettert runter, lasst euch ins Wasser, schwimmt nach Osten. Nach 100 Metern kommt ein öffentlicher Strand, geht an Land, den Weg rauf bis zur Küstenstraße, da holt Marie euch in einem schwarzen Cherokee ab."
Sophie will was sagen. „Halt die Klappe!", fahre ich sie an. „Raus hier!"
Ich schiebe sie zur Tür hinaus, zur Klippenkante, die überhaupt nicht gesichert ist. Natur pur. In Deutschland gäbe es das nicht.

Links ein paar Kiefern, ich nehme die ganz außen, schlinge das Seil um sie und knote es fest, dann werfe ich die Rolle in die Dunkelheit hinaus. Ich ziehe zwei Klettergurte aus der zweiten Vortasche, eine Art Geschirr, in dem man sitzt. Man hängt einen Abseilachter, eine Doppelöse ein und kann sich bequem und sicher abseilen.
„Ihr könnt das doch?"
Steffen nickt.
„Und los! Ich hab hier noch zu tun."
Wieder will Sophie was sagen. Ich drehe mich um und laufe zum Pavillon zurück, hinter dem ich die schwarzen Latexhandschuhe und die Weste aus meinem Rucksack ziehe.

Bei meinem Mauerflug hatte ich keine Waffen am Körper haben wollen, aber nun lege ich die schöne schwarze, jetzt völlig verhunzte Lederweste an. Mit Kontaktkleber hatte ich die Scheiden der vier Wurfmesser auf das Leder geklebt. In der rechten Tasche steckt das Pfefferspray, links eine etwas abgespeckte Klebebandrolle. In der Innentasche habe ich Kabelbinder und Extramunition.

Als ich am Pavillon vorbei zum Haus zurücklinse, kommen doch tatsächlich zwei Figuren von links aus Richtung Einfahrt. Sie marschieren über den Rasen direkt auf mich zu. Sie reden, gestikulieren und sehen mich nicht, als ich in dem Häuschen verschwinde und die Tür schließe.

Ich spanne den Hahn des Colts, stelle mich hinter die Tür und jemand fasst nach dem Schlüssel, versucht zu schließen und kommentiert seine Verwunderung, dass nicht abgeschlossen ist. Sie reißen die Tür auf, schalten Licht an, glotzen die leeren Stühle an und bevor sie laut werden können, rufe ich „Haut les mains!"

Sie fahren zu mir herum, sehen mich und meinen Colt mit aufgeklebtem Würstchendosenschalldämpfer, grinsen und ziehen ihre Waffen. Ich schieße. Plötzlich haben sie ein drittes Auge in der Stirn.
„Dummheit ist auch eine tödliche Krankheit."
Immerhin: Der unförmige Dämpfer aus Dosen, Haushaltsschwämmen und massig Zweikomponentenkleber verrichtet seinen Dienst zufriedenstellend.

Ich lade nach. Jetzt müssten die beiden schon halbwegs unten sein. Da kann kaum noch was passieren. Ich werde etwas ruhiger.

Den Pavillon abschließen, den Schlüssel warf ich unter die nächste Agave. Hinter Pavillon, Buschwerk und einigen Bäumen verlief die Mauer. Ich drückte mich an ihr entlang Richtung Haus. Der Typ, der nun von links in den Garten gelaufen kam, konnte mich nicht sehen. Ich musste mich vorsichtig bewegen. Hier waren nur ein leises Flüstern vom Meer zu hören und das Gedudel eines Fernsehers.

Der Typ hatte in der Rechten eine Pistole, mit der Linken hielt er sich sein Handy ans Ohr. Er marschierte zum Pool hinunter.

Während ich ihn im Auge behielt, schaffte ich ein paar Meter und wunderte mich. Was machte der da? Er sagte etwas, das ich nicht verstand, steckte das Handy weg und stellte sich genau vor den Pool ... und pinkelte hinein. Ich zielte einen Moment und erschoss ihn. Er kippte vornüber und platschte ins Wasser. Vom Haus kam keine Reaktion.

„Macht ein fallender Gangster ein Geräusch, wenn niemand da ist?", fragte ich mich und setzte mich wieder in Bewegung.

Noch ein paar Meter. Da trat im Erdgeschoss wie bei einem Wetterhäuschen ein weiterer der Kameraden mit gezogener Pistole unter einem Bogen hervor. Er ging die Länge des Gebäudes ab, wanderte zurück und setzte sich ziemlich in der Mitte in einen der teuren weißen Outdoorsessel, die hier rumstanden. Die Dinger waren bestimmt bequemer als das, was ich im Wohnzimmer stehen hatte.

Ich überlegte, konnte ich ihn erwischen, ohne schießen zu müssen? Unter den Arkaden kam aus den Fenstern und Türen genug Licht, um den Rasen 15 Meter weit auszuleuchten. Er würde mich sofort sehen. Ich schoss aus der Deckung heraus. Der Colt machte dieses typische zischende Bellen, der Mann zuckte einmal, er stöhnte. Ich schoss nochmal.

Fast gleichzeitig ertönten Stimmen und man hörte Schritte von oben. Ein Mann in kurzer Hose und labberigem T-Shirt stand auf der Dachterrasse des Vorbaus und redete mit einem anderen, der ganz oben im Bogengang stand. Letzteren konnte ich nicht sehen. Ich hörte gar nicht hin. Ich versuchte, weiterzukommen, weil ich von der Seite oder von vorne aufs Dach klettern wollte, um die ganze Bande von oben aus aufzumischen. Da brüllte der von ganz oben etwas und der untere blickte zum Pool hinüber, blieb einen Moment still und schrie dann: „Mon dieu, ist das Henry?"

Ich brach durch die Büsche, sodass man mich auch gut hören

konnte, rannte 10 Meter auf dem Rasen zurück, drehte mich und schoss ohne Zielen zweimal auf den unteren, der jetzt noch auf mich zeigte und plötzlich über dem Geländer hing. Mit den restlichen drei Kugeln versuchte ich den aus dem obersten Stock zu erwischen, aber der wendige Kerl in dunklem Trainingsanzug mit weißen Streifen war schnell, er warf sich zu Boden und war für mich nicht zu erreichen. Ich startete durch, rannte an dem turmartigen Gebilde rechts vor der Rückfront vorbei. Wahrscheinlich ein extra Treppenhaus. Rettungsweg oder Zugang zu Privaträumen.

Wurfanker rausholen, eigentlich ein Eispickel, dessen Spitze bogenförmig nach innen zeigte. Ich schleuderte ihn rauf zum Dach, das hier, wie bei Google erkennbar, eine umlaufene Betonkante hatte, deren Sinn darin lag, Regenwasser daran zu hindern, frei über die Fassade zu laufen, es wurde gesammelt und durch ein Regenrohr abgeleitet.

Der vierte Versuch klappte, ich spannte das Seil, hängte unten mit einem Karabinerhaken den Rucksack dran, zog die Latexhandschuhe aus und die Petzl Kletterhandschuhe, Vollfinger, Ziegenleder, an und begann mich mit den Armen hochzuziehen und die Mauer raufzulaufen. Jetzt brach mir so richtig der Schweiß aus, weil ich dabei so verwundbar war.

Jemand brüllte vor dem Grundstück Kommandos. Ich reimte mir zusammen, dass mittlerweile der Wachtposten, den ich oben nicht erwischt hatte, seine Sichtung gemeldet hatte und der Boss seine Leute, die vorne den Bulli begafften, dahin schickte, wo ich zuletzt gesehen worden war: In den Garten. Ja, mach mal, du Oberpfeife!

Noch vier Meter, noch drei, zwei, einer. Hochstemmen, ein Bein rüber, über die Kante rollen, das Seil nachziehen, den Rucksack über die Kante holen.
Ich lag auf dem Rücken und blickte keuchend in den Sternen-

himmel hinauf. Bleib liegen, du musst erst wieder ruhig atmen. Mit bewusster Anstrengung machte ich Atemzüge, so tief es nur ging, zuerst in den Bauchraum atmen, dann den Brustkorb bis kurz vorm Platzen füllen, eine Sekunde anhalten, gründlich ausatmen. Und nochmal.

Jetzt steh auf, bevor du einschläfst! Und da war doch noch was! Nachladen! Die Petzl Handschuhe wanderten zurück in den Rucksack. Die Latexdinger bekam ich nicht wieder an, egal.

Ich glaubte, dass ich für jemanden, der hier im obersten Stock im Bogengang saß, gut zu hören gewesen sein müsste. Aber es hatte keine Reaktion gegeben. Um sicher zu sein, dass der Wachtposten nicht mehr dort rumlungerte, nahm ich eine der Coltpatronen, lehnte mich vor und warf sie in den Bogengang unter mir. Es klirrte schön, nichts regte sich, also hakte ich den Eispickel ein, um zur Balustrade unter mir runterzuklettern, aber da lief ein ganzer Spähtrupp in den Garten, bestehend aus drei Figuren in Trainingshosen und T-Shirts und einem im Trainingsanzug mit weißen Streifen. Aha.

Von hier oben sah es aus, als wären sie weit weg. Es konnten aber nur gerade mal 35 Meter Luftlinie sein. Für mich mit Handfeuerwaffen kein Problem. Sie gingen vorsichtig vor, kamen paarweise, deckten sich gegenseitig, wobei einer vorausging, der andere mehr oder weniger rückwärtsgehend folgte. Vor Nervosität wussten sie nicht, wo sie zuerst hinschauen sollten. Ich ging in die Hocke und ließ sie erstmal machen.

Von vorne hörte man, wie der Bulli gestartet wurde, der Anlasser drehte und drehte, aber es wurde nichts. Eine scharfe Stimme gab Kommandos und der Anlasser wurde drei- viermal betätigt, gleichzeitig gab es merkwürdige Geräusche. Was sollte das denn?

Während die Vier die Rückseite des Komplexes kontrollierten, krabbelte ich zur Nordseite des Daches und sah, dass man versuchte, den Bulli mit dem Anlasser zu fahren, weil er nicht ansprang. Da aber irgendetwas schleifte, gab es dieses komische Rubbelgeräusch und der Wagen blieb immer wieder stehen. Zurück zur Südseite. Hier waren Flüche laut geworden, als sie ihre verflossenen Kollegen im Sessel und auf der Brüstung fanden. Jemand brüllte, sie sollten ruhig sein. Endloses Palaver. Schließlich verteilten sie sich nach links und rechts und starteten durch zum Pavillon.

Ich stand auf, ging die Bewegung im Kopf durch, 1,2 - 3,4. Es musste schnell gehen. Also zielte ich nur mit ausgestrecktem rechtem Arm, so, wie ich es mit Luftpistolen auf Pappkartons im Garten auf 15, 20, 25 Meter und im Wald mit dem Revolver auf 30, 40, 50 Meter probiert hatte.

Ich nahm den äußersten Linken zuerst, kurzer Schwenk des Arms, Nummer Zwei, Körperdrehung, Drei, Armschwenk ... keine drei Sekunden, aber der Letzte bewies wieder gute Reflexe, er hatte sich gedreht, die Mündungsblitze gesehen, mich entdeckt und war in die Hocke gegangen, um ein kleines Ziel abzugeben. Ich ließ mir die Zeit, meine typische Schützenposition einzunehmen, auch wenn ich dafür immer ausgelacht werde, wenns jemand sieht. Ich winkle nämlich den linken Unterarm an, spanne die Muskeln ein wenig an, lege den rechten Arm so auf das linke Handgelenk, dass er dort mit der Mitte des Unterarms aufliegt. Das bringt für mich viel mehr, als regelgerecht die Waffe mit zwei Händen im „Weaverstand" zu halten und den Kopf so merkwürdig zu verdrehen, dass man visieren kann. Übrigens reichen meine Muskeln aus, einen Peacemaker am Springen zu hindern. Musste mal gesagt werden.

Es knallte zweimal leise, Kugeln zischten an mir vorbei. Eine streifte meine Haare! Hatte er auf meinen Kopf gezielt und darauf gesetzt, dass sein Training ausreichen würde? Ich drückte zweimal ab. Er kippte um.

Hatte der doch auch einen Schalldämpfer benutzt! Und Profis schießen anscheinend immer Dubletten. Aber mit einem Revolver muss man mit der Munition haushalten. Ach ja, nachladen. Was mochte er wohl von mir hier oben im Dunkeln überhaupt gesehen haben? Möglicherweise war ich als Silhouette gegen den von Straßenlampen aufgehellten Nachthimmel zu erkennen gewesen?

Plötzlich hatte ich eine Gänsehaut, die Kugel in meinen Haaren funktionierte ganz wunderbar als Memento Mori! Mir ging auf, dass er mitten in mein Gesicht gezielt hatte und getroffen hätte, wenn ich nicht einen Fuß zur Seite gesetzt und den Kopf zum Visieren etwas geneigt hätte.

Ich begann unkontrolliert zu zittern, als hätte ich Schüttelfrost. Ich spürte die Kugel in meinem Gesicht, in meinem Kopf. Ich war tot. Patronen klirrten aufs Dach, statt sich in die Kammern zu fügen.

Reiß dich zusammen, Mann! Du bist noch da! Du wusstest, dass du nicht im Stadtpark spazieren gehen würdest!

Ja, verdammt, und ich bin eben besser! Ich bin ein Tier, ich komme immer durch! Keiner ist so gut trainiert wie ich, keiner hat so viel Quark im Kopf gebunkert und vor allem kann keiner so gut kochen wie ich.

„Dafür ist mir auch alle Freud' entrissen", sagte ich zu laut und unten im Garten stöhnte Goethe. Ich richtete mich wieder auf. Der erste links bewegte sich. Ich hatte nicht das Herz getroffen. Sorry! Ich schoss noch zweimal.

Es waren wohl nicht mehr viele übrig. Ich seilte mich ab, sprang von der Balustrade und versuchte die erste Tür an der Rückwand des Bogenganges zu öffnen. Ich musste sie aufbrechen. Ich wartete, dann legte ich mich auf den Boden, holte die Taschenlampe raus, stieß die Tür auf und leuchtete hinein. Ein kleines Gästezimmer mit Doppelbett. Niemand da.

Gleiches Spiel nochmal. Die ersten beiden Räume waren dunkel, still und leer wie die Köpfe von Marie Le Pen und Frauke Petry.

Aber durch die folgende Tür hörte man typische Fernsehmusik, dann irgendwelches Geschwätz. Schüsse. Die Tür verschlossen. Ich brach sie auf und fand auf dem Bett einen schnarchenden Kerl, eine Frau daneben sitzend. Sie sah mich sauer an. Es war warm und stickig hier drin. Warum hielten sie das Fenster geschlossen?
„Entschuldigung", sagte ich und wedelte mit dem Colt. „Bitte keinen Lärm machen?"
„Was?", fragte sie laut.
„Pssst!", machte ich mit dem Zeigefinger an den Lippen. „Ich möchte den nicht benutzen. Was ist mit ihm?" Der Kerl war nicht aufgewacht.
„Betrunken, er hat Geburtstag gefeiert." Sie schaltete den Fernseher per Fernbedienung aus. War ich unterhaltsamer?
Ich stellte mein Ungetüm von Rucksack auf einen Stuhl, so langsam wurde mir das Ding lästig, und erklärte der Dame, die mich ein wenig an eine junge Simone Signoret erinnerte, dass ich ihren Mann sicherheitshalber ans Bett fesseln würde. Sie erklärte mir, ich könne mir die Mühe sparen, er würde erst morgen Mittag wieder aufwachen. Während ich meine Kabelbinder heransuchte und ihn mit einer Hand an den Bettpfosten fesselte, fragte ich, was sie hier machten.
„Faktotum, wir machen alles hier, hausmeistern, gärtnern, fahren, kochen."
„Wer ist der Chef, der Boss?"
„M. Fomin."
Ich ging zu ihr rüber und zog einen weiteren Kabelbinder.
„Sie klingen nicht begeistert!"
„Ein Verbrecher ist das, Drogen, Prostitution, Glücksspiel. Ein

Schwein."
„Warum arbeiten Sie dann für ihn?"
„Mein Mann, er war im Gefängnis, er kriegt keine andere Arbeit."
„Sie sehen gut aus", fiel mir gerade auf. Anscheinend hatte ich das wiedergefunden, was bei mir ein inneres Äquilibrium ersetzte.

Schwarze Spitzenunterwäsche und Strapse betonten ihren sinnlichen Körperbau. Die Strümpfe allerdings lagen geknüllt auf dem Boden. Ich setzte mich zu ihr und begutachtete ihre formidable Oberweite. Wie alt mochte sie sein? 45?
„Ich wollte ihm eine Freude machen, aber er konnte nicht ..."
„Zu schade. Was der verpasst hat!"
„Sie haben ja keine Ahnung!"
„Ich bekomme gerade eine", grinste ich. „Ihre linke Hand!"
„Muss das sein. Was immer Sie hier tun. Ich finde es gut. Vorsicht!"
Ich sprang auf, wirbelte herum, vergaß aber, im richtigen Moment nach dem Peacemaker zu greifen, den ich auf ihr Bett gelegt hatte. Stattdessen versuchte ich ein Messer aus der Scheide zu ziehen.
„Stopp!", brüllte der Kerl im Sommeranzug, der nun die Tür ganz aufstieß und mit einer verchromten Angeberpistole auf mich zeigte. „Umdrehen!"
Er war außer Reichweite für einen Schlag auf den Revolver. Ein Profi. Meine Tritte sind zwar absolut durchschlagend, aber ein wenig zu langsam. Mein Gott, es war eben nicht mein Tag!

Ich stand zwischen einem Kleiderschrank und dem Bett, drehte mich langsam um und überlegte, dass er mich jetzt niederschlagen oder fesseln würde. Und das konnte ich nicht zulassen. Ich hatte nur noch zwei Optionen. Schnelle Drehung und Sprung zur Seite aufs Bett, dabei versuchen das Messer zu ziehen und zu werfen. Nächste Option: Sich bücken, nach dem Peacemaker greifen, der nahe der ausgestreckten Hand der Frau Hausmeisterin lag. Sie machte mit der Hand eine winkende Bewegung

nach unten. Jetzt zeigte sie nach unten. Was sollte das denn? Sie rollte mit den Augen und sagte ganz ruhig: „Runter!"
Ich ließ mich zu Boden fallen, sie griff neben meinem Kopf nach der Waffe und schoss, der Blitz aus dem Trommelspalt versengte mir das rechte Ohr. Hinter mir ein schwerer Fall. Sie hatte den Typen in die Brust geschossen, er saß an die Tür gelehnt, die er damit ganz aufhielt, und guckte verwundert. Der helle Anzug färbte sich rot. Er versuchte die Pistole aufzuheben, die er fallenlassen hatte, aber mit dieser völlig nutzlosen Beschäftigung endete sein sinnloses Leben.
„Wer war das?", fragte ich.
„Schestakow. Die rechte Hand des Chefs."
„Also, danke sehr!"
Sie nickte huldvoll und sah sich kopfschüttelnd den verbastelten Revolver an.
„Und das mit Links!", fiel mir auf.
„Ich bin Linkshänderin."
„Nicht schlecht! Darf ich den Peacemaker wiederhaben."
„Holen Sie ihn sich doch!" Sie nahm ihn in die rechte Hand und hielt ihn hoch.
Ich ging drauf ein, tat erst so, als setzte ich mich erst mal neben sie, sprang aber aufs Bett, so dass ich über ihr zu knien kam und griff nach der Waffe, die sie sofort losließ.
„Sie riechen gut!"
Sie lächelte und fuhr sich mit der Zunge über die Lippen. Ich küsste sie flüchtig, schaute sie verliebt an und fragte: „Wer ist sonst noch im Haus und wo?"

Die obere Etage gehörte dem Hausmeisterpaar, bis auf zwei Zimmer für Schestakow und den hauptamtlichen Fahrer Fomins, Tommy.
Direkt drunter lagen die Schlafzimmer der Familie Fomin. Vater, Mutter, drei Kinder. Fomin hatte seine Frau mit den Kindern eingeschlossen und einen bewaffneten Mann vor die Tür gesetzt.
„Der hängt da nur so rum. Und unten?"
Sie schob eine Hand unter mein schwarzes T-Shirt.

Küche-Esszimmer, Arbeitszimmer-Wohnzimmer füllten den ganzen Erdgeschossbereich mit Anbau. Dann der Keller mit Vorratsraum, Heizungsraum, Sauna, Sportkeller, Clubraum, also einer Art Aufenthaltsraum mit Bar und Billard.
Ich schaute schon die ganze Zeit auf ihren prächtigen schwarzen BH. Jetzt tippte ich auf das linke Körbchen: „Ich muss noch kontrollieren, ob Sie da keine Waffen verstecken."
„Das ist sehr klug." Sie hob die Körbchen an, so dass sie nun um ihren Hals lagen. Zwei sanfte große weiße Brüste sackten mir ein klein wenig entgegen. Sie war halt keine 20 mehr, auch keine 30, aber gerade ihre Natürlichkeit bewirkte, dass ich diese Frau sofort haben wollte. Ersatzweise legte ich die Hand um ihre rechte Brust und streichelte den Nippel mit dem Daumen und sagte: „Das sind veritable Waffen!"
Sie schloss die Augen. Draußen im Garten ertönte ein Schuss. Merkwürdig. Ich konnte mich nicht konzentrieren und ließ sie los. „Wie viele Männer hat Fomin?"
Sie zuckte die Schultern. Sie wusste nur, dass sie für insgesamt 23 Personen Abendessen gemacht hatten.
Ich rechnete nach. Die Fomins mit 5 Personen, Schestakow, 6, plus 4 plus 2 plus 2 plus 1. Acht waren übrig, inklusive Fomin.
Ich küsste sie nochmal und sagte, es täte mir leid, ich müsse noch Fomin erledigen.
Sie machte einen Schmollmund, den ich auch unwiderstehlich fand, aber ich streichelte nur einmal ihre Wange und stand auf.
„Warten Sie noch fünfzehn Minuten, dann verständigen Sie die Polizei."
Sie nickte und rückte ihren BH wieder zurecht.
„Und wenn Sie mir einen Gefallen tun wollen, Sie habe heute hier keinen schwarzen Mann gesehen."
„Nur dieses Schwein, das mich vergewaltigen wollte."
„Ach so, hier. Dann brauchen Sie die Waffe." Ich legte ihr den Peacemaker aufs Fußende des Bettes. „Sie haben sie ihm entwendet, als er romantisch werden wollte."
„Romantisch!" Sie lachte und wie zur Antwort schnarchte ihr Mann einmal laut.

„Moment, er hat ja gar keine Schmauchspuren an den Händen."
Ich wurstelte dem Toten die Knarre in die Hand, zielte durch die Tür aufs Meer hinaus und drückte gleich dreimal ab. Er schien mir nun noch verwunderter zu gucken als vorher schon.

Seinen verchromten Colt Government steckte ich ein, fasste noch in seine Jackentaschen und bingo, zog einen Angeber-Geldclip hervor mit einigen Zweihunderterscheinen! Es wurde zu einer Gewohnheit, die Gangster zu beklauen. Machte richtig Spaß.
Ich steckte das Geld weg und warf ihr noch eine Kusshand zu. Und in der Tür drehte ich mich wieder um: „Wo ist der, äh, *Sicherungskasten*? Also für das Licht, Elektrizität?" Ich zeigte auf die Lampe und machte eine Drehbewegung mit der Rechten. Gott, was war ich wieder beredt!
„*L'armoire à fusibles* ? Im Keller."

44

Auf Geheiß der Hausmeisterin schlich ich das östliche Treppenhaus runter in den Keller, wo gestapelte weiße Gartenmöbel lagerten und weiter durch einen Raum mit Trainingsmaschinen an einer Sauna vorbei auf die Geräusche zu, die durch die nächste halbgeöffnete Tür drangen.

Leise Musik und das Klicken von Billardkugeln. Wie viele hingen hier ab? Der Versuch, durch die Türe zu linsen, zeigte mir einen in blauer Sporthose und hübsch bedrucktem Regattahemd, der seitwärts an einer kleinen Bar vor einem Kaffee saß. Anscheinend schaute er den Billardspielern zu. Er trug ein Schulterholster. Den Knauf der Waffe konnte ich sehen.

Die dünne Musik schien mir von einem Handy zu kommen. Da lag irgendwo eins auf einem Tisch oder jemand hielt es in der Hand.

So lange ich auch da stand, ich konnte nicht erkennen, ob drei oder vier oder mehr Typen den Freizeitraum bevölkerten. Mir brach wieder der Schweiß aus. Wieso waren die hier unten und nicht draußen? Trugen die alle ein Holster? Junge, du denkst zu viel nach! Lass dir ne brauchbare Aktion einfallen!

Ich legte den Rucksack ab, zog drei Scheine vom Geldclip und fächerte sie auf, nahm den entsicherten Colt Government in die Rechte und griff gleichzeitig die Scheine so, dass sie die Waffe verdeckten, was gar nicht so einfach war. Dann holte ich zweimal tief Luft und spazierte munter durch die Tür.

Die Scheine zeigend rief ich: „Ihr lasst mich doch mitspielen? Sechshundert Euro, mein Einsatz!" Damit schaffte ich es bis in die Mitte des Raumes. Die Billardspieler sahen erst mich, dann sich verblüfft an. Ich zog die Scheine mit Links weg und warf sie auf das Tischchen, an dem der mit dem Handy und einem Glas Cola saß und schoss ihn in den Kopf, drehte mich zu dem Typen an der Bar und schoss ihn vom Hocker, drehte mich weiter und der nächste der Spieler schwang seinen Billardstock nach mir. Ich wich aus, drückte ab – Ladehemmung.

Angeberpistole! Verchromte Halbstarkenknarre!

Ich ignorierte den Billardspieler, als ich sah, dass sein Kumpel auf der anderen Seite des Tisches, ein Typ, der beide Arme in blauen Tönen tätowiert hatte, seine Waffe zog, die er anscheinend in einem Clipholster auf dem Rücken trug. Ich flankte über den Tisch in ihn hinein, er faltete sich zusammen, hatte aber die Waffe schon raus, drückte ab und traf den Boden. Ein Kicktritt nach seiner Hand, bevor er die Pistole auf mich richten konnte. Eigentlich soll man nicht nach einem leicht beweglichen Ziel wie einer Hand treten, außer man ist sehr gut. Ich hatte Glück, traf und die Waffe flog durch die Luft.

Nun aber zog der andere und ich hatte keine Chance rechtzeitig über den Tisch zurück zu ihm zu gelangen. Also versuchte ich mein Glück mit einem Messer. Bis ich es aus der Scheide an der Weste gezogen und umgegriffen hatte, zielte er schon auf mich und ich warf mich zu Boden.

Jetzt wurde es völlig unübersichtlich. Der eben noch Zusammengefaltete schlug unkontrolliert nach meinem Kopf, obwohl er nur mit Mühe atmen konnte. Er machte Pfeifgeräusche, als hätte er ein Emphysem.

Der Typ, der vom Hocker gefallen war, zielte am Boden liegend auf mich. Ich warf das Messer nach ihm, traf nicht und es knallte. Eine Kugel durchschlug meinen linken Oberarm innen und klatschte hinter mir in die Wand, als ich mich reckte und nach dem Handgelenk des Tätowierten griff, um ihn als Schild über mich zu ziehen. Er roch nach Schweiß und Knoblauch. Es knallte erneut, er zuckte zusammen. Ich drückte den Tätowierten etwas hoch und zog das nächste Messer, denn der andere Billardspieler kam um den Tisch herum. Schmerzwellen liefen vom linken Arm aus durch Brustbereich. Ich zielte trotzdem sorgfältig. Ein oder zwei Sekunden brauche ich, um zu wissen, was ich da tue und wie das Messer sich drehen muss, um zu stecken. Und hier halb im Liegen, unter dem Tisch hindurch zu werfen war eine Zumutung. Ich traf tatsächlich sein rechtes Bein. Er schrie laut auf und humpelte weg. Ich sprang hoch und warf ihm das nächste Messer in den Rücken, wo es wohl an einer Rippe abprallte und zu Boden fiel. Weiter zur Tür humpelnd brüllte er irgendwas. Es knallte erneut, als ich mich auf die Waffe des Tätowierten warf, der Schuss ging zwischen meinen Beinen durch. Ich schoss ohne zu zielen eine Dublette auf den im Regattahemd am Boden und eine auf den Fliehenden, der in der Tür zusammenbrach und sein Handy fallen ließ.

Ich zitterte. Was hatte ich mir denn dabei gedacht? Nichts anscheinend. Eigentlich wusste ich, dass Menschen mit tödlichen Verletzungen noch minutenlang aktionsfähig sind, wenn Schock und Schmerz sie nicht betäuben. Selbst Kopfschüsse sind keine Garantie für ein Instant-Ticket ins Jenseits. Da gibt es doch diese irritierende Szene am Schluss des Films, wie heißt der noch, in dem Cage einen bösen Cop spielt, der einen Schuss in den Hinterkopf erhält und sich noch ins Auto setzt und meint, er müsse jetzt mal nachdenken. Dann erst bricht er zusammen.

An der Wand hinter der Bar standen ein paar Flaschen, ich nahm die erstbeste, auf der DUVALL stand, es war Pastiz. Ich gönnte mir einen großen Schluck, dann noch einen. Das Zeug brannte sich seinen Weg zum Magen runter wie Raketentreibstoff, weil der Alkoholgehalt bei 45 Umdrehungen lag und die ätherischen Öle des Anis ihr Übriges taten. Ich brauchte eine Milch, um den Magen wieder etwas zu beruhigen. Hier standen nur noch Cognac, Campari und Martini herum. Hatte den Krach eigentlich keiner gehört? Anscheinend nicht. Meine Ohren klingelten.

Jetzt das Wichtigste: Ich holte den Stoff aus dem Rucksack, zwei Pakete von immerhin dreimal Schuhkartongröße. Dazu musste ich den Reißverschluss weiter aufziehen. Er hakte. Ich fluchte.

Unter die Bar damit. Da war Stauraum genug. Ich nahm mein Gerber-Klappmesser, stach einmal in ein Paket hinein und zog mit der Klinge etwas weißes Pulver heraus, um es dekorativ auf dem Tresen und dem Boden zu verteilen.

Hinter der Bar lag auch ein sauberes Trockentuch, das ich mir mit etwas Mühe um den Oberarm band und mit Zähnen und linker Hand festzog. Nicht fest genug. Egal. Die Seite bis zur Hose hinunter war schon blutgetränkt.

Die Herren Duvall und Napoleon überredete ich zum Mitkommen.

45

Durch die nächste Tür, den Gang entlang und vor Kopf an der nächsten Wand hing er, der fast schrankgroße graue Kasten. Es war alles schön beschriftet in einer sehr kleinen schnörkeligen Handschrift und natürlich auf Französisch. Ich legte einfach alle Schalter um, stand selber im Dunkeln und nahm die kleine Taschenlampe, um sie mit Klebeband an der H&K zu befestigen. Ein Feuerstoß auf den Sicherungskasten, dann die westliche Treppe rauf, Taschenlampe aus, vor der Tür warten, bis die Augen sich etwas akkommodiert hatten, Tür auf – oder auch nicht. Sie war abgeschlossen. Ich brach sie auf, verfluchte den Lärm und kroch in den Flur.

Die Vorsicht war unnötig, hier war niemand. Das Flurfenster nach Westen zeigte die Einfahrt, die schräg zur Straße hinaufführte. Hinter dem Tor unter der Straßenlaterne stand nun der Bulli. Dort palaverten auch ein paar Männer, die zum Haus hinüberblickten, das nun für sie wie ein dunkler Klotz aussehen musste. Selbst die Gartenbeleuchtung und die Pools hingen am Sicherungskasten im Keller.

So, schnell! Erste Tür, eine Toilette, zweite Tür, Küche. Ich hastete hinein, stellte den Rucksack auf die Tischfläche, die das Restlicht noch am besten reflektierte.

Wo war der Kühlschrank. Einer der schrankartigen Klötze musste es doch sein! Und wo ein Griff zum Öffnen? Ich wollte die Taschenlampe nicht benutzen. Als ich den Kühlschrank fand, musste ich sie doch kurz andrehen, um die Milch zu finden.

Die Milch war kaum noch notwendig, der Magen hatte sich auch so etwas beruhigt. Aber da stand so eine typische provenzalische Tahine, eine braune Tonform, in der wahrscheinlich ein Cassoulet war oder ein anderes Schmorgericht, das stundenlang im Ofen gestanden hatte. Ich griff danach und sagte mir im gleichen Moment, ich sollte den Quatsch lassen. War ich denn verrückt?

Raus aus der Küche ins Esszimmer. Die den Stockwerken vorgelagerten Arkaden sahen nicht nur angeberisch klassisch aus, sie erfüllten auch die Funktion, die Sommerhitze, die Sonne nicht ins Gebäude zu lassen. Hier war es auch mittags sicher sehr angenehm. Aber auch jetzt kam nur sehr wenig Restlicht in den Räumen an, während draußen die Sterne und das reflektierte Licht der Straßenleuchten wenigstens eine Orientierung ermöglichten. Das Fenster im Esszimmer war gerade mal ein nachtblaues Rechteck in einer dunklen Höhle, die mit noch dunkleren Dingen vollgestellt war. Ich wartete etwas. Aber es dauerte nach meiner Erfahrung 20 endlose Minuten, bis die Nachtsicht optimal funktionierte. Den Rucksack legte ich auf den Tisch. Ich holte das Brecheisen raus und in die Linke nahm ich das Tränengasdöschen. Die H&K wanderte am Gurt auf den Rücken. Und ich holte sie wieder vor. Da stimmte was nicht. Der Schalldämpfer hing daneben. All der Zweikomponentenkleber hatte nicht ausgereicht. Ich würgte die Dosenkonstruktion vom Lauf, beziehungsweise vom Kompensator oder was immer das da vorne war. Dann hängte ich die Waffe wieder um.

Ein kurzer Blick durch die nächste Tür ins Wohnzimmer, das selbst im Dämmer etwas unordentlich aussah, mit Tellern, Gläsern und Flaschen auf dem Tisch. Es roch nach Bier. Beim Rausgehen erwischte ich etwas mit dem rechten Fuß und stolperte. Wird wohl ein Zeitschriftenständer gewesen sein, der mir in den Weg gesprungen war.

Zurück in die Küche, da kommt Heinzelmännchens Wachtparade auf die Tür zu. Zwei der Figuren benutzen ihre Handys als Taschenlampen und leuchten den Weg aus. Alle drei tragen Waffen in der Rechten. Ich hätte Lust, dem ersten das Handy aus der Hand zu schießen oder überhaupt mit einem Feuerstoß diesen Mist zu beenden, aber mit der lauten H&K alarmiere ich hier draußen nur alle restlichen Gangster, die Nachbarn, die Polizei, Gendarmerie und Fremdenlegion. Später wurde mir klar, dass einige von den Typen keinen Schalldämpfer benutzt hatten. Was war das denn für eine Gegend. Oder war der nächste Nachbar doch weiter entfernt, als ich dachte.

Jedenfalls laufe ich ins Wohnzimmer, schiebe leise die Tür auf, schlüpfe hinaus und stelle mich hinter eine Arkadensäule. Als der Trupp in die Küche geht, bin ich mit ein paar Schritten hinter dem Letzten, der wie Schestakow ein helles Jackett trägt. Es schimmert kitschig im Nachtlicht. Ich ziehe ihm das Brecheisen mit Gefühl über den Schädel und schubse ihn heftig in die Anderen. Der zweiten geht fluchend zu Boden und verliert sein Handy, aber der erste stolpert nur, dreht sich um und noch während er sich umdreht, hebt er sein Handy und die Pistole. Gleichzeitig ziele ich mit dem Tränengas, sprühe ihn an und lasse mich fallen. Dabei verliere ich das Tränengas. Der Typ schießt und beginnt zu schreien. Er ballert weiter. Anscheinend versucht er durch die geöffnete Tür hinter mir systematisch die Landschaft zu erschießen. Und ich Idiot verzichte auf die H&K, die umständlich auf meinem Rücken klemmt, ziehe ein Wurfmesser und werfe im Liegen auf den Schießenden, der taumelt und nach hinten umfällt. Zwei Handys leuchten nun die Decke an. Das reicht völlig, um zu stricken, Kreuzworträtsel zu lösen oder erschieß den Crüwell zu spielen.

Und diese Festtagsbeleuchtung zeigt auch, wie der erste sich gleichzeitig mit dem zweiten wieder aufrappelt. Aber während er beginnt wegzukrabbeln, zieht Nummer Zwei eine kleine Waffe. Ich fasse an die Weste – ich habe kein Messer mehr. Willi Garvin wäre das nicht passiert. Und schon schießt er unter dem Tisch durch und verpasst mir einen Streifschuss an der Hüfte. Mir wird es zu bunt, ich ziehe die Beine an und trete mit voller Wucht gegen das Tischbein vor mir. Noch mehr Gestöhne. Die H&K vom Rücken wursteln, Beine einklappen und mit dem Wushu Kipup, diesem speziellen Ruck aufspringen, den man in vielen Kampfsportarten lernt. Ich habe schon auf Dauerfeuer geschaltet und ziehe die knatternde Waffe einmal quer hoch. Das wars. Und raus hier.

Meine Augen haben zu brennen begonnen, was bin ich auch so blöd und benutze immer wieder Pfefferspray in Innenräumen! Draußen hole ich tief Luft, müsste nicht noch einer fehlen? Und wie viel Zeit habe ich noch? Ich habe nicht auf die Uhr gesehen, so was muss ich noch üben. Aber es dürften kaum 10 Minuten vergangen sein, seit ich die sexy Hausmeisterin verlassen hatte.

Ich laufe nochmal rein, durchsuche den immer noch Bewusstlosen. Auch er hat ein dickes Portmonee in seinem Seidenjackett. Ich greife mir das Geld und schaue einem Gefühl folgend nach seinem Ausweis: Fomin. Na bitte! Er erhält sein Portmonee zurück. Ich behalte die Barschaft. Schließlich bekommt er die H&K in die Hand gedrückt und darf in die Wand schießen.

Hier müssen doch irgendwo frische Handtücher sein. Nebenbei sammle ich eine Pistole ein, die am Boden liegt, sichere sie und stecke sie in den Hosenbund. Was ich an der Spüle an Handtüchern in die Hand bekomme, ist feucht. Pfeif drauf, was soll ich mit einem Verband um die Hüften. Gleich muss ich noch klettern. Die Hose ist nass vom Blut, sie klebt nun auch am rechten Bein.

Unschlüssig stehe ich da. Nehme die Pistole heraus, lade durch, ziele auf Fomin.

Lass es! Weg mit der Waffe und ab durch die Terrassentür. Ich lausche in die Nacht. Gespenstisch ruhig liegt die nächtliche Cote Azur da. Ich zögere hinauszugehen. Jetzt noch draufzugehen wäre dämlich. Stimmt meine Rechnung? Kenne ich überhaupt alle Variablen? Liegt da noch einer in Deckung als letztes Ass Fomins.

Unwahrscheinlich. Oder?

Mein Ass ist, dass man mich im Dunkeln kaum sehen kann. Aber ich warte noch, binde das helle Trockentuch los und ersetze es durch Klebeband, das ich so stramm wickle, dass es schmerzt. Her mit dem Rucksack! Geduckt sprinte ich unter den Strandkiefern, die ohne Beleuchtung bedrohlich wirken, zum Pool hinunter. Der ist gut zu erkennen. Innerhalb einer Einfassung aus hellen Platten liegt hier ein Stück Sternenhimmel im Garten.

Am Kliff kommt mir kühle Meeresluft entgegen, eine Wohltat. Ein letztes Mal stelle ich meinen Rucksack ab. Ich mühe mich aus der Lederweste, dem T-Shirt und der Trainingshose, das wandert alles in einen großen Abfallbeutel, den ich oben zuknote. In der Seitentasche sind die Kletterhandschuhe. Einen Abseilachter oder ein Geschirr benötige ich nicht. Nur, dass ich es nun mehr oder weniger mit einem Arm schaffen muss. Ach ja, warum nicht, mal zur Abwechslung?

Das Seil ist noch da, ich mache mir die Mühe, es loszuknüpfen und langsam und ordentlich einen selbstlösenden Knoten zu legen. Der Trick ist, dass man das Seilende mit einer Schlaufe am Stamm einklemmt. Leute, macht das nicht nach. Man nennt den Knoten auch Selbstmordknoten.

Den Rucksack hänge ich an einem Karabiner ein und werfe ihn über die Klippe. Das Seil hat am Ende einen dicken Knoten, der Rucksack kann nicht verloren gehen. Weiter weg ertönen Sirenen.

Das Seil sorgfältig auf Spannung haltend, gehe ich rückwärts über den Klippenrand in Schräglage und taste mich vorsichtig mit den Füßen weiter nach unten. Der letzte Eindruck, den ich von hier oben mitnehme, ist das Blaulicht, das mit den Straßenlaternen vorm Haus konkurriert und den Hang gegenüber hinaufzuckt. Irgendwie hübsch.

Auf den ersten Metern muss ich noch einem kleinen Busch ausweichen, der hier kümmert, und mit den Füßen Abstand zur Wand halten, dann springt diese zurück und ich hänge frei. Mit um den rechten Fuß gewickeltem Seil, das ich mit dem linken Fuß bremse, und natürlich mit der rechten Hand lasse ich mich stückchenweise rutschen. Meine diversen Wunden und Prellungen protestieren.

Als es nur noch 20 Meter sind, lasse ich mehr und mehr los, lasse mich gleiten und schon platsche ich ins Wasser. Sofort brennt die Wunde an der Hüfte wie Feuer. Der linke Arm tut nur weh. Ich ignoriere es.

Hier im schwarzen Wasser, das mir bis zur Brust reicht, ziehe ich den Rucksack heran, der ein paar Meter entfernt schwimmt. Und er schwimmt gut, wegen der luftgefüllten Abfalltüte.

Ich schlage das Seil, so dass es in Wellen an der mitten in der Nacht mächtig über mir hängenden Felswand hinaufläuft. Und noch ein paarmal, dann kommt es plötzlich und prügelt auf mich herunter. Ich wate ein paar Schritte zurück, löse den Rucksack vom Seil und werfe mich auf ihn, so dass mich der Auftrieb von etwa 20 Litern Luft unterstützt und schwimme Richtung Westen los.

Sophie und Steffen hatte ich vorher zwar über den Strand nebenan geschickt, ich aber möchte jetzt keinesfalls im Bereich des Grundstücks gesehen werden. Also schwimme ich einen Kilometer bis zum Pointe de Cabuel, wo es ein Zehn-Meter-Stückchen Strand gibt, einen dreieckigen Fetzen aus Geröll, der links von höheren Felsen und der Mauer eines Tennisplatzes und rechts von 30 Meter hohen Klippen eingerahmt wird.

Der Vorteil dieser Stelle: Google hat mir gezeigt, dass ich hier nicht die Eisenbahnlinie, die oft direkt am Meer herführt und mit Drahtzäunen gegen Steinschlag und Betreten gesichert ist, überqueren muss. Außerdem scheint man über günstig angeordnete Steinblöcke zunächst nach links klettern zu können, so dass man in 10 Metern Höhe auf einen nach rechts ansteigenden Sims gelangt, von da aus gibt es noch ein problematisches senkrechtes Stück, das aber direkt zur Haltebucht in der Kurve vor dem Eisenbahntunnel führt.

Die selbstbewusst angestrahlten Villen, die nächtliche Beleuchtung von Häusern und Straßen, die Lichtgirlanden, die den verspielten Serpentinen in die Berge folgen, vereinzelte Lampen von Booten und Schiffen weiter draußen, oben die glitzernden Sterne. Ich bin allein mit mir, dem dunklen Salzwasser und die Welt ringsrum funkelt mich an, als wollte sie mir etwas sagen. Hoffentlich nicht irgendwas über den bestirnten Himmel über mir und das moralische Gesetz in mir. Ich kichere. Kann es sein, dass ich jetzt durchdrehe? Jetzt, wo alles gegessen ist. Komm, reiß dich zusammen!

Die Villa auf dem Cap, das ich anschwimme, ist auch jetzt mitten in der Nacht hell erleuchtet. Als ich nach einer halben Stunde näher komme, höre ich Musik. Ich werde müde. Ich gähne. Im Kopf so ein merkwürdiges Gefühl von Leichtigkeit. Gut, dass der Rucksack trägt! Gut, dass Flut ist, gegen die Ebbe wäre ich nicht angekommen.

Ich merke, dass ich nicht mehr vorankomme, ich schwimme nicht, mache nur sinnlose Bewegungen. Komm, komm! Das ist der Blutverlust. Reiß dich zusammen! Ich bin ein Tier. Mir kann das nichts anhaben. Ich gehe hier nicht unter! Andere haben die Nacht nicht überlebt. Sich mit mir anzulegen. Idioten! Mir Miss Sophie wegnehmen zu wollen. Ha!

Wut und Adrenalin rollen erneut durch meine Adern und nach einer Ewigkeit schaffe ich es bis zu dem Ministrand, der keiner ist. Hier liegt wirklich nur eine unwegsame Geröllhalde. Ich krabbele an Land, zerre den Rucksack auf einen Stein und lasse das Wasser rauslaufen, dann erst öffne ich Müllbeutel II und hole T-Shirt, Hose und Handtuch raus. Ich trockne mich ab, ziehe mich an und schimpfe mit mir selbst, ich hätte ganz gut ein paar Pflaster mitnehmen können. Größe XXL. Her mit der Cognacflasche! Ich schmecke nur „scharf". Etwas Tee oder Milch wären bestimmt besser. Oder mehr Cognac.

So, auf, auf! Das Restlicht, das von der Villa rübersuppt, reicht für den hellen Fels. Ich klettere nicht im Dunkeln. Langsam! Genauso, wie ich geschwommen bin, ich habe noch stundenlang Zeit.

Unterhalb der Straßenmauer ein kleines Bäumchen auf einem Miniplateau von A3 Größe. Ich reiße es raus, werfe es ins Meer, sorry. Ich setze mich und fummele mein Handy aus den drei schützenden Plastiktüten. Ja, man kanns auch übertreiben. Ich rufe Maria an, dass sie mich abholen kann und blinzele auf das nächtliche Meer hinaus, widme mich dem Cognac und in der Villa nebenan legt Paolo Conte los mit seinem herrlichen „It's Wonderful" und das ist es auch.

46
Maria hielt an der Mauer, in der Parkbucht, von der aus man tagsüber das Meer bewundern konnte und wenn man ein paar Schritte weiterging, wie die Bahnlinie aus dem Tunnel unter einem hervorkam, um direkt am Meer nach Monaco zu streben.

Ich schwang mich über die Betoneinfassung, öffnete die Türe, warf den Rucksack auf die Rückbank und legte mein Handtuch auf den Sitz. Vermutlich blutete ich noch. Ich wollte es gar nicht so genau wissen.
„Bin ich froh, dich zu sehen!"
Sie sagte nichts, drückte nur meine linke Hand und fuhr los.

In ihrem Wohnzimmer saßen meine beiden und tranken Rotwein.
„Alles klar bei euch?"
Sophie zuckte nur die Schultern.
Steffen fragte: „Warum hast du ein Drittel des Stoffs für dich behalten?"
„Ich dachte, der Text hieße, danke Sidney, super, dass du uns da rausgeholt hast. Und dass du uns die Augen geöffnet hast. Das sind alles Kriminelle und da ist nichts Romantisches dran, wie wir gedacht hatten."
Sie sahen mich müde und etwas alkoholisiert an.
„Wir sind mit Santini gut klargekommen, bis du dazwischengefunkt hast", kommentierte Sophie.
Und er: „Musstest du uns das kaputtmachen?"
Ich ignorierte die beiden und zog mich aus. „Schau mal!", sagte ich zu Marie. „Kannst du die Wunden desinfizieren und verbinden?"
Sie hob erschrocken die Hand zum Mund. Sophie sah mich an.
Seufzte.
Stand auf.
Kam herüber und sah sich die paar blutenden Zentimeter an.
Die erste Kugel hatte eine seitlich auslaufende Furche von maximal 6 mm Breite gerissen.
„Das muss geklammert oder genäht werden. Und das geröntgt."

Sie deutete auf den Durchschuss. „Geh ins Krankenhaus!"
„Haha. Und was sage ich denen, wie das passiert ist? Ein Meteor hat mich erwischt?"
„Ich kann das nähen, hab ich in einem Praktikum gelernt. Aber du brauchst eine örtliche Betäubung."
Ich lachte sie aus.
„Die brauche ich, wenn ich Fernsehreden von Politikern ertragen muss. Mach einfach!"
Ich musste mich auf den Küchentisch legen, was mir etwas unwürdig vorkam und zunächst spülte sie die Wunden mit Weißwein, altes römisches Geheimnis, das vielen Gladiatoren das Leben verlängert hatte, und nähte, nachdem Marie ihren Nähkorb rangeholt hatte und dann auch erst nach längeren Diskussionen über Nadeln und Garn.
„Schade, dass ich nicht unter die Maschine passe", sagte ich und sie sahen mich beide kurz und strafend an.
„Ach so, ja, denkt dran. Ich brauche ein schwarzes Garn!"
Sie legten mir nahe, mich selber zuzuhäkeln und ich gab Ruhe.

Als es losging, atmete ich manchmal etwas schwer, hielt mich an meiner Cognacflasche fest und beobachtete Sophie. Diese junge Göttin, Verbrecherin, Femme Fatale, die alles sein konnte, was sie wollte, Neurochirurgin, Wirtschaftsboss, Schlagerstar und der paradoxerweise die Gesellschaft trotz allen Geldes (oder wegen?) genausowenig Platz ließ, sie selber zu sein, wie den Jugendlichen aus Duisburg-Marxloh! Was für ein Scheißland, in dem wir lebten. Wenn nur die Leute mal anfingen zu denken!

Als sie fertig war, hatte ich die Flasche längst geleert und war schweißnass.

Sophie stand mit in die Hüften gestemmten Händen vor mir.
„Aber jetzt will ich doch wissen, warum hattest du etwas von dem Stoff behalten?"
Ich stand auf, zog aber den Krempel nicht mehr an, ich musste

mir gleich frische Sachen holen.

„Sophie, die simple Wahrheit ist, das Paket musste groß sein. Es musste genügend inkriminieren! Aber, mein Schatz, ich wollte damit ganz schnell, ohne jemandem aufzufallen, etwa einen Kilometer zu Fuß über Nizzas Straßen zurücklegen. 80 Kilo schienen mir ein guter Kompromiss!"

„Und der Rest?"

Ich zuckte die Schultern. „Fomin wollte es doch haben! Jetzt hat er es! Beziehungsweise die Polizei, würde ich denken. So, und jetzt habe ich Hunger!"

47
Marie improvisierte für mich ein typisches Bistro-Gericht: Linsen in Rotwein. Getrocknete Tomaten wurden aus dem Einlege-Öl genommen, kleingeschnitten und angebraten, dazu zwei Zwiebeln, Pfeffer, Kräuter, mit Rotwein ablöschen. Verkochen lassen. Linsen drauf. Tres, tres bien!

Ich wollte beim Essen vor den beiden nicht erzählen, was ich da bei Fomin angestellt hatte. „Betriebsgeheimnis", sagte ich. Aber Marie kuschelte sich später im Bett an mich und wollte es ganz genau wissen, dabei war ich total fertig. Und mittendrin ...
„Was, was ist denn?"
„Du bist eingeschlafen! Du warst gerade bei dieser Frau auf dem Bett!"
Uff. Können Frauen grausam sein!

48

Gegen Mitttag wachte ich auf. Ich hatte wie betäubt dagelegen und mich anscheinend stundenlang nicht gerührt. Ein Zeichen der Erschöpfung. Falten im Bettzeug hatten sich auf meiner Haut abgedrückt und wollten nicht verschwinden. Und ich konnte mich kaum bewegen.

Ich schaltete das Handy ein und sah als Erstes, dass ich einen Anruf von Franzi verpasst hatte und mehrere von Berger. Der war bestimmt sauer und wollte mir eine Standpauke halten oder mich gleich einbuchten und den Schlüssel wegschmeißen.
Ich überlegte noch, ob ich Franzi anrufen oder ihr etwas simsen sollte, da klingelte das Handy. Berger!
„Ihr gestohlener VW-Bulli ist aufgetaucht."
„Das ist schön! Danke sehr!"
„Totalschaden. Er stand am Schauplatz eines Bandenkrieges. Kein sehr schönes Bild. Es hat wieder mal die Drogenmafia erwischt. Wir sind etwas irritiert, weil es sehr widersprüchliche Angaben über Täter und Tathergang gibt. Und die Beweislage ist noch eine ganz andere. Sie können mich nicht zufällig darüber aufklären, was da passiert ist?"
„ICH, Herr Kommissar, ich war hier im Bett bei meiner Freundin!"
„Im Ernst, wie haben Sie das hingekriegt, dass die sich alle gegenseitig erschossen haben?"
„Das passiert mir dauernd, die Frauen ziehen sich für mich aus, die Männer setzen ihrem sinnlosen Leben ein Ende."
„Monsieur Crüwell", er konnte das sogar richtig aussprechen, „Sie haben offensichtlich erreicht, was Sie erreichen wollten."
„Ich bin noch nicht so ganz sicher ..."
„Egal, ich finde auch Nizza im Prinzip ohne diesen hochkriminellen Bodensatz besser. Nicht, dass nicht bald alles wir vorher sein wird."
„Dann rufen Sie mich an!"
„DAS ist genau das, was ich NICHT tun werde. Im Gegenteil, ich würde Ihnen nahelegen, meinen guten Willen und den meiner

Kollegen nicht überzustrapazieren. Sie sollten sich mal vergegenwärtigen, dass unser Leichenschauhaus überfüllt ist! Auch sind Bandenkriege für unsere Region keine gute Reklame! Die Politiker sind gar nicht erfreut! Also, so interessant es war, mit Ihnen zu tun zu haben, aber bitte, kommen Sie nicht wieder!"
„Dabei habe ich mich so in die Côte d'Azur verliebt!"
„Denken Sie lieber darüber nach, dass Blutspuren gefunden worden sind, die auf eine nicht aufgefundene Person hindeuten. Diese könnte ins Meer gesprungen oder geworfen worden sein. Hoffen wir, dass es dabei bleibt." Und schon hatte er aufgelegt.

Ich simste Franzi den unverfänglichen Text, ich hätte Erfolg gehabt auf der ganzen Linie und ich würde vielleicht morgen schon nach Hause fahren und bei ihr vorbeikommen.

Jetzt brauchte ich Kaffee, ich stellte mich in die Küche, braute mir eine Ladung Koffein zurecht, die ein Pferd getötet hätte, und fand im Kühlschrank Eier. Etwas altbackenes Baguette war auch noch da. Ich gab zwei Scheibchen Baguette in die Pfanne, röstete sie von einer Seite goldbraun, drehte sie um und schlug die Eier dazu.

Als ich mich am Tisch auf einen Stuhl bastelte, kamen Sophie und Steffen herein. Sie wirkten so, als bräuchten sie auch ein Frühstück. Oder noch ein paar Nächte Schlaf. Sie setzten sich zu mir.
„Wir waren am Strand. Ein bisschen schwimmen."
Ich nickte und kaute.
„Eigentlich haben wir nachgedacht."
„Sehr löblich. Das Denken macht die Größe des Menschen aus. Wer hat das gesagt?"
„Sidney, wir wollen eigentlich nicht zurück. Du könntest Recht haben, dass unser Job ...", Sophie verstummte.
„Es war eine tolle Sache, verdammt nochmal! Es wäre bestimmt noch lange gut gegangen", sagte Steffen, „aber klar: Irgendwann hätte mal was passieren können, ein Unfall, ein Bandenkrieg, jemand gibt den Bullen einen Tipp."

„Aber wir wollen hier leben. Wir können uns nicht vorstellen, ins graue Deutschland zurückzukehren, jahrelang irgendeinen Quark zu studieren, der einen gar nicht interessiert. Drogen nehmen, um Familie und Arbeit zu ertragen. Wir haben dir ja gesagt, was wir wollen."
„Das mit den Ferienhäusern?"
Sie nickten. „Bis jetzt haben wir erst 10000 Euro verdient. Wir wollten das zwei, drei Jahre machen. Dann hätte man ein kleines Haus in der Haute Provence kaufen können."
„Wie es jetzt genau weitergehen soll, wissen wir nicht, wir müssen jobben, um an Geld zu kommen, am besten in Deutschland. Vielleicht reicht es in ein paar Jahren, um in den Pyrenäen eine baufällige Hütte kriegen zu können, die könnte man dann renovieren, also alles selber machen. Wir haben mal einen Engländer kennengelernt, der lebt davon. In der Bauruine wohnen, aufbauen, weiterverkaufen, neu anfangen mit einem etwas größerem Objekt."
„Ich könnte euch helfen."
Zum ersten Mal grinste Steffen mich an. „Echt?"
„Ach, ist mir nur so rausgerutscht."
Ich überlegte, ob ich ihnen sagen sollte, dass im Cherokee noch die restlichen 20 Kilo Stoff lagen. Die konnten sie ja vielleicht zu Geld machen. Aber wenn ich mir vorstellte, dass ausgerechnet jetzt, da sie ein legales Leben planten, sie nochmals das Risiko eingehen sollten, mit Drogenhändlern Geschäfte zu machen, wobei es um einen Millionenbetrag ging ... no go.

Vielleicht konnte ich Rudi dazu bringen, sie zu unterstützen? Na, das würde nicht einfach werden. Ich konnte schon sehen, wie er sich an die Stirn tippte und dann laut wurde. Santini und Fomin waren ein Spaziergang dagegen gewesen.

Marie war arbeiten gefahren, obwohl sie kaum Schlaf bekommen hatte. Sophie und Steffen sagte ich, ich würde einkaufen fahren. Und als erstes erstand ich den billigsten Spaten, den ich finden konnte, und eine graue Plastik Kiste mit Deckel. Dann rauf in die Berge, in einsamere Regionen.

Die Fahrt genoss ich, bis mir nach einer Stunde, bei Vergons, klarwurde, dass die Landschaft mit ihrer unordentlichen Mischung aus bewaldeten Höhenzügen und mehr oder weniger verkarsteten Abhängen, mit winzigen Dörfchen und aus Wiesen emporsteigenden Felswänden der Stelle glich, an der im Frühjahr ein depressiver Pilot eine Germanwings-Maschine hatte zerschellen lassen. 144 Passagiere und 5 Besatzungsmitglieder hatte er bei seinem Selbstmord mit in den Tod gerissen. Das war gar nicht weit weg. Ich müsste nur 50 Minuten weiterfahren.

Ich hielt hinter der nächsten Kurve, wo man am Straßenrand gut parken konnte, weil die Bankette nahtlos in eine steinige, kurzgrasige Wiese überging. Den Stoff und die Waffen, die ich hatte mitgehen lassen, eine Glock, eine Mini-Uzi, eine Walther PK und einige Schachteln Munition packte ich in die Kiste, nahm den Spaten aus dem Kofferraum und schlörte alles an einer Reihe von kleinen Eichen und Kiefern hunderte von Metern den Hang rauf bis zu einer Kiefernschonung, die Deckung verlieh. Hinter der Schonung weiter oben vor ein paar Felsen fand ich eine Stelle, an der ich etwas Erde bewegen konnte. Aber nicht genug. Ich setzte die Kiste trotzdem in das Loch, wobei der Deckel mit der Erdoberfläche abschloss. Ich häufelte Erde und Steine ringsum auf und holte noch von weiter weg Felsbrocken heran, um einen Niveauausgleich herstellen zu können, das Letzte, was ich wollte, war ein isolierter kleiner Grabhügel für die Drogen! Während dieser stupiden Arbeit hatte ich zuviel Zeit zum Grübeln. Der Pilot hatte doch tatsächlich gleichmäßig atmend da gesessen, hatte nicht auf die Rufe des Copiloten reagiert oder auf seine Versuche, die Sicherheitstür aufzubrechen und er hatte ganz ruhig den Aufprall abgewartet. Müsste man irgendwas daraus lernen? Wie viele von meinen Mitmenschen waren wie verrückt? Der tägliche Blick in die Zeitung ließ ahnen, dass es eine Menge sein mussten. Ich hatte schon ein paarmal darüber nachgedacht, wie sehr der verwöhnte Wichser Menschen gehasst haben musste. Hätte er sich nicht mit einem Segelflugzeug umbringen können?

So, noch etwas schütteres Gras drauf, fertig! Mein grünes Polohemd war schweißnass, die Schaufel ziemlich hinüber, ich warf sie in hohem Bogen in das Waldstückchen unter mir.

Was für ein Aufwand, aber das Zeug stellte einen gewissen Wert dar. Und wer konnte schon wissen, wie das Leben noch spielen würde. Vielleicht würde der Stoff sich noch als so nützlich erweisen wie die restlichen 130 Kilo.

Ich öffnete eine Dose Cola, trank die Hälfte auf einen Zug und wanderte den Abhang hinunter. Ich fand die Haute Provence, die hier gerade erst begann, bei weitem nicht so ansprechend wie die tiefergelegenen üppigeren Regionen. Trotz der bewaldeten Bergkuppen ringsum hatte die Gegend etwas Karges, das ich auch an manch anderen alpinen Landschaften nicht mochte.

49
Ich hatte drauf bestanden, um sechs Uhr loszufahren. Wir wechselten uns ab, flogen ziemlich tief und waren 12 Stunden später im trübsinnigen Altenberg, wo der Regen Blütenblätter auf den klatschnassen Boden schlug und die Regenrinnen überliefen. Ich ließ die beiden mit dem Cherokee weiterfahren und enterte den Gasthof. Um es kurz zu machen, ich hatte wohl gedacht, dass Franzi ähnlich enthusiastisch wie Marie auf meine Abenteuer reagieren würde, aber Franzi wurde ganz bleich und fragte, ob das mein Ernst sei. Ich hätte jemanden umgebracht?
„Franzi, ich habe es geschafft, die vermissten Kids zu befreien und wieder nach Hause zu schaffen. Dafür musste ich zweimal, nein, dreimal gegen die Drogenmafia antreten. Ich bin noch da. Das wäre ich nicht, wenn ich denen mit einer Blume in der Hand und ‚Ein bisschen Frieden' auf den Lippen gegenübergetreten wäre."
„Und wie viele hast du ..."
„Ganz ehrlich?" Mir war nun klar, was für ein massiver Fehler es gewesen war, das Thema überhaupt anzusprechen.
Sie nickte.
„Ich habe schlicht die Übersicht verloren."
„Du hast ... die Übersicht ... verloren?"
„Franzi, bitte, die haben mich zum Beispiel in einem Haus an der Küste mit 18 Mann oder mehr erwartet, um mich umzulegen. Der Bessere gewinnt halt."
Sie hatte schon begonnen, sich anzuziehen.
„Sag du´s mir, hätte ich mich umlegen lassen sollen?"
„Nein, du hättest dich nicht in solch eine Situation bringen lassen dürfen!"
„Und die Kids?"
Sie zuckte die Schultern. „Du hättest zur Polizei gehen können."
„Dann säßen die beiden jetzt, wenn sie denn gefunden worden wären, im Knast."
„Wo sie sicher auch hingehören!" Sie schlüpfte in ihre Schuhe. „Sidney, sei mir nicht böse, wenn ich dich ansehe, sehe ich jemanden völlig Fremdes. Wie kannst du so nett, so gebildet

daherkommen und gleichzeitig solche Dinge tun?"
„Gut, es ist schon anstrengend!"
„Du bist unglaublich." Sie wandte sich zur Tür. Ich bekam nicht mal einen Abschiedskuss.
„Hast du mal Oriana Fallacis ‚Ein Mann' gelesen?"
Sie schüttelte den Kopf und öffnete die Tür, ich blieb halbbekleidet auf dem Bett sitzen.
„Franzi!"
„Was?"
„Du bist ein feiner Kerl, bleib, wie du bist."
Mit gesenktem Kopf stürmte sie hinaus.
Ausgerechnet jetzt fiel mir ein, dass ich vergessen hatte, Olivenöl und Rotwein mitzubringen.

Ich zog mich an, ging ins Restaurant, um eine Kleinigkeit zu essen und trank recht schnell drei halbe Liter Bier. Dumme Bemerkungen von einem Tisch drei Reihen weiter ignorierte ich, es kam auch nicht alles bei mir an. Aber wenn ich die Wörter „Schwarzer" und „Mon Cherie" höre, weiß ich, dass sie gefragt haben: „Was ist ein Schwarzer mit einer Kirsche im Arsch?"
Den mit dem Schwarzen und der Kreuzung mit einem Oktopus kannte ich auch.

Ich zahlte, nahm ein Bier mit aufs Zimmer und haute mich hin. Mit dem Bierglas in der Hand schlief ich ein und kippte mir die restlichen zwei Zentimeter über das T-Shirt, was mich wieder aufweckte. Trockenlegen, weiterschlafen.

Am nächsten Morgen suchte ich mir einen Fahrradhändler und kaufte ein gebrauchtes rotweißes Giant-Rennrad. Da es keine Ösen hatte, ließ ich für meine kleine Reisetasche einen Gepäckträger mittels Schellen montieren und los gings. In einem Waldstückchen tauschte ich die Jeans gegen eine Shorts und vier Stunden, drei Cola, zwei Curry-Würstchen und eine Tüte Haribo später lag ich in meiner Wohnung an der B1 mit dem Handy auf dem Bett, um Marie anzurufen.

Im Roman erwähnte Musiktitel:

„Yesterday", McCartney, 1965

„The Boy In The Bubble", Paul Simon, 1985

„Wellenreiter", BAP, 1982

„Sunshine Of Your Love", Cream, 1967

„I Feel Free", Cream, 1966

„Heute hier, morgen dort", Hannes Wader, 1972

„Tonio Schiavo", Franz Josef Degenhardt, 1971